花笙
STORY

让好故事发生

精神科医生
破案笔记 3 大结局

The Criminal Files
of a Mind Healer 3

朱明川——著

中信出版集团 | 北京

图书在版编目（CIP）数据

精神科医生破案笔记 . 3, 破碎的执念 : 大结局 / 朱明川著 . -- 北京 : 中信出版社 , 2024.12. -- ISBN 978-7-5217-6925-8

I. I247.5

中国国家版本馆 CIP 数据核字第 2024RA3708 号

精神科医生破案笔记 3：破碎的执念（大结局）

著者： 朱明川

出版发行：中信出版集团股份有限公司
（北京市朝阳区东三环北路 27 号嘉铭中心　邮编　100020）

承印者： 嘉业印刷（天津）有限公司

开本：787mm×1092mm 1/16　印张：17　字数：212 千字
版次：2024 年 12 月第 1 版　印次：2024 年 12 月第 1 次印刷
书号：ISBN 978-7-5217-6925-8
定价：59.90 元

版权所有·侵权必究
如有印刷、装订问题，本公司负责调换。
服务热线：400-600-8099
投稿邮箱：author@citicpub.com

目录

001　引子

003　第1章　白马王子综合征

045　第2章　前世今生

103　第3章　罗城寻踪

151　第4章　"死"而复生

191　第5章　虚构症

227　第6章　嫌疑人X现身

261　后记

引子

在上海念医学院时，有一位吴老教授曾告诉我们，医院各科室医生心中都有一把尺子，只是心照不宣。

怎么说呢？吴老教授回忆，他以前工作过的一家南方医院有首歌诀："金眼科，银外科，混吃混喝营养科，普普通通大内科，吵吵闹闹小儿科，又脏又累妇产科，千万莫进传染科，挨打受气精神科，死都不去急诊科。"

当然，这首歌诀并没有排出医院所有的科室，但我们不得不承认，精神科怎么都会是倒数的那几个。因为选择精神科专业的人初衷很多都不是为了救死扶伤，比如，有的人是想做医生，但又晕血，所以权衡之下就来了精神科。

为什么精神科医师会处于医院科室鄙视链的末端呢？说到底，这是由于社会大众普遍对精神病人抱持偏见，甚至是敌视。比如，有的家庭出了精神病人，这家人就可能会有放弃亲人的念头，恨不得一辈子不要再有那样的负担。

在我曾经工作过的地方广西南宁的青山医院，我遇到了许多奇奇怪怪的病人，见证了许多荒诞的故事。这么多年过去了，我依然会梦到那里。这或许是因为我在那里遇到了可以让我铭记一生的人，又或许是因为一系列荒诞故事背后的真相太过震撼，毕竟我做梦都没有想到，X 会闹出这么恐怖的事来……

是的，最后的结局出乎意料，但首先还是让我们从头说起吧。

第1章
白马王子综合征

　　This is the story of how I died. Don't worry, this is actually a very fun story and…不知为何，我的脑袋里回荡起了这句英文，我知道它来自迪士尼童话电影《魔发奇缘》，可这与我有什么关系呢？ 也许这和我已经死了有关系吧。对，我已经死了。

01 神谕

《增广贤文》有云：生不论魂，死不认尸。意思是说，人活着看不见自己的灵魂，认不得灵魂长什么样，人死后继续轮回，不会记得原来的肉身。可我并没有轮回，自从死后，我一直停留在中国南方的这座小城里，更确切地说，我一直停留在杨柯身边，哪里都没有去。

我是怎么死的呢？这个问题一直困扰着我，因为杀害我的凶手是一个我没想到的人。

那晚我赶回青山医院后被卢苏苏的追债人捅了几刀，虽然后来杨柯救了我，将我送到了医院，但牛大贵又忽然冲进病房，朝我的心口猛刺了很多刀。我是医生，一瞅就清楚那伤势已回天无力，我必死无疑。可我心中仍有许多问号：牛大贵不是得狼疮脑病死了吗？他怎么可能还活着？这病是我们确诊的，绝对不可能有错，牛大贵也绝不会有诈死的可能，阴谋论可敌不过科学。

问题是我确实死了，而且死了很久。按照心理学上讲的悲伤的五阶段——否认、愤怒、讨价还价、沮丧、接受——我已经到了接受的阶段，杨柯也一样。

这不，早上六点，天还没亮透，杨柯就一如既往地早起，只是没有再去晨跑了。自从我死后，杨柯不仅中断了晨跑的习惯，连胡子也懒得刮了，虽然样子看起来像老了十岁，但人依旧帅气。看着杨柯刷牙洗脸，换上笔挺的西装，穿上锃亮的皮鞋，我很想上前打招呼，奈何怎么努力都没用，他就是听不到，也看不见。

在杨柯系鞋带时，我就想，我怎么像个跟踪狂，成天跟在他身边。如果我有良心，至少应该回家看看父母才对。要知道，我妈当时才做完手术，尽管我知道她没有得癌症，病应该已经好了，但我起码应该回家再看老人家一眼吧。奇怪的是，我怎么都无法离开杨柯身边，仿佛有什么力量束缚住了我。

我想不通的问题还有很多，举个例子，那晚是谁闯进了杨柯家，他安装的摄像头最后拍到了什么画面，我一直不知道答案。杨柯似乎也不着急，从不主动去了解，好像什么都没有发生过。

还有一件事，我也日夜挂念着。记得武雄摔下楼梯重伤后曾告诉我们，X不是一个人，而是代表了四支笔，是一个四人团队，每支笔代表一个人。X有两代，第一代有主任何富有、杨柯的父亲杨森、一个武雄也不知姓名的小女生，至于最后一个人是谁，他也不知道；第二代X则有武雄本人、小乔、张七七，第四个人与第一代X情况一样，武雄同样不知道对方是谁。他们一直是用书信联系的，对方也许是医院的人，也许是医院外面的人。

至于X是用来干吗的，武雄解释那是一个游戏，可惜他气数已尽，话没说完就昏迷了。杨柯后来在太平川的签售会上打电话告诉我，武雄小脑的延髓有淤血，压迫到了呼吸中枢，已经不能自主呼吸，只能上呼吸机了。接着，杨柯就撞见了正在签售的我，但我为了救卢苏苏，没有与他对质，转身就跑掉了。

据我的观察，杨柯似乎对我隐瞒身份的事没有生气，他每天只是如同行尸走肉般地上下班，没有半点业余生活。

去医院的路上，我坐在副驾驶座上，杨柯面无表情地开着车，到一个红绿灯路口时，他放了一首歌：郑中基的《超人》。以前我们去芒山镇的路上，他也放过这首歌，它的粤语版叫《有种》，是电影《行运超人》的主题曲。可是歌刚开个头，杨柯的手机就响了，因为在开车，他就用蓝牙耳机接了电话："喂，副主任？陈仆天以前的病人？好的，我来吧，我马上就到医院了。"

我以前的病人？见状，我不禁犯嘀咕，季副高怎么忽然打电话跟杨柯讨论我的事？该不会是哪个病人投诉我了吧？这也太不厚道了，我都死那么久了，还不放过我。

话说回来，以前还真有一些家属来青山医院探望病人后投诉的，他们会说你们给我亲人乱吃药，把人都吃傻了。实际上，精神科药物都会有许多副作用，常见的有肠胃不适、恶心呕吐、睡眠不好、头痛头晕，严重的还会引发药源性帕金森综合征、急性肌张力障碍、迟发性运动障碍等，但停药以后，这些副作用会逐步消失。某些人说，有些病好转之前会先恶化，也是有点道理的。但需要说明的是，有副作用并不代表病人就不应该吃药了，重要的是要选择合适的药物，并进行药物调整，遵循医嘱。

就在我胡思乱想，以为自己又要倒霉时，杨柯已经来到了医院，并且大步流星地走到了门诊部的一科诊室。那里有个打扮精致的女生在等着，宋强也在，见杨柯来了，他就说有病人以前挂了陈医生的号，现在来找麻烦了。

"她怎么来了？"

远远地，我就瞧出来那个女生是谁了——她叫阿丽，是我刚来青山医院不久后诊治过的一个病人。实话实说，我诊治过太多病人了，某些病人可能早就不记得了，除非先给我看一眼我写过的病历。可阿丽我一直有印象，这倒不光是她和杨柯的堂妹杨果患过同一种罕见的恐缩症，而是她后来住院了两天，因为移情的关系喜欢上了我，所以即便结束了治疗，她还是会经常穿得漂漂亮亮的来找我，有时是假装病情复发了，有时是随便找个借口。

不过，阿丽是危险性低的病人，与那种要死要活的纠缠者不一样。我看阿丽还是个高中女生，年纪尚小，被她围堵过几次也没有报警，都是睁一只眼闭一只眼就算了。

这天，我以为阿丽不知道我死了，又想找借口来见我，没想到她开口就说："我知道是谁杀了陈医生。"

也许季副高先提醒了杨柯，所以他毫不惊讶："那去找警察吧。"

"他是你同事，你都不关心他怎么死的吗？"说着说着，阿丽捋了捋乌黑的长发，一股玫瑰香气随即扑鼻而来。

我们经常遇到胡闹的病人，早就见怪不怪了，杨柯果然不客气地赶人："死都死了，关心又能怎样？再说，他不在了，我还乐得清静呢。"

"你……"我和阿丽异口同声，只是没人听得见我罢了。

"我还要忙，走了。"杨柯面无表情，根本不想应付工作之外的人。

看人要走了，学过一点皮毛功夫的阿丽就赶紧上前，拽住杨柯的手臂，凑过去说了一句话。那句话说得很小声，不只我没听见，宋强也没有听见。奇怪的是，杨柯马上愣住了，看样子，似乎阿丽说了什么不得了的事。

显然，阿丽是有备而来的，看人停住了脚步，就乘胜追击："好，我承认，这大半年来，我一有时间就偷偷跟踪陈医生，所以我什么秘密都知道，包括他自己不知道的事情，我也都知道。"

"什么？"我大吃一惊，原来这大半年来，我被阿丽跟踪过，这是我无论如何也想不到的。

要知道，当初为了避嫌和提高治疗效果，杨果被分到了我这边，阿丽是杨柯的病人。直到她住院，我俩的交集才多了起来。当时我们接触的时间不长，就算有移情，阿丽也不该陷得那么深吧。而且论长相的话，杨柯比我英俊多了，怎么会有人看上我这种穷小子呢？

不管怎样，阿丽耳语的那句话作用非常大，想必她确实跟踪了我，然后看到了什么吧，不然怎么唬得住杨柯。因此，缓了几秒钟后，杨柯就吩咐宋强先去住院楼，他一个人留下来就好。

宋强有点不放心，走之前不专业地当面问："她说了什么呀？"

"不用你管，"杨柯黑着脸赶人，"走吧。"

宋强不敢挑战杨柯，杨柯一说完这句话，他就夹着尾巴，一溜烟地跑了。可是，我和宋强一样好奇，这娇小的阿丽到底说了什么，能让杨柯这种臭脾气的人那么配合。

"进来说吧。"杨柯一边走进诊室一边解开黑色西装外套的扣子，自顾自地坐了下来。

阿丽很熟悉青山医院，像回家一样，看杨柯买账了，就跟进来坐下，然后眼神惆怅地问："你想他吗？"

"说正事。"杨柯提醒。

"为什么他死了，你们都像什么事都没发生一样？"阿丽不死心地问。

杨柯面露不悦，似乎下一秒就要说：你是他什么人？可他没有回呛，还是保持专业水准地问："有些人不会把难过都写在脸上。"

"是吗？"阿丽半信半疑。

杨柯转了转手中的笔，平静却不容置疑地说："继续刚才的话。"

"我会继续的，但是你要先帮我一个忙。"阿丽本来很自信，但此话一出，她就像泄了气的皮球一样。

"我不像你，没时间玩游戏，你不说就算了。"冰冷的杨柯一点也不配合。

阿丽不住校，只要不上课，确实挺自由的，要不然她当初也不会去六合武馆学武术了。或许正因如此，她才有时间跟踪我。

我记得阿丽的脾气挺火暴的，被杨柯那么一冲，我以为场面会变得难堪，可她显然会看人下菜碟，瞧杨柯没有我那么好说话，便尴尬地笑了笑，服了软。

这时，诊室外响起了很清脆的高跟鞋声，我一听就知道是岳听诗，果然没多久，她就带着一个七八岁大的小病人从一科诊室外面经过。当发现杨柯和阿丽在里面，岳听诗的眼神变得复杂了起来，虽然她只扫视了一秒不到。杨柯不在乎岳听诗怎么看他，只有阿丽回味了那个眼神，然后与其他精神病人一样，离题千里地问："那个女医生是不是跟陈医生有一腿？"

杨柯没有回答，眼神变得威严起来。阿丽见状，像一只小白兔那样，乖乖地拿出手机，并滑出了一张照片让杨柯过目："这是上帝的神谕吧？"

"什么鬼东西？"站在一旁的我忍不住凑过来瞄了一眼。

杨柯不以为然，毕竟有的精神病人喜欢夸大其词，可接过手机一瞧，他就皱起了眉头。

02 香水

所谓上帝的神谕，并没有什么特别的，就是卫生间的一面镜子，上面有一行几近透明的模糊字体：阿文，快去找陈仆天医生看病，你病得很严重了。

看杨柯一脸不解，阿丽就识相地解释，阿文是她哥哥，他们一家是20世纪90年代从云南文山州的平远街镇（现为平远镇）迁到广西来的。说起这次迁徙,阿丽说以前平远街镇很乱,外人可能不知道,他们从小就听说,臭名昭著的张子强团伙被剿灭时,他囤的武器很多都是国产的,包括79式冲锋枪之类的枪械,全是在平远街镇买的。

为什么张子强不去更乱且枪支泛滥的越南、柬埔寨或缅甸购买呢?是因为当年的平远街镇是亚洲非常有名的黑枪中心。至于为什么那里会是黑枪中心,就与一些历史有关了,眼看阿丽越说越远,杨柯故意清了清嗓子,示意她言归正传。

思绪被拉回来后,阿丽就说现在平远镇已经很太平了,人们安居乐业,他们一家人半年前还回去玩过一阵子。可回来后,他们家却不太平了,因为回来没几天,她哥哥阿文就在路上被一个骑电车的外卖骑手撞倒,之后得了怪病。

怎么个怪法呢?阿丽歪着头望了一下外面人来人往的走廊,然后叹了口气,说她哥哥当时觉得背部很疼,医生检查后却说只是背部拉伤,并没有骨折之类的重伤,休养几天就好。问题是大半年过去了,阿丽的哥哥还是会背部疼痛,一点好转的迹象也没有,去医院检查,医生总说查不出问题。

这近一个多月,阿丽开始怀疑哥哥的精神有问题,比如他经常躯体僵直或者幻视幻听。起初,阿丽还以为是自己想太多了,可就在前几天,她去她哥哥位于双拥路一小区的家串门,不可思议的事情发生了。

当时,阿文神秘兮兮地拉着妹妹去浴室,指着一面镜子说,上面多出了一行字:阿文,快去找陈仆天医生看病,你病得很严重了。见状,阿丽推测字迹是用润唇膏写上去的,也许是哥哥会梦游,自己装神弄鬼却不自知。考虑到梦游的可能,阿丽旁敲侧击地想劝哥哥来青山医院看看病,但她哥哥觉得精神病很丢人,死活不肯来,所以她琢磨着要不要请杨柯过去瞧瞧。

这话一听完,杨柯就一针见血:"你哥哥知道陈仆天这个人吗?"

阿丽呆了一下,当明白了其中的意思后,就解释:"他知道我来过青山医院,住过院,也听我提过陈医生的事,但他们并没有见过面,所以我也很意外。但如果不是我哥梦游自己写上去的,不会真有上帝吧?"

上帝?我心想,阿丽不是偏信佛教吗,上次武馆还组织他们去湖南山上的一家寺庙清修来着,怎么才一段时间不见,信仰就变了?

这时,阿丽却好像头晕,忍不住揉了揉太阳穴,试图缓解症状。我站在附近,能闻到阿丽身上有一股浓烈的玫瑰香气。要不是没人听得见我说话,我一定会劝阿丽少喷点香水。

杨柯本想问些什么,医务科的小姑娘却打来电话,通知杨柯立刻去市一院收一个病人,末了还强调那边的医生催得很急。阿丽没有挂号,也不是真正的病人,杨柯没理由继续应付下去。挂了电话后,他站起来说自己要出去一趟。罕见的是,杨柯居然主动将自己的私人电话号码给了阿丽,并表示会继续刚才的话题。

"她到底跟你说了什么呀,你这种人也会心甘情愿被人牵着鼻子走?"我很是纳闷儿。

"好……"阿丽也站了起来,可忽然就怔住了。

"怎么了?"杨柯注意到了她的异常。

"我好像看到陈医生了,他就在门旁边。"阿丽瞪大了眼睛,指着我说。

杨柯当然不会买账,只翻了个白眼,就急匆匆地联系人,跟着医院的车去了市一院。在路上,市一院的医生打电话解释,他们那边有个男病人,二十八岁,主诉背部疼痛六个月。这症状始于他被电动车撞倒后,而疼痛的位置位于背部右下侧,为非放射性疼痛,没有加重也没有缓解的迹象。

医生说，这个男病人没有骨折，只是后背有拉伤，但他一直喊痛。为此，市一院给男病人做了许多检查，例如颅脑CT、胸部平片、脑电图、心电图、血常规、尿常规等，但检验结果均未见明显异常。主治医生也曾给这个男病人做了腰肌劳损、神经官能症的诊断，然后予以各类药物治疗，可惜症状还是没有明显的好转。

最近，男病人又来做检查，可这次不仅限于唠叨背痛了，还说自己看到了一些奇奇怪怪的画面，听到了一些恐怖的声音。市一院的医生见多识广，一瞧出这是超纲的病例，便马上催青山医院派人来。

我却觉得这未免太巧了，听这介绍，男病人分明就是阿丽的哥哥阿文。果不其然，杨柯一赶到市一院，那边的医生就证实了我的猜测。当时，市一院门诊部的长椅上坐满了人，我却一眼就分辨出了谁是阿文——他弓着背，垂着脑袋，有个年轻女人在一旁不停揉搓他的背部，似乎想帮他缓解疼痛。

在杨柯去办手续时，我远远地看着阿文，心想这个男生白白净净的，油背头梳得整整齐齐，蓝色牛仔外套与灰色长袖T恤的搭配也挺讲究，要不是背痛的关系，他看着就是一个精神奕奕的二十岁出头的小伙子。不过，人类到底是视觉动物，因为阿文有点美少年的样子，万人迷一般的他得到了一些护士的嘘寒问暖。不同于医生，她们一点也不着急把人送走，有的还帮忙出主意，说要不要再做些什么检查。

阿文身边的女人很明事理，一个劲地道谢，同时又耐心地问，还能做些什么检查。阿丽只提过哥哥住在双拥路那一带，没说过哥哥已婚，估计那女人是阿文的女朋友。我看这个女人问护士问得很有兴趣，免不了好强起来，心想问她们还不如问我或者杨柯呢。

像这样查不出原因的疼痛，在精神科医师看来，病人可能是得了持续性躯体形式疼痛障碍。这是一类临床上较为常见的躯体形式障碍，无法用生理过程或躯体障碍予以合理解释，检查也无法发现患者主诉的躯体病变，也没有器质性疼痛所伴有的生理反应。医学上认为，是情绪冲突或社会心理因素导致了患者疼痛，所以做再多的检查也是徒劳的。

我正默默地分析病情时，杨柯飞快地办好了手续，和宋强一起过去解释为什么要把人带去青山医院。如阿丽所言，阿文觉得精神科医师是瘟神，避之不及，他也不相信自己有精神疾病。好在阿文是一个注意形象的人，拉不下面子，不会在公共场合大吵大闹，再加上他的女友也在好言相劝，最后他才听了杨柯的话，老老实实地跟着我们的人离开了市一院。

车上，杨柯对阿丽的事只字未提。当然，这是专业的，不然患者会觉得丢脸，仿佛什么见不得人的秘密曝光了，不会再配合。一路上，杨柯也不需要说什么，阿文的女朋友乖巧懂事，也许是担心男友受刺激，就一直安抚他，还说些有的没的分散他的注意力。

"我是他女朋友，他们都叫我雪儿。"雪儿挽着局促的阿文，满脸幸福地说，"我们准备结婚了。"

阿文回了一个微笑，随即又疼得难受，深吸了一口气。恰好车子颠簸了一下，阿文就叫出了声，像是被谁捅了一刀。雪儿见状又去揉搓他的背，然后对着杨柯柔声说："听说止痛药吃多了不好，我都叮嘱他别乱吃，要遵医嘱，可惜市一院的人查不出什么毛病。"

阿文强忍疼痛，挤出一个带着歉意的微笑："难为你了，让你天天照顾我。"

"我是心甘情愿的。"雪儿很乐观。

看大家都沉默着，雪儿就继续自说自话地介绍。她和阿文以前在广西大学附近的一家制药公司做中试，但两年前公司倒闭了，他们找了很久工作都无果，为了讨生活，最后只好经人介绍，考了证，变身导游，挂职到一家旅游公司，专门跑中越边境和桂滇两省这两条旅游线路。由于平时不用坐班,还挺自在的,来钱也快,他们就没有再干老本行。

这工作跨度非常大,我本想问难不难做,可惜问了也没人听得见,干脆就懒得开口了。诡异的是,像之前的阿丽那样,阿文忽然瞪大了眼睛往前看,似乎注意到了我的存在。

不过,阿文随即又垂下脑袋,并没有说什么,我也不知道是不是自己的错觉。反正没人看得见我,我就恶作剧地坐过去,想试着抬起阿文的脑袋,检查他的瞳孔有没有放大或缩小——这只是理想情况,我已经死了,根本抬不起任何东西。于是,我只能假装自己也是跟车的医生,摇晃着身子,自欺欺人地认为自己还活着。

也许是我的鼻子不够灵敏,直到换了座位,我才闻到一股浓郁的玫瑰香,不知道是雪儿喷的,还是阿文喷的。那味道和阿丽身上的差不多,怎么现在的人都喜欢喷浓香水呢?为此,我默默换了位置,坐回到杨柯身边。

"好香啊,好像是圣罗兰的巴黎妇人。"这时,宋强吸了吸鼻子问,"谁喷了这款香水吗?"

"我!"阿文不好意思地举了手。

"以前我送给过小乔一瓶圣罗兰的香水,就是这款。"宋强嘟囔了一句,接着又问,"这不是女生喷的吗?"

雪儿哦了一声,接过话茬:"别看他是个万人迷,有很多女生喜欢,其实他一出汗就会有狐……就会有男人味。我们以前在制药厂工作,天天开冷气,也就没察觉到,后来当导游跑中越这条线路,天气真的太热了,特别是芒山镇和德天瀑布那边。有游客投诉过阿文,嫌他味道大,正好有人送了我几瓶这款香水,我就让他时不时喷一下。管它男用女用,好用就行了。"

"原来如此。"宋强若有所思,不知道是不是在想小乔的事。

阿文自然不知道小乔已经死了，被人抓到喷了香水，只顾着面子辩解："我可不是娘娘腔。"

喷香水当然不是女生的专利。实际上，在古罗马时代，欧洲很多男人也会使用香水，他们甚至会给地板、墙壁、狗和马喷香水，有一部分原因是当时的欧洲男人不爱洗澡，喷香水是为了掩盖体臭。可人类的恐惧都来源于无知，阿文如果了解一些历史，就不会这么急着为自己开脱了。

我还在脑海里回顾历史，车子就开到了青山医院，宋强先带人去诊室，杨柯跟在后头翻了翻阿文之前的一些检查结果。我在旁边瞄了几眼，确实没有任何问题，结果都是正常的，也许真如我判断的那样，就是持续性躯体形式疼痛障碍。

"持续性躯体形式疼痛障碍，查查这个。"我在一旁热心提醒。

杨柯听不到，一直翻看着资料，直到走进诊室，才坐下来问："除了背痛，还有什么特别的地方？"

阿文欲言又止，雪儿就握着他的手替他说："他说他可以看见鬼。前几天起来，他发现浴室有一行奇怪的字，说什么找一个叫陈仆天的医生看病。可问题是，他只听妹妹提过几次，根本没见过人家。我后来查了一下，网上说这个陈仆天医生已经死了，在医院被人捅死的，而且好像……就是你们医院的人。"

"你们这是迷信。"宋强忍不住纠正。

阿文不乐意了，精神病人都讨厌别人不相信他们，被这么一激，就抬手指着杨柯身边的我说："那个陈仆天就在那里。"

我大吃一惊，没想到阿文可以看见我，原来一路上他都知道我的存在。莫非阿文有阴阳眼，并没有生病？否则，要怎么从科学的角度来解释这一幕呢？

03 巴纳姆效应

此时，诊室里安静了下来，大家面面相觑，不知道都在想些什么。我倒是有点高兴，甚至希望阿文真能看见我，我好向杨柯抱怨，为什么不去找凶手或者继续弄清楚 X 的秘密。

可惜，这时阿文外套口袋里的手机响了，他接通了电话，站起来就想要往外面走。也许是顾及形象，阿文还有礼貌地解释，接完电话会马上回来。两分钟后，阿文回来说公司有旅客投诉，领导叫他回去处理，可能是怕我们不信，他还说半年前他带团去云南文山州玩，有人买了特产，现在吃坏肚子了，所以身为导游的他首当其冲，成了发泄的对象。

我和杨柯都懂被投诉的苦，因此，杨柯没有留人，更没刨根究底问阿文，我到底在哪里。也许，杨柯觉得阿文是瞎说的，世界上哪有鬼，问了才显得精神不正常呢。

好在雪儿看阿文要走，马上扯回话题："刚才你说陈医生在这里，是怎么回事？"

"算了，先回去吧，我的背现在也不疼了。老板说有个老人家在云南买的蟾酥有问题，现在来公司闹，要我马上回去。"阿文很着急。

"那好吧。"雪儿体贴地站起来，然后帮忙道歉，"对不起，杨医生，我们有空再来，好吗？"

青山医院不是监狱，阿文也不是危险性很高的病人，不需要强制收治，他们要走，杨柯就让宋强把人送了出去。阿文一走，一科的门诊就没有再接到病人了，只有三科的岳听诗陆续带着不同的病人进进出出门诊部，好像很忙的样子。宋强是住院医，在医院久了，有时能摸得准哪一天不会有病人来，看杨柯一个人在诊室坐着，就关心地问，要不要把门关上，免得外面的人走来走去，打搅了杨柯。

"不用了，让空气流通一会儿，我闻那香水有点头晕。"杨柯揉了揉太阳穴说。

宋强使劲嗅了嗅，忽然感伤起来："其实我觉得挺好闻的。"

杨柯不喜欢别人跟他唱反调，当下就瞪了宋强一眼，尽管他什么也没说，但宋强还是紧张地退出了诊室。等人一走光，杨柯就左右张望，好像在找什么东西。很快，我就明白了过来。杨柯确实是科学派，不相信鬼神，可听阿文那么一说，他心里竟然也有一丝期望我真的就在诊室里。

这一刻，我本应该有些感动，但看到杨柯四处找寻的样子，我忍不住朝他竖了中指，对看不到我的他生气道："我在这里，你眼神也太差劲了吧。"

话音一落，杨柯就僵住了。过了好一会儿，他眼神奇怪地将头扭向我，不知道是看见了我，还是怎么了。不过，下一秒他站了起来，将诊室锁上后，就去医院的食堂吃饭了。那天，食堂的人不多，杨柯一个人坐在角落，谁也不理睬。本来，季副高过来吃饭，想和杨柯说些什么，都走到杨柯附近了，又被其他科室的医生叫去了别的餐桌旁。直觉告诉我，季副高很内疚，想安慰杨柯，可我不明白他为什么要内疚，或者要安慰杨柯。我死了，关杨柯什么事，我们只是同事关系。

总之，这一天杨柯无所事事，吃完了午饭，下午就一直在主治医师的休息室里睡觉。我无法离开杨柯身边，看他呼呼大睡，只好干坐在一旁，不知道能干些什么。闲得发慌的我开始琢磨，阿文为什么会说我在诊室里，就算是精神病发作，也不会那么巧啊，我们之前又不认识，我只见过他妹妹阿丽。

从科学的角度来讲，我倾向那是巴纳姆效应，是一种很巧妙的心理暗示。巴纳姆是马戏团鼻祖，著名电影《马戏之王》的原型就是他，而他曾在评价自己的表演时说，自己设计的节目之所以广受欢迎，是因为节目里囊括了每个人喜欢的元素，每一分钟都有人上当受骗。

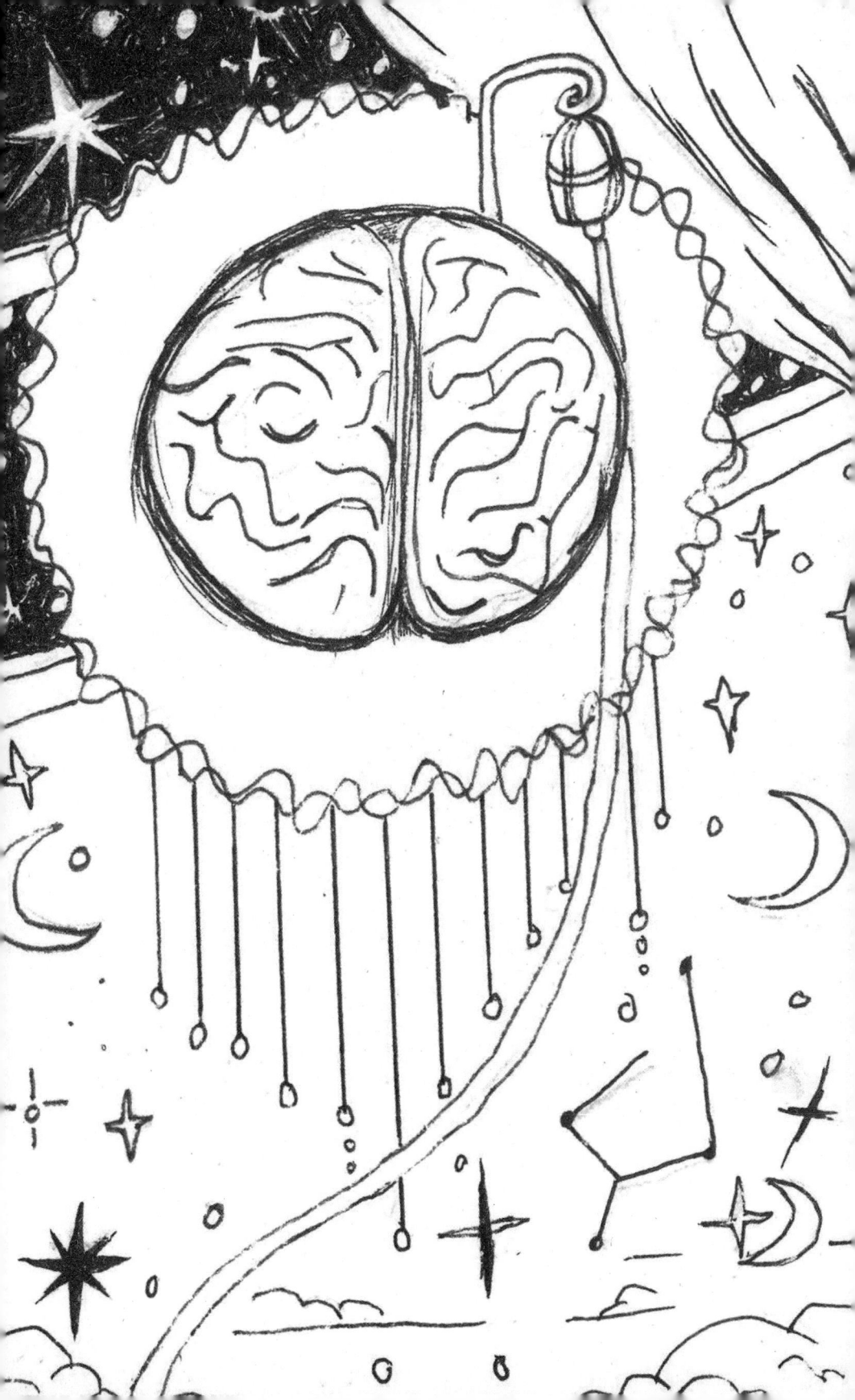

在心理学上，巴纳姆效应是主观验证的心理作用，即如果你相信一件事，你总是可以搜集到各种相关信息来支持自己的理论。就拿星座来说，这些星座特征和运势本身是一种笼统的说法，当你去看这些东西时，如果你早就抱持了一种主观验证的心态，你就会觉得那些理论支持你的主观意识，是准确并可靠的，你也会主动向那些星座说法靠拢。也就是说，这类人极易接受心理暗示，只是轻重程度不一样罢了。

想到这里，我就怀疑阿文可能听说我死了，又被谁忽悠了他能看见鬼，容易接受心理暗示的他就相信了这种说法。那么，暗示阿文的人会不会是阿丽呢？阿丽刚还声称一直偷偷跟踪我，平时她可能也会经常跟哥哥谈起我吧。

除了这个解释，我想不到别的说法了，我本身是搞科学的人，就算是死了，也不太相信封建迷信的说法。有时候，人就是这么倔强，我就是不相信阿文真的可以看见我，认为那纯粹是巴纳姆效应在作祟。

就这样，我和自己争辩了一下午，等杨柯醒来时，天已经快黑了。那时已经是11月了，五点多天就阴沉沉的，六点天就全黑了。杨柯和这天色一样，死气沉沉的，醒来什么都没管，起身就直接往停车场方向去了。那一刻，我想到了主任被梁凉凉不小心撞死的一幕，然后感叹命运的讽刺，因为，如果主任不骂梁凉凉，不催她去外面买水，她可能就不会那么着急开车回来。

记得主任被送去医院时掉了个手机，被我们捡到了，可这几天并没见杨柯拿出来研究，不知道他是不是早就放弃追查X到底是谁了。我不由得又生气起来，想要骂人时，杨柯却发动了车子，一转眼就离开了青山医院。

回到家，杨柯没有吃晚饭，又是倒头大睡，澡都没有洗。看他这样，我也心烦，毕竟他不到处走动，我就得被限制在原地。我现在不需要睡觉，总不能老在杨柯身边发呆啊。不知过了多久，我在伸手不见五指的卧室里正飘来飘去时，忽然房间里亮起了一团光。我定睛一瞧，是杨柯放在书桌上的手机屏幕亮了。在睡觉前，杨柯把手机静音了，他完全不知道发生了什么事。我一时好奇，便凑了过去，瞄了一眼——是廖副打来的。

"大半夜的，找杨柯什么事？"我下意识地看了手机屏幕上的时间，已经是凌晨四点了。

廖副的电话自动挂断后，我正觉得奇怪，接着杨柯的手机屏幕又亮了起来——这一次是季副高打来的。可惜，杨柯睡着了，根本注意不到这些。

我想破脑袋也想不出是怎么回事，正难受着，手机屏幕再次亮了起来。廖副发来了一条短信：小杨，你是不是有个叫阿文的病人？他出事了，你赶快到我这里来一趟，我和你们医院说过了。

阿文出事了？我一个激灵，心想这不可能呀，他顶多是疼痛障碍，外加受了心理暗示，以为自己能看到灵魂，怎么会出事呢？出啥事？不会是轻生了吧？

我暗自发愁，这可不得了，病人都被送到医院了，杨柯却放走了病人，这种事最让人头疼了，因为家属会来闹事，要你负责任。当医生的最怕这种事了。

不过，我也觉得这事不简单，阿文可能是受到了心理暗示，但这暗示真是阿丽给的吗？那个镜子上的神谕真是她写的？那些用润唇膏写的文字可不是假的，我们都看见了。

想到这里，我就着急了，想去掀开杨柯的被子，可是怎么弄都掀不起来，他又睡得很沉。就在我使劲想掀开被子时，杨柯腿一抬，踢开了被子。我冷不防没闪开，被子穿过我的身体时，我的手碰到了杨柯的身体。可能是感受到了我妈经常唠叨的阴气，杨柯哆嗦了一下，但还是没醒，翻了个身后就枕着手臂继续呼呼大睡去了。

"你在做什么美梦呢，你都大祸临头了。"我又气又急。

"是啊。"突然，一个老太太的声音从我身后传来，我不争气地吓了一跳，然后骂自己有什么好怕的。

却见，一个冒着蓝光的老太太不知何时出现在了房间的角落，朝我慈祥地笑了笑之后，就飘了过来："好久不见。"

04 屋漏脉

"啊！有鬼！你不要过来！"

我吓得都快尿裤子了。出现的人是罗仙姑，她是我刚回南宁不久后诊治过的一个得了石女病的老太太，后来回家就寿终正寝了。如今过去了那么久，我都差点忘记罗仙姑这个人了，没想到现在居然又看到了她。显然，眼前的罗仙姑不可能是人，不然她为什么会发光呢？

"别怕，我不会害你的。"罗仙姑慢悠悠地飘过来，对我招呼道，"陈医生，你还认得我吧？"

"认……认得。"我结巴道。

罗仙姑看我害怕就没有飘得太近，可房间里只有她在冒蓝色的光，想不看到她都难。我不知道为什么罗仙姑会莫名其妙地出现在这里，于是就壮着胆子问："你怎么来了？"

"你睡得够久了，再不醒来就没生机了。"罗仙姑没头没尾地回了一句。

"我？我好多天没睡了，好吗？我都死了，还谈什么生机啊。"我心里这么想，嘴上却抓住机会问，"对了，罗仙姑，你上次说医院里死了个人，姓张，是不是张七七呀？"

"不是。那个女人说她叫张什么来着……"罗仙姑被我这么一带，马上又欷欷歆歆地回到了刚才的话题，"你别打岔，我来帮你叫醒杨柯，好吗？"

"小杨，赶紧起来。"罗仙姑拖着步子走过来，拍了拍杨柯。

很明显，罗仙姑可以触碰到人。杨柯一被拍到，就嗯了一声，坐了起来。我大喜过望，以为杨柯可以看见我，可他光着脚丫子下了床，径直去拿起手机，似乎房间里并没有别人。等我再一看，罗仙姑已毫无征兆地消失了，房间重回黑暗。杨柯看了自己的手机，发现了廖副发来的短信，马上回了一通电话过去。

"喂？好，知道了，我现在就过去。"

杨柯草草说了几句，没换衬衫，没打领带，在白色T恤外披上黑色西装外套，就匆匆下楼，开车去了廖副的刑侦大队。我无法控制自己，只能随着杨柯走，因此一并被带出了杨柯住的嘉州华都小区，没机会继续在屋子里寻找神龙见首不见尾的罗仙姑，问问她为什么会出现，以及为什么要说那些云里雾里的话。

容不得我多想，凌晨四点多，杨柯开车一路畅通无阻，转眼就到了刑侦大队。当时，廖副一个人站在外面的路灯下抽烟，看杨柯来了，就不高兴地教训起人，说："为什么放病人走呀，这下好了，闯祸了。"

杨柯也没问怎么了，反倒说："你怎么不在办公室，跑出来抽烟干什么，烟瘾有这么大吗？"

廖副啧了一声："阿文的香水味太重，熏得人难受，抽烟还舒服些。"

"小心你的肺。"杨柯忍不住提醒。

"先操心你自己吧。"廖副掐灭烟头，挥了挥手，催杨柯快进去。

当时，天是黑的，刑侦大队外面冷风飕飕，街道两边的杧果树随风舞动着叶子，像是怪兽一样，随时会扑过来。我跟在杨柯身后，一直回头看，希望罗仙姑还会出现，可惜空荡荡的街道上只有杧果树的影子，其他什么都看不到。不过，我也顾不了那么多，因为一进去，我就浑身不自在，好像被火烧一样，也许是被刑侦大队这么一个充满正气的地方镇住了。

我还在嘟囔不舒服时，杨柯走进了刑侦大队的办公室。阿文穿着一件卡其色外套，垂着脑袋坐在一旁，阿丽陪在身边，但他们身上都有血。见状，我心想，糟糕，难道他俩杀人了？和我猜的差不多，廖副跟进来就说阿文在菜市场行凶，差点把同行的女朋友雪儿杀死，现在雪儿被送去市一院抢救了，还没脱离危险呢。

阿丽见杨柯来了，马上站起来为哥哥开脱："不是那样的，我哥有精神病，他不是故意的。"

"你看吧，这小姑娘……"廖副摆摆手，不想做无谓的争执，"算了，算了，现在精神科医生来了，让他来说。"

"杨医生，我哥他……"阿丽转向杨柯，着急地要解释。

廖副站在办公室门口，耸耸肩，暗示这是烫手山芋，等着杨柯来解决。经验老到的警察碰上这种难题，不会直接把人送去精神病院，而是会通知精神科医生来一趟，先看过病人再做打算。

我还在佩服廖副的心思缜密时，阿丽就挡住她哥，带着哭腔说："杨医生，我哥不会杀人的，他和雪儿姐感情很好，从不吵架，怎么可能忽然在菜市场杀人呢？他是疯了，才会在买菜时抢了肉贩的刀，伤了雪儿姐。"

忽然发病？我感到有些不可思议，阿文走之前，精神状态还挺稳定的，而且他的毛病不是疼痛障碍吗，怎么一下子升级到行凶杀人了？杨柯同样不解，在阿丽说话时，一直歪着头观察阿文。只见，阿文的衣服、双手和头发上都有血，可能是愧疚的关系，他低着头不敢动。其他人会觉得这一幕没什么奇怪的，病人冷静了下来，这不是省了打镇静剂的麻烦嘛。可我总觉得阿文不大对劲，想要上前给他做一些检查。

为此,我在杨柯身边催道:"去给人检查一下啊。"

杨柯听不见我的声音,只是安静地站在那里,听阿丽反反复复说她哥哥不用负刑责,其他民警插嘴说还没盖棺论定呢,她就拉高了声音去争论。不知道的,还以为是阿丽有病呢。过了好一会儿,阿丽叽叽喳喳的话语声让杨柯也受不了了,当看到杨柯的脸越来越臭,她才识趣地安静下来。

办公室里安静了,日光灯闪了闪,我能清楚地听到一股嘶嘶的电流声。接着,外面呼呼刮着的冷风也来凑热闹。杨柯抬头看了看灯,又看了看办公室墙上坏了很久的时钟——依旧是十点十分——然后绕过阿丽,去检查阿文。

可是,杨柯喊了阿文,阿文却没反应,像是木头人一样,仍耷拉着脑袋。这时,杨柯半蹲下来,托起阿文的脑袋,观察了一下。我人在后面,也凑近瞧了瞧,只见阿文的瞳孔已经放大,脸色也有点发白,嘴唇也呈绀紫色了。杨柯很冷静,抓起阿文的手腕号了一下脉,低语了一句"屋漏脉"[1]后,就起身对廖副说:"赶紧送他去医院抢救。"

"抢救?"廖副愣了愣。

"别啰唆了,开你们的车去,那样能快一点。"杨柯催道。

"可是你们医院的车还在来的路上,老季让那个宋强跟车来了,就快到了吧,让他们去不行吗?"廖副一副不情愿的样子。

"你想人死在你们单位就等吧。"杨柯撂了句狠话。

"号个脉而已,你能看出啥名堂来?你们学医的人都会来这一套。"廖副不信,不过看杨柯底气很足的样子,就又两指夹了根烟,妥协道,"罢了,罢了,争不过你们这些学医的。"话说一半,廖副又指

---

[1] 中医上的七怪脉之一,这种脉象的脉搏很久才跳一次,脉来迟缓,如屋漏滴水,每分钟只有 20~40 次。而这可能是冠心病或室间隔缺损这种先天性心脏病造成的。

着办公室里一个身材高大的小伙子，吩咐道："小徐，开车送人去医院抢救。"

那个小徐二话不说，马上跑去外面将警车开了过来，在外面等着廖副的下一步安排。本来，廖副还有点不以为然，可看阿文脸色确实有些不对劲了，就立刻请杨柯开自己的车跟去医院。阿丽不可能留在刑侦大队，一看哥哥要被送走，也坚持上了警车。

上车前，阿丽停下来问杨柯："我哥到底怎么了？"

"他应该是中毒了。"我和杨柯异口同声，只是没人听得见我罢了。

"中毒？"阿丽大吃一惊，扶着车门又问，"什么毒啊？食物中毒吗？他今天好像没吃什么啊。"

这问题难住了我，也难住了杨柯，号脉能号出大致的心血管疾病，要号出病人中了什么毒，那就难如登天了。好在猜出阿文可能是中毒，到了医院，做个针对性的检查，应该就能查出来了。想来，阿文的精神症状可能与中毒有关系，杨柯为人冷酷却不冷漠，车子开到市一院后，他一下车就去找阿丽商量，等她哥情况稳定了，可以去她哥家看看，也许他家里有线索也不一定。阿丽求之不得，立刻答应下来，还说自己有哥哥家的钥匙，杨柯可以随时去看。

总之，到了医院，跟我预料的差不多，医生检查后就给阿文用了阿托品，以提升心率，同时监测血气分析，纠正电解质紊乱，只是还没用到血液灌流治疗。可天快亮时，阿文还是没什么起色，医生都给了三支阿托品了，他的心动仍是过慢。于是，医生改用了异丙肾上腺素静脉滴注，之后，阿文的心率才终于缓慢提升了一些。

与此同时，阿文的血液检查加急出了初步结果。医生说结果提示炎性指标，如白细胞计数、高敏C-反应蛋白、降钙素原均有升高，这意味着毒素引发了全身炎性反应；另外，阿文的心肌酶学肌酸激酶、肌酸激酶同工酶、心肌肌钙蛋白T均有不同程度升高，这说明有急性心肌损害。除了这些，还有一些难懂的指标异常，我就不一一赘述了，简单而言，阿文中毒是千真万确的了。可惜，医院一下子查不出是什么毒，市一院的医生说要揭晓答案还得再等等看。而血液检查不是万能的，所以当时阿文的检查结果，杨柯也没瞧出端倪。

阿丽得知哥哥暂时没大碍，警察小徐也说雪儿脱离了危险，她就问杨柯要不要现在去阿文家，趁着早上他还没上班。杨柯可能觉得放走阿文自己也有责任，听到阿丽这么说，就请小徐先回刑侦大队，自己要和阿丽先去双拥路一趟。

小徐巴不得离开，送走了麻烦精，又得到了杨柯的允许，就乐呵呵地开车扬长而去。目送人离开后，杨柯在市一院的停车场也准备发动车子，可随即又停了下来。阿丽一头雾水，凶巴巴地问怎么不开车、是想干什么，却听杨柯面无表情地问："你去医院找我，悄悄说的那句话，你还记得吗？"

"你是想问我偷偷跟踪陈医生时看到了什么，还有，谁杀了他？"阿丽很机灵，一点就通。

"你先说，说了再去你哥哥家。"杨柯更机灵。

"你……"阿丽知道拗不过杨柯，时间也不等人，为了救哥哥，她只好叹了一口气，交代道，"我看到一个女人一直跟踪陈医生，但她没发现我。后来，我找了个机会，故意撞了一下那个女人，然后假装说'欸，你不是张曼玉吗？'，我当然是假装那么说的。那个女的被我一直缠着，受不了就说自己不是张曼玉，而叫……"

"叫什么，别卖关子。"杨柯双手放在方向盘上，不停地用手指敲打方向盘。

阿丽坐在副驾驶的位置，左右张望，生怕四周有人，但清晨的医院停车场空荡荡的，一个活人也看不到。气氛渲染够了，阿丽就凑过来，神秘兮兮地道："她说她叫杨妍，人就是她杀的。"

05 科罗拉多河蟾蜍

杨妍？我躲在车座后面，顿时觉得这名字很耳熟。

不由自主地，我回忆起了暴风雨袭来的那晚，武雄假扮女人，偷偷去青龙岗盗走了主任留下的奶粉罐子。后来，我们追着武雄回到了医院，但他不走运，被梁凉凉不小心推下了太平间的楼梯，摔成了重伤，现在也不知道是生是死。我只知道杨柯在我的签售会上打电话说，武雄的延髓有淤血，压迫到呼吸中枢，已经不能自主呼吸，需要上呼吸机了，基本是救不回来了。

不过，在武雄被送去抢救后，我们在太平间的角落找回了主任留下的那个奶粉罐子，里面什么都没有，除了一张老照片。那照片上有六个人，他们分别是院长、何主任、杨柯的爸妈、杨柯年幼的姐姐，以及一个看似十五六岁的女生。在照片的背面，依次对应地列出了这六个人的姓名：张青山、何富有、杨森、刘纯美、杨妍、何玫。

青山医院的院长叫张青山，我们主任叫何富有，杨柯的爸爸叫杨森，妈妈叫刘纯美，何玫是我们一科以前的病人，而杨妍，就是杨柯的姐姐。问题是，杨柯的姐姐早就死了，属于夭折，都没有长大成人，这可是杨果告诉我的，杨家人肯定不会拿这种事开玩笑。也正是因为杨妍死了，杨柯的妈妈才渐渐精神崩溃，有段时间还把杨柯当女儿养，给他穿女装，但后来她也病死了。

显然，这段记忆在杨柯的脑海里抹不掉。听到"杨妍"两个字，他先是一怔，直到过了半分钟，才什么也不说，将车子开出停车场，离开了市一院。阿丽不知道这段过去，还以为杨柯不信，在路上，她又唠叨叫杨妍的女人是如何跟踪我的，还说曾看到杨妍偷偷拉下了嘉州华都小区一栋楼的电闸，然后偷偷跑上十一楼，不知道想要干什么。

阿丽很聪明，没有点破，但这话让我很警觉，因为杨柯家就在十一楼,有一晚确实有人拉下了我们的电闸,搞得我们以为停电了。那晚,我想开门下楼检查电闸,结果一开门就在黑暗中依稀看到个女人的轮廓。莫非,阿丽没撒谎,她真的看到了一个叫杨妍的女人?问题是,杨柯的姐姐杨妍肯定死了,不然杨柯的妈妈为什么会疯掉呢?或许,只是同名同姓罢了。

"杨柯,你姐到底是怎么死的?"我想得入神了,脱口就问,"你好像从没说过,你堂妹也没讲过。"

话音落下,杨柯依旧在开车,阿丽还在唠叨自己目睹的画面,我这才想起自己已经死了,他们听不到我的声音。这时,南宁的早高峰到了,路上堵车堵到水泄不通。杨柯的车子像乌龟一样缓慢地爬行,直到八点多,他才开到了阿文位于双拥路的住所楼下。

为了赶时间,杨柯没客气,一进门就到处看了看。阿文的家是两居室,不算大,几分钟就可以检查完毕。俗话说,病从口入,杨柯先检查了冰箱里的食物,那些东西看着没什么问题,他就没细究。杨柯没看出什么问题,准备离开时,发现阿文卧室的书桌上有一瓶圣罗兰的巴黎妇人香水。

"这香水味道不太对,比市面上的浓许多。"杨柯拿起来闻了闻,对阿丽说,"这是雪儿的?"

"对啊。"阿丽点头。

"但却是你哥在喷,雪儿身上并没有什么香水味。"杨柯举起香水瓶子,对着灯光凑近研究。

阿丽害臊地笑了笑:"她说我哥身上有狐臭,就给我哥用了。"

"我可以拿去化验吗?"杨柯怕阿丽不答应,又安抚道,"你不用担心,我不是警察,不是采集证据,只是出于担心,你哥的病可能跟这香水有关。"

"可这是雪儿姐送的。"阿丽喷了一声,"她不会害我哥的,她对我哥可好了。"

杨柯一副看破红尘的样子："所谓无缘不聚,无债不来。有些人的好是有原因的。"

阿丽听不懂这种高深莫测的话,除了答应,没有别的办法,就道："好吧,好吧。反正你记住,我哥是因为中毒才伤了雪儿姐的,你不要让警察抓他。他被人撞伤,成天背痛,本来就够惨了,现在还要被冤枉,有没有天理呀?"

杨柯只讲科学和事实,不管人情,得到应允后,就叫阿丽赶紧收拾一下自己去上学,他得先回医院上班了。至于香水,青山医院没有设备检验,杨柯说会托南宁一家科技研究所的人帮忙,而且会做针对性的化验。阿丽身上有血,她一直没来得及洗,加上一夜没睡,累到不行,就没有再啰唆,当下让杨柯先下楼,说之后会跟老师请假,这一天就不去上学了。

我记得,阿丽的母亲管她管得很严,阿丽得恐缩症时就在医院承认了这一点。现在发生了这么大的事,怎么不见阿丽母亲的人影呢?她不可能不来管吧? 我正纳闷儿,杨柯却头也不回地下了楼,似乎一点都不好奇阿丽的家长去哪儿了。当然,年轻人有事都爱瞒着长辈,阿丽可能是怕母亲担心,才不跟她说的。

总之,那天早上,杨柯先开车去了一家研究所,把香水交给了一名工作人员,然后才去青山医院上班。那天,季副高很早就到了,有人跟他有预约,专门挂了他的专家号。杨柯不用坐门诊,路过门诊部时,和季副高打了招呼,并说了阿文的事,交代清楚后,就去住院部查房了。

这一天,时间过得很快,一转眼就到了下午。杨柯在住院楼给一个病人做检查时,有人打了他的电话,出于对工作负责,他没马上接通。没多久,对方发了一条消息过来,还附上了一些化验数据。我心里清楚,应该是香水的化验结果提前出来了,只要看了那个结果,应该就能知道阿文是怎么一下子发疯的了。

果然,检查完病人后,杨柯就走出住院楼,一个人坐在外面冰冷的石凳上,打开手机看了研究所朋友发来的信息。原来,那瓶香水里被人添加了蟾蜍毒素,而且还不是一般的蟾蜍毒素,是赫赫有名的科罗拉多河蟾蜍的毒素。这种蟾蜍的毒素主要位于耳后腺,能影响人的心血管系统,并会造成心脏衰竭或呼吸停止。

当然,这并不是科罗拉多河蟾蜍最出名的地方,它最出名的是它的毒素含有蟾毒色胺的色胺类物质。如果你对药物很了解,那就知道蟾毒色胺有强烈的致幻效果。而科罗拉多河蟾蜍更胜一筹,除了蟾毒色胺,它还可以分泌一种叫作5-甲氧基二甲基色胺的物质,这是真正的强效致幻剂。在目前已知的蟾蜍种类里,只有科罗拉多河蟾蜍可以分泌出5-甲氧基二甲基色胺。

但口服蟾毒色胺与5-甲氧基二甲基色胺是不会产生幻觉的,因为口腔黏膜会阻碍毒素吸收,消化道里的酶也会破坏色胺类的成分,而蟾毒色胺也不太能透过血脑屏障——它要进入大脑才能发挥毒效。经过千百年的应用,很多人看出了诀窍——很多巫师会焚烧含有蟾毒色胺的材料,吸入烟雾,以此获取通灵的幻觉。

我还在浮想联翩时,杨柯给市一院的主治医师打了电话。市一院的医师诊治过一些吃蟾蜍中毒的病患,他们已经确诊,阿文的症状就是因为体内残留有蟾毒色胺和5-甲氧基二甲基色胺。

"我过去一趟吧,你们那边有个病人应该是要送到我们这里来的。"听对方查出问题了,杨柯就主动揽活,"也省得你们再催我们医务科的人了。"

"阿文中毒还没好呢,不适合转院!"市一院的人忽然不愿意放人了。

"我过去再说吧。"

通常，市一院的人最怕接到精神病人了，这一次却不同。阿文的病还没好，转院时万一有差池，市一院那边不好交代，他们不答应是可以理解的。不过一听杨柯要来，市一院的医生很开心，可能有其他护士也听到了，有的还在电话那头喊："姐妹们，大帅哥要来，快准备好。"

我在一旁学杨柯翻了个白眼，心想她们真肤浅，我以前去市一院收治病人，怎么就没人欢呼呢？她们只知道一个劲地叫我负心汉，说我劈腿阳可，还说我和她们抢杨柯，真是什么污名都往我头上扣。

可是，杨柯并没有联系青山医院的车子，也没叫上哪个医护人员同行，一下班就独自开车去了市一院，不像要去收治病人的样子。更奇怪的是，杨柯到了市一院，并没去阿文的病房，转了一圈后顺着护士们的指示，找到了一个女伤者——雪儿——的房间。

06 白马王子综合征

那时，雪儿已经醒了，除了脸上的几道伤疤，就数左臂的伤最严重，据说伤口非常深，医生已经给她缠了绷带。可能是卸了妆，又受了伤，气色不太好，雪儿好像是换了个人一样，我都有点认不出她了。发现杨柯来了，雪儿十分紧张，还想用被子挡住脸，不想给杨柯看见。

"杨医生，你怎么来了？"雪儿半遮住脸，害怕地问。

杨柯没有客气，开门见山："香水里的蟾毒是你掺的？"

"什么？"雪儿装傻。

"科罗拉多河蟾蜍的蟾毒是怎么来的？"杨柯像是包公附身，铁面无私地追问。

"我不知道。"雪儿带着哭腔否认。

"你想让我来问,还是警察来问?"杨柯给出两个选择。

雪儿是聪明人,马上就故意发脾气地提高音量:"你欺负我!你是直男癌,你有厌女症!我被砍了,你居然来怪我?什么都是女人的错就对了!你们男人没有一个是好东西!"

刚好,市一院的护士长就在附近,她对杨柯非常有好感,可以说是杨柯在市一院的粉头,听到雪儿含血喷人,就走路带风地冲进病房,教训道:"瞎嚷嚷什么?其他病人不要休息了?"

雪儿不依不饶:"这个男人欺负我,他想侵犯我!"

护士长翻个白眼,冷笑一声:"好好说话,我都看着呢,谁侵犯你了?"

杨柯却不气不恼,镇定自若地说:"好,你不说,我去找阿文说明白一切。"

说罢,杨柯转身就要出去,没有留一点余地。雪儿看出杨柯不是在吓唬人,立刻求饶:"对不起,我脑子不清醒,刚才都是冤枉你的。我跟你说实话,求你别告诉阿文。"

"怎么了,怎么了?刚才不是闹得很凶吗?现在是唱哪出?"市一院的护士长叉腰凶道。

"谢谢大姐,剩下的我来就好,你去忙吧。"杨柯淡淡一笑。

"好,有什么需要就跟我说。"护士长确实很忙,看事态平息了,就拍拍杨柯的肩膀,退出了病房。

这时,雪儿知道秘密藏不住了,只好承认香水里的毒素是她添加的。由于怕毒素会让香水变质,她还加入了一些玫瑰香精,因此香水味特别浓烈。坦白时,雪儿不敢看杨柯,一直歪头望着窗外的夜幕,然后用有气无力的声音说这都源于阿文遭遇的那场车祸。

起初,阿文确实是背痛,这与旁人无关,不是谁害他的。雪儿以前在制药公司做中试，懂得一些医学常识，很快知道那是心理作用，阿文的病是持续性躯体形式疼痛障碍。可雪儿并没有告诉阿文，见阿文身心都在承受着煎熬，她有一种"我是在拯救你"的感觉，她喜欢让阿文将她视作恩人，甚至是英雄。

每次阿文犯了背痛的毛病，雪儿陪着他来市一院看病时，她都喜欢与医生交谈，而阿文会觉得她在帮他说话，慢慢地就滋生了一种强烈的依附感。为了让阿文感受到自己的付出，平常雪儿还会强调自己经常守候在他身边，甚至不惜被扣薪水也要陪着他一起来医院，哪怕阿文一直说他一个人去医院就行，劝雪儿别耽误工作。时间长了，阿文就觉得自己对不住雪儿，欠了雪儿许多。

有时，阿文会苦笑说自己病恹恹的，不想拖累雪儿，雪儿却说自己是心甘情愿的，她一定要拯救阿文，成为阿文的救赎。可怕的是，雪儿觉得这样还不够。为了让阿文觉得自己的病情很严重，离不开她，她在暗中搞了许多所谓的神迹，包括她听阿丽说了青山医院的事，然后偷偷写下"阿文，快去找陈仆天医生看病，你病得很严重了"这样的神谕。

雪儿后来愈发疯狂，还带着阿文去找基督教教堂，说只有上帝和真爱能拯救他，不然他的背痛毛病永远也好不了，吃药也不管用。但是，心理暗示还不够。雪儿在做云南的旅游线路策划时，听说文山州有一种土药包含蟾酥，有人为了做蟾酥，养殖了许多蟾蜍，其中就包括科罗拉多河蟾蜍。于是，雪儿联系了那边的卖家，假装说要养科罗拉多河蟾蜍当宠物——事实上，真的有人会这么做，所以卖家从没有怀疑过。

当然，科罗拉多河蟾蜍不好邮寄，雪儿就托了一个人当场买下，然后摘取蟾蜍的毒腺，等处理好了，再寄到南宁来。这样一来，雪儿就有了致幻剂，可以让阿文成为她手里的玩物。毕竟，科罗拉多河蟾蜍的致幻效果很强，等阿文产生了自以为看到真实画面的幻觉之后，就会更相信雪儿是他命中注定的救世主了。

谁知道，阿文喷多了香水，体内的毒素越积越多，毒性变强，受幻觉的影响，他在买菜时终于发狂，将雪儿认成了怪物，误伤了她……

"原来如此。"我在心里感叹道，"真是知人知面不知心，看似甜美温柔的雪儿，居然能想到这么可怕的计划。"

"你也不用太自责。"这时，杨柯却接下话茬，见怪不怪地说，"这是白马王子综合征，要不要配合治疗，就看你自己的意愿了。"

"什么？"雪儿放下遮住半边脸的被子，转过头问，"什么白马王子？"

与雪儿不同，我倒没有那么惊奇，在念书的时候，白马王子综合征早就被老师提到过了。这个病与我们以前遇到的心理障碍和精神疾病不同，它不是病人的身体出现了器质性病变，或者是脑袋被车撞了，性格一下子改变。这就是单纯的心理障碍，只不过患病的人通常是男性，他们喜欢那种精神脆弱甚至有抑郁症的女生，再像白马王子一样去拯救她们。

假若只是如此，那还不算什么，恐怖的是，患有白马王子综合征的病人是不希望被拯救的对象好转的。他们希望那个人一直精神脆弱，抑郁症加重，甚至要那个人每天只盼着跟他相处，认为只有他能给自己带来阳光。

这类病人还会打击你的自尊，比如他们会说，别人为什么都那么优秀，你却是这个样子，让你觉得是你高攀了王子一般的他。同时，他们又会矛盾地给你洗脑，说他喜欢你现在的样子，你不需要改变，维持现状就好。可他们从不提自己不够好，甚至到处拈花惹草，仿佛是别人主动追求的他，毕竟他是万人迷。他们更会说，看吧，我有这么多机会跟别人好，却选了你这样一个不出色的人，你还不感恩吗？我为你付出了多少，放弃了多少？

事实上，他们白马王子般的优越感和救赎感就来自他们强调的牺牲与付出，这些都是他们控制你的精神武器，你要是不小心的话，很容易就会上当。值得一提的是，这与人们提到的PUA还是不一样的，区别就在于有白马王子综合征的病人对你的痛苦有极大的兴趣，他们特别喜欢倾听你的心事，然后扒开你坚强的外衣，抓住你的弱点，让你永远离不开他。

人们都说谈对象要交心，遗憾的是，有些人打着"想要更了解你"的幌子，却只想挖掘茶余饭后的谈资，并非真心希望帮助你挺过难关。因此，遇到强势询问你隐私的人，最好敬而远之，搞不好他可能就是白马王子综合征的患者。

白马王子综合征也可能出现在女性身上，雪儿就是一个例子。有时，这类女患者并不知道自己得病了，她们从小就经常被父母打击，被指责什么都做不好，时间长了，就会觉得只有成长为父母那样的施暴者才能保护自己，毕竟自己当弱者时可是受尽了折磨，施暴者却想怎样就怎样。不知不觉，披着光鲜外皮的恶魔就诞生了……

值得一提的是，白马王子综合征是新出现的一种心理障碍，目前还没有被医学界认可，属于有争论的范畴。因此，雪儿不符合强制收治精神病人的规定，要不要治疗，只能看她自己。也难怪杨柯没联系青山医院的医务科，谁都没带，一个人就过来了。

雪儿人如其名，真的是冰雪聪明，她知道自己有错在先，为了撇去麻烦，恨不得杨柯立刻给她开一份精神病证明，省得廖副来找她麻烦。同时，雪儿也承诺自己不会再暗中给阿文下毒了，只要杨柯愿意给她做治疗。一般来说，病人愿意配合，那么治疗效果就会相对好些，听到这样的答案，我也就安了心。

由于有利害关系，杨柯没瞒着阿文，与雪儿说清楚后，又去别的病房找了阿文。得知真相后，阿文沉思了很久，直到杨柯要走了，才叫住杨柯："我还是爱她的。"

"随你的便。"杨柯不予置评。

"那你呢？你怎么看？"阿文望着杨柯问。

"我不是刚说了吗？随你的便。"杨柯不乐意地重复了刚才的话。

"我没问你，我在问你旁边的那个人。"阿文坐在病床上，手指居然指着我，怔怔地问，"你怎么不说话？"

杨柯却看都没看身边是否有人，只丢下一句"你休息吧"，就扣上黑色西装外套的扣子，飞速地离开了市一院。那一刻，我急得跳脚，若是杨柯不着急走，阿文或许能点破我一直留在杨柯身边的事。这时，我才怀疑，阿文最初在诊室看到我，可能不是巴纳姆效应的主观验证作用，而是真的通过科罗拉多河蟾蜍的毒素通灵了——他真能看到我的存在。

遗憾的是，杨柯是科学派，对这种封建迷信思想完全不予采信，一上车就立马发动车子，驶出市一院，直接回了家，然后晚餐也没吃就先去洗了澡。之后，杨柯挑了一套西装出来穿上，不知道是要去医院值班，还是有什么打算。我以为杨柯要出去和谁约会，哪知道他穿好衣服就关了灯，随后从冰箱拿了一瓶啤酒出来坐向沙发，皮鞋也没脱，双腿就那样架在茶几上，一边喝一边看一部叫《小丑回魂》的恐怖片。

我平时不爱看恐怖片，杨柯要放，我阻止不了，只能瘫坐在沙发的一侧跟着看。结果，这部片子特别吓人，才看了个开头，我就吓得大喊大叫，并嚷着说："快换别的片子！"

"你自己是鬼，你还怕鬼啊？"忽然，杨柯转头看向我。

我一瞬间僵住，难以置信地问："你看得见我？"

杨柯举起啤酒瓶，对着喝了一口，眼神迷离地说："我当然看得见你，自始至终都可以。"

"什么？"我不知所措，忙问，"那你怎么装得像什么都没看到一样？"

"我不想承认自己也疯了。"杨柯拿起遥控器，暂停了电影，说道，"可是你真的很吵，能不能让我安静一些。"

我喜出望外，那种感觉就像是一个边缘人士终于得到了世界的认可，自己不再是隐形人了一样。

杨柯用遥控器换了一部电影："好，我不看这片子了，换一部。你别老在旁边鬼喊鬼叫的就是了，给我老实一点。"

"好。"我非常开心，又不敢太放肆。

接着，杨柯选了一部迪士尼的动画电影《魔发奇缘》，电影一开始，男主人公就说了一句话：This is the story of how I died. Don't worry, this is actually a very fun story and the truth is, it isn't even mine.（这就是我怎么死去的故事。别担心，这其实是一个很有趣的故事，事实上，这都不是我的故事。）

"这句话怎么这么耳熟？"我不由得自言自语。

"我叫你安静，要说几遍？"杨柯凶了起来，不知道是喝了酒的关系，还是真的嫌我吵。

我知道杨柯喝了酒会乱来，当下便不敢出声了，连气都不敢喘，虽然我早就没气了。这部电影长一个多小时，讲的是太阳的一团光芒掉落人间，开出了黄金太阳花。这朵花有神奇的魔力，可以让人恢复青春，甚至是重生。后来，这朵花的魔力转移到了一个公主的头发上，但公主被巫婆拐走了，从小就跟着巫婆生活。经过种种波折，公主终于知道了自己的身世，她的心上人却为了救她而被巫婆杀害了。公主当时的头发已经失去了魔力，眼看心上人死了，她就落下了一滴眼泪。这滴眼泪闪着金光，蕴含了黄金太阳花的强大魔力，当它滴到男主人公身上时,他就复活了。

看到这里时,我居然有些感动,而且不知道为什么脸上湿湿的,我明明没哭。我本想偷看一眼安静的杨柯,有人却从后面拍了拍我,吓得我从沙发上弹了起来。电视机屏幕的光照在这人的脸上,看起来比《小丑回魂》里的怪物还吓人。好在我很快就认了出来,这是罗仙姑,她应该不会害我。

"你吓死我了!"我大声道。

"老婆婆,你怎么来了?"杨柯也站了起来,很镇定地问。

"你看得到她?"我指着罗仙姑问。

冒着蓝光的罗仙姑绕过沙发,抓起我的手说:"快点醒过来吧,不然就来不及了。"

"醒过来?"我糊涂道,"我以为上次你说叫人醒来,是叫杨柯。"

"我是叫你们两个人。"罗仙姑意味深长地说,"别抗拒了,快醒过来吧,你们的时辰还没到呢。"

"两个?"我重复着罗仙姑的话,不知所云,然后看向杨柯。

这时,我脸上湿湿的地方开始发烫,电视机的屏幕也忽然迸发出了耀眼的金色光芒,屋子内还有强大的气旋,我如同处在一场暴风之中。接着,我冰凉的身子涌入了一股股暖流,轻飘飘的身体也终于变得有重量,像是从外太空回到了地球表面那样,虽然我从没去过外太空。我正感到不可思议,电视机屏幕的金光就飞向了我,一股强大的力量随之将我拉拽过去。

"等等!"我试图稳住步子,生怕再没机会似的问道,"罗仙姑,你说你在青山医院看到了一个姓张的恶鬼,不是张七七,那她是谁?"

"是你认识的人,你见过呀。"罗仙姑慢吞吞地说。

"我认识?"我奇道。

"我不是在跟你说,我是在跟他说,他知道是谁,他什么都知道了。"罗仙姑指了指杨柯。

我奇怪地望向杨柯，想让杨柯告诉我，因为这么久了，他都没有再提张七七的事，也没去追查 X，难道真如罗仙姑所言，他知道所有真相了？我好奇地等待着回答，却见杨柯伸手抓住我，用一种古怪的眼神望着我。我以为，杨柯会给我一巴掌，嫌我问东问西，没想到下一秒他说："不要走。"

"他不走就死定了，他睡得够久了。"罗仙姑不知道从哪里变出了一根拐杖，用拐杖敲着地板说，"快点啦！"

我不知所措地杵在原地，看了看罗仙姑，又看了看杨柯。直到这时，我才发现客厅的挂历很奇怪，因为上面写的是 2028 年 11 月，这居然是十年后的日历！我还没回过神来，杨柯就深吸了一口气，松了松他那条藏蓝色的素色领带，然后冷不防地抱住了我。

我心里大喊，这闹的是哪一出，我是在做噩梦吗？可那一刻感觉非常真实，杨柯身上的酒气，甚至西装摩擦的声音，我都能清清楚楚地感受到。我还没反应过来，整个客厅就被一阵阵金光淹没了，我什么也看不到了，好像整个人正从高空坠落下来，只听到呼啸的风声从耳边刮过。

砰——！

我耳室内一声巨响，这时我的眼皮子变得非常重，好不容易用力睁开了，视线却非常模糊。依稀之中，我可以分辨出自己躺在一间雪白的病房中，病床旁边坐着一个男人，看我醒来，他说了一句很模糊的话。前半分钟，我完全听不清楚男人说了什么，也看不出他是谁，似乎我们相隔了许多层透明的薄膜。

渐渐地，一切都清晰了，我才发现守在病床旁边的是穿着白色 T 恤和黑色西装外套的杨柯，看我有反应了，他罕见地露出欣慰的笑："你终于醒了，我去叫医生。"

"等等，我睡了多久？"终于，我意识到之前的种种事情都是梦，什么阿丽、阿文，什么罗仙姑，都是梦。

"快一个月了。"杨柯又冷静下来，然后摆出臭脸，"你真是猪，这么能睡！"

"过去这么久了吗？"我以为自己听错了，可是全身的疼痛感还在，动也不能动。

杨柯给我按了呼唤铃，然后开始解释，那晚我跑回医院，被卢苏苏的追债人捅伤了，尽管他摘下领带给我的大腿止了血，但我的股动脉破裂了，那几分钟内失血太多太快，已经超出了人体代偿范围。由于我体内的血液太少，无法回流填满心室，在被送去抢救时，我又出现了室性心动过速、脑部缺血等症状，没多久就失血性休克了。

更糟糕的是，医生后来发现我是熊猫血，即 Rh 阴性血，南宁的血站有一些库存，但来不及调用。眼看我危在旦夕，杨柯就主动说自己也是 Rh 阴性血，可以给我输血救命。多亏了及时输血，我才保住了性命。但即使如此，我还是因为伤得太严重，体内多个器官受损，比如肝肾，甚至肺叶也遭了殃，中间还一度出现胸腔积液、血胸等情况，可以说是九死一生。

"所以牛大贵没捅我，是医生在给我做开胸手术吗？"我摸了摸自己的胸口，那里仍隐隐作痛。

"你怎么还在说胡话？脑子没清醒？"杨柯想要去翻我的眼皮，护士就走了进来。

随后，护士马上唤来了医生，病房里忙乱起来。但杨柯一直站在病房外，寸步不离，好像怕我又昏死过去。我不敢和杨柯四目相对，因为他抱我的画面还在我脑海里反复浮现。不过我心想，如果是梦，那就没什么大不了的了，或许是杨柯给我输了血的关系。有些器官移植病人是会做一些奇怪的梦，或许输血的病人也会吧。但既然是梦，那就没必要纠结了,罗仙姑说的话也不用当真,她说的青山医院的女鬼也不存在。

在我越想越远时,医生下了结论,说我突然好转并稳定了,这真的是奇迹,值得庆祝。他们吵吵闹闹的,我听得心烦。等人都走光了,我才鼓起勇气,问走回病床边上的杨柯:"卢苏苏呢?"

"她当场就死了。"杨柯顿了顿,又说,"主任、武雄也死了,他们都火化了,白事都办了很久了。"

"我妈呢?"我紧张地问。

"她和你爸来看过你很多次,还陪床了很久,今天他们刚好不在。"杨柯拉了凳子,解开西装扣子坐了下来,"你妈做完手术,现在已经恢复了,你就别担心了。"

"那 X 的事……"我话说多了,不禁咳了两声。

"你少说点吧。"杨柯双手抱在胸前,话锋一转就问,"我说,你别光问别人,你自己呢?你瞒了我那么久。"

天啊!我心里喊,事情过去那么久了,我都忘记杨柯在签售会上撞破我是太平川的事了。他一直以为太平川是个女生,天晓得他知道真相后会作何感想?一瞬间,我好像在街上偷了东西,被人逮住了那样。杨柯总是挂着一副冷酷的脸,不知道是在生气,还是在想什么。我见状就嘀咕,我是病人,好不容易才醒来,他不会要大骂我吧,那也太冷血了。

"算了,先饶了你,不说这事。"杨柯大发慈悲地放过了我,暂时没就这事发表评论,但从西装口袋里掏出了一个老人机,对着我说,"还记得吗?主任被梁凉凉撞了后,大家送他去抢救,他的手机被我们捡到了。"

"你没还给他家属吗?"我瞪大了眼睛。

"他的家人一直在争遗产,没人管这个。"杨柯压低了声音,继续道,"这些天,我翻了主任的通话记录,你猜,他出事前不久,打了通电话给谁?"

"谁?"

"小乔。"杨柯举起手机,给我看记录。

"小乔已经死了,手机可能在谁手里吧,这也没什么稀奇的,我们不也收到过小乔的短信吗?"我不以为然,但随后又没头没脑地问,"你家那晚摄像头拍到了谁啊?你看清楚了吗?那个人为什么要偷走乌龟?乌龟找回来了没?"

杨柯没理会我关于摄像头的疑问,只是不紧不慢地从手机里调出了一条短信。那条短信是小乔发的,内容却让我张大了嘴巴。愣了好一会儿,我才将视线移向杨柯,惶惶地问:"快告诉我,你姐姐杨妍到底是怎么死的?"

话音一落,杨柯收起手机,站了起来,接着他说的话让我回暖的身体又冒出了一股寒意。

第2章
前世今生

　　前世记忆是一个神秘的话题，世界上有许多相关报道，尽管大部分人会嗤之以鼻，一味地觉得是骗人的罢了。我印象最深的一个故事来自布莱恩·魏斯——他曾任美国耶鲁大学精神科主治医师、西奈山医学中心精神科主任、迈阿密大学精神药物研究部主任。以他的知识水平与实践经验，我相信他分享的病例值得一听。

01 天雹水库

据传，魏斯曾有一个女病人，其长期焦虑且怕水，怕到连吞药喝水都不敢，已经严重影响到了她的睡眠与正常生活。魏斯为女病人进行了一年半的传统心理治疗，效果不明显，于是就尝试了催眠治疗。起初，魏斯是想通过让女病人回溯童年的记忆，找出问题根源，不想却唤醒了女病人公元前的另一段记忆。原来，前世她居住的村落曾遭洪水袭击，她不幸溺水身亡……

身为一个有着丰富临床经验的精神科医师，这颠覆了魏斯的认知，他无法解释这一切，可女病人在那之后却好了许多，对水的恐惧也消失了。过了几年，魏斯经历了长久的内心挣扎，才终于在一本书里透露了这个病例。秉持着严谨的医学态度，魏斯倒是没有非黑即白地表示前世今生是否存在，只是客观地描述了当时发生的事。

曾经，我认为那只是传说，没想到有一天我也遇到了相似的病例，而且比魏斯医生讲述的故事还要离奇，因为我的病人可不只是动了动嘴皮子，还干出了连医生都咋舌的举动。

按照惯例，要说这个病人，又要从头说起，起码要从我受伤出院后说起。

当时，我几乎昏迷了一个月，醒来后又在医院住了一个礼拜，直到十二月上旬才出院。本来，我爸妈想来接我，可我妈那天要去医院再做些身体检查，我爸要陪她，最后就只有杨柯开车来接我回他家。

行驶途中，我一句话也没说，脑海里都是杨柯告诉我的一段过往——他姐姐杨妍到底是怎么死的。这个夭折的小女孩在杨家鲜少有人提起，哪怕是杨果也是道听途说的，最重要的是，她当初告诉我的许多细节是有偏差的，比如，杨妍并不是病死的。

实际上，杨妍是溺水死的。当时她八岁不到，而杨家以前在山东老家有个规矩，夭折的孩子不能和祖先埋在一起，就算埋在其他地方也不能立碑，更别提写清楚是谁的坟墓了。现在自然不提倡土葬了，火葬更环保，可问题是杨妍没有骨灰，因为根本没能火化。那么，杨家到底是怎么处理尸体的呢？这就是恐怖之处了。

在杨妍虚岁八岁那年夏天，杨家的几个远房亲戚从山东海阳远道而来，准备去越南做水果进口生意，顺路来到南宁。为了招呼客人，杨家人很热情，一连带着亲戚在南宁和周边市镇游玩了好几天。有一天，这家亲戚中的长辈说想去钓鱼，杨柯的父亲杨森听说南宁西乡塘市郊有个废弃的小水库——天雹水库——有许多野生河鱼，就带着大人小孩一同前往。当时，一起去的有十个人，谁都没有想到，只有九个人回来了。

那天钓好了鱼，杨森等人去附近的一个村庄吃午餐，顺便料理河鱼，直接烹煮，那样味道会更鲜美。就在这段时间里，村庄的小孩带着年幼的杨妍、杨柯出去玩，又回到了那个废弃的天雹水库。孩子们都很顽皮，玩疯了，就一起下水嬉戏，只有年纪尚小的杨柯留在岸上。

正当大家玩得开心时，杨妍却越游越远，没多久，就在远处浮浮沉沉地喊救命。见状，大家都吓得脸色发青，没有一个人敢过去救人。后来，大家就拽着杨柯一起回到了附近的村庄，找大人回来救人。这一去一回，哪里还来得及呢？可蹊跷的是，天雹水库里并没有杨妍的尸体，即使打捞队来了，也没找着。

　　杨柯提到这一段过往时，知道我会不相信，就又补充了一句：当时大家甚至放干了水库，就是找不到尸体。这事无疑被传得神乎其神，杨家人可能觉得不太吉利，也不想再提起，后来这事就被传出许多版本，大家说的细节也都对不上号。比如，杨果说过，杨柯还在他妈妈肚子里时，他爸爸就失踪了。实际上，那时杨柯早就出生了，杨柯的爸爸是在杨妍出意外后才失踪的。

　　不过杨柯坦承那无可厚非，毕竟事情发生在很久以前，他当年还是个不懂事的小男孩，再加上亲人们讳莫如深，他也不记得大部分细节了，唯一印象深刻的是，他姐姐当时穿了一件红色的衣服。

　　平常，我听到这种故事都认为这是夸大其词，但那是杨柯亲眼看到的，这种事也不可能开玩笑。可杨妍的尸体去哪儿了呢？莫非水里有看不见的怪兽，尸体被它给吞了？或者水库底下有裂缝，尸体被吸了进去？除了这些猜测，我实在想不出个所以然来。

　　而我为什么在意杨妍的下落，就是因为杨柯在医院拿出主任的手机，给我看了一条短信。那条短信藏在"已删除"的垃圾箱里，是主任被梁凉凉撞死不久前收到的，发信人是小乔：

　　　　这一切都是杨妍搞的鬼，她是青山医院的医生。

　　显然，这句话很荒谬，因为青山医院里除了杨柯，没有别的医生姓杨了，至少没有女医生姓杨。但话说回来，假设这条短信不是唬人的，那杨妍改名换姓了也是有可能的，而杨柯自己也承认，时隔多年，他可不敢保证认得出他姐姐。

　　我在脑海里推演了很多遍，还是无法理出个思路来——若我是杨妍，当年不知怎的活了下来，那我肯定是急着跟家人相认，甚至要昭告全世界，我还活着呢。就算不想与家人相认，那我也犯不着改名换姓，来到爸爸和弟弟工作的医院当医生啊。图什么？我想不到有什么好大费周章的，这完全没必要。

杨柯一路沉默，或许他在想这段时间的事，或许只是没话说。我也不知道要说什么，客气的话就那么一两句，不能重复说个不停，索性也跟着一声不吭。等回到家了，我看杨柯还是没什么话说，这才忍不住追问，那晚闯入他家的人是谁。

杨柯对这事兴趣不大，甚至没有报警，看我又问，就说家里除了丢了乌龟，什么都没丢，连家里装的摄像头都还在。当然，杨柯开启了录像的云备份，就算小偷拿走了摄像头，我们还是能找回那晚的录像。可惜杨柯告诉我，那晚的录像画面比较暗，只能看出有两个长头发的人闯了进来，去张七七住过的卧室翻了翻，等回到客厅看了一眼乌龟后，他们就莫名其妙地偷走了乌龟和玻璃缸。

我站在原本放玻璃缸的地方，心想：难道芒山镇老人送的乌龟很值钱？否则偷它干什么？总不会真是龟仙人，吃了能当神仙吧？杨柯懒得琢磨，只说我房间整整齐齐的，似乎没丢东西。我穷得叮当响，就算小偷想偷东西，估计也不知道偷啥。不过，我还是让杨柯给我看了那晚的录像，然后来回看了五遍。

由于杨柯家的摄像头只能拍到客厅，拍不到卧室这种隐私区域，所以我只能看到两个小偷径直去了张七七的房间。接着，有一个小偷先出来，去看了看乌龟，半分钟后，另一个小偷也从卧室出来，然后他们就抱着玻璃缸溜了。对，是他们，这不是笔误。虽然视频里的两个人都是长头发，但我总觉得有一个人可能是武雄，是个男人。要知道，梁凉凉把武雄推下太平间的楼梯时，他就戴着长长的假发——虽然他说那是X逼他干的。和我一样，他一直都有收到X的威胁短信。

我才苏醒一个多礼拜，脑子里仍有许多疑问。杨柯却早就没了兴致，看我分析来分析去，完全没有参与进来的意思。那天下午，杨柯还要去上班，出门前，他本来想留我一个人在家，但季副高打电话来，问我们是否已离开了市一院，如果已经离院了，那就先到青山医院来，一科有个会议要开，顺便要交代我一点事。

"好，马上过去。"不等我回答，杨柯就替我应承了下来。

"马上？"我有点犹豫。

"怎么，你还要化妆吗？"杨柯上下打量我。

我有点难为情地说："我怕又被嫌弃穿得不精神，被唠叨啊，给我点时间，换好衣服嘛。"

"放心，主任已经不在了，季副高又从来不说你，你就是穿成讨饭的也不要紧。"杨柯的语气听不出是讽刺还是安慰。

"都过去那么久了，一科没有新的主任来吗？季副高还是二把手？"我好奇地问。

杨柯似乎不想讨论这个话题，只一个劲地催我："快一点！"

"那还不如直接从市一院去我们医院呢。"我嘴上抱怨，却还是老老实实地跟着出了门。

也许是看我没完全恢复，还饿着肚子东奔西跑，我一坐上副驾驶座，杨柯就少见地说了好听的话："你不要紧吧？"

"什么？"我以为听错了。

杨柯好像有些紧张，准备将车子开出停车场时，他松了松白色衬衫的领口，深呼吸了一下，很突兀地说："我觉得自己注定要孤独。"

聪明的人都会接一些温馨感人的话，我却不识抬举，脱口而出："哪有孤独不孤独的，明明是你脾气不好，所以没人理你。"

"你……"杨柯气得冒烟，可随即又压住了火，继续道，"我爸、我姐都不在了，就好像谁跟我亲近都会死。你看，连张七七都不例外。

所以我平时不爱理人，我是怕害了别人……"

"这话我就不爱听了。"我看着前面的车水马龙，不乐意地说，"怎么，你跟我住一起，是想害死我吗？难怪自从认识你，我会那么倒霉，这次差点连小命都丢了。"

"这……"杨柯习惯性地想教训我，却一时语塞。当车子开到一个红绿灯路口时，他才说回话题："反正有个人陪我，我很高兴。你人很好，也很善良。"

我是人穷志短，没办法，这才一直赖在杨柯家。听杨柯把我形容得那么高尚，我顿时有些心虚，可话到了嘴边，却成了这样一番回答："那你干脆把那几百块钱房租也给我免了。"

"好啊。"杨柯痛快地答应下来。

我很意外，忙客气道："我只是开玩笑，几百块钱还省，我还是个人吗？"

"你当然不是个人了，你一直要我跟你掏心掏肺，还老污蔑我杀了人，你倒好？"杨柯哼了一声，话锋一转，"你把我骗得团团转，忽悠我说了那么多太平川的好话，你是存心看我笑话吧？"

一提到这事，我就心虚，只好转移话题："走另外一条路吧，那条路车少一些，能快点到医院。"

"回去再找你算账。"杨柯没有故意为难我，也没有继续纠结太平川的事。

说起来，我和杨柯仍没有就那天在签售会上的意外撞面说过什么，似乎都有意避开这个话题。从那天起，我一直好奇，杨柯究竟是怎么想的，可又不愿意提起话头。因为创作者都有一个遗憾，总觉得作品是不完美的，所以就算和阳可在一起时，我也较少与她谈论写作的事。

可能我的反应太过冷淡，杨柯在剩下的路程又沉默了下来，只有车窗外的喇叭声和马达声在此起彼伏着。我倒不是不识趣，而是一想到要去青山医院，心里就紧张，根本不能平静下来。按照程序，我其实是要经过心理辅导或评估才能回去上班的，毕竟我是在医院被人捅伤的，心上人卢苏苏又惨死在身边。如今，我要回到现场，心情不可能一如往常。

幸好，青山医院向来不乏转移注意力的事情。这不，我和杨柯才进入医院的停车场，有个穿卡其色外套的瘦瘦的男人就跑了过来，躺到了我们要倒车进去的停车位上。主任是在停车场被撞死的，我一靠近就心神不宁，一直东张西望，看到有人疑似要碰瓷，立刻就提醒正在倒车的杨柯。

"你干什么啊？"车子及时停下来后，我就下车去质问那个瘦男人。

"我……算了！说了你也不信！"瘦男人很失望地站起来，拍了拍身上的灰尘。

"他不会是这里的病人吧？"我后退了一步，生怕这个瘦男人是疯子，要扑过来动手或动刀。通常这种动不动寻死的人都不好对付。

这时，停车场追进来一个浓妆艳抹的短发女人，看我们在说话，过来就对我破口大骂："贱人，被我抓到了吧！"

"抓什么？你不会也是这里的病人吧？"我继续后退。

"什么病人不病人？你们两个不要脸的臭男人，是不是想上床啊？"短发女人不依不饶。

"你能不能注意点形象？"瘦男人拽住要扑向我的短发女人，呵斥道，"我都说了几次了，你怀疑的事是你凭空想象出来的。我是神仙，是太乙金仙，这可是事实啊，不信你让他们开车碾我，我死不了的。"

"什么东西？什么神仙？"我一头雾水。

就在这时，一辆白色的小车开进了停车场，等车子一停稳，一个穿着红色大衣的女人就伸出细白的长腿，从驾驶室里走了下来。那女人甩了甩长长的黑发，没有朝我们看一眼，迎着风就朝门诊部那边大步流星地赶去，穿着清凉的她丝毫不畏惧十二月的寒冷。我一瞧就知道那是三科的主治医师岳听诗，可就在那一瞬间，我忽然觉得她就是杨妍。

"杨妍？"我情不自禁地叫了一声。

岳听诗本来不想搭理我们，听到这名字，却停下了脚步，高跟鞋撞击地板的声音也跟着戛然而止。

02 罗森塔尔效应

这时，杨柯已经将车子停到了其他的停车位上，正要拿着公文包下车，当瞧见岳听诗回过头来时，就和她四目相对了一会儿。接着，岳听诗又将目光移向我，那眼神怪怪的，似乎想对我说些什么，可她最后什么都没说，又转身朝门诊部去了。

我被其他人缠着，脱不了身，便没再去管岳听诗，只能好言好语地安抚这对疑似夫妻的男女，以免他们大打出手。多亏杨柯停好车，及时走了过来，对我说他们本来是七科的病人，是武雄负责的，可是武雄去世了，他手下的病人只有一半被重新安排了，还有一半仍没着落。

听到武雄的名字，瘦男人就激动起来："只有武医生懂我，你们和我老婆都当我是疯子！"

"你不是疯子，我会送你到这里来吗？你就是有病！"短发女人激动地大骂。

之前瘦男人躺到杨柯的车后面，差点发生意外，我怕他受刺激，又去寻短见，赶紧灭火："好了，好了。有话好好说，恶言冷语最伤人。你们一起进去吧，来都来了。"

"我们今天就是要来七科看诊的,但七科主任建议我们转去一科,因为武医生的病人太多了,他们七科分不完。"短发女人不满意地哼了一声,怒道,"听说一科的陈医生作风不好,到处勾引女人,连男人也不放过,是个狐狸精!我才不要我老公给他看呢。"

我明明不是那样的人,听短发女人那么一说,却不由自主地害臊起来。杨柯毫不动气,直接对我说了声"走吧",根本不想理睬他们,也不打算解释我们就是一科的主治医师。瘦男人和短发女人没有自我介绍,只是跟在我们后面,一股脑儿地讨论,医院建议他们换科室,是不是有什么猫腻。其实,这里面什么猫腻都没有,换科室大部分时候都是为了病人着想,就像一些反复发作、经过初期治疗却始终不见效果的情况,病人都应该考虑更换挂号科室去找病因。

举个例子,病人得了甲亢,早期症状之一是眼睛不适,因为甲亢会眼球突出,那么病人一开始可能是去看眼科。看眼科自然是不对的,眼科医生要么开点眼药水就将人打发了,要么给你转科室。又或者,你得了耳石症,经常眩晕,你跑去看脑科医生,查脑神经,效果可能也不大,你最后还是要去耳鼻喉科。

而青山医院的一科之所以排第一位,是因为当初这个科室类似全科医生,什么都会治,但病人主要是重性精神病患者、难治性病例,起初青山医院没有七个科室,是后来才慢慢扩大规模的。七科的病人大多数是神经精神病患者,医生擅长的是神经系统疾病、脑器质性精神障碍等。我以前被派去杨果的中学免费看诊,遇到过一个叫阿好的病人,她后来就是转给了七科的武雄,然后查出了科尔萨科夫综合征的。

我一边走去门诊部一边想,七科的主任这么建议一定有原因,或许这个男人的病不在神经精神病的范畴吧。不过如果是病人闹自杀的话,一般都是六科的差事,应该不会分到一科来。或许,这个瘦男人的病不简单,要不然不会过去那么久了,他还来青山医院看病。通常这种"钉子户"病例都是极难对付的。

　　容不得多想，我刚到门诊部那边，就看到季副高站在那里和一个年轻女人交谈，见我来了，他马上吩咐我先去会议室候着。我们刚要朝另一个方向去，季副高却叫住了杨柯，说有点事要私下谈谈。那个年轻女人被季副高撇下后，对我笑了笑，我怕病人以为我笑他们有病，从不敢在医院乱笑，所以就面无表情，没有任何回应。

　　"你是陈仆天吧？"年轻女人似乎认识我，主动走过来打招呼。

　　"你认识我？你要看哪个科？不是我们一科吧？"我戒备起来。

　　年轻女人愣了一会儿，又甜甜一笑："对，我就是要看一科的医生。"

　　"那你先去挂号吧。"我指了指挂号的窗口，打发了年轻女人。

　　看我和别人说话，先前吵架的夫妻不乐意了，然后一个劲儿地嫌弃，说我原来就是一科的医生，不会这么巧，就是那个到处勾引人的狐狸精吧。我才回医院第一天，不想引起什么风波，干脆就不再理他们，一个人先去了医院的会议室。这次只有一科开会，人比较少，我一进去就看到宋强和几个住院医、护士在叽叽喳喳说些什么，但一发现我来了，他们就停了下来。

　　不知怎的，我有些紧张，进去后也没说话，直到宋强第一个打破了沉默："陈医生，你来了！"

　　"是啊。"

　　有个人和我异口同声，同时回答了宋强。我回头一看，那个年轻女人居然跟在后面。我眉头一皱，有些不高兴，想说，这是医生的会议室，不是病人来的地方，门上写着"闲人免进"，你是不认识字吗？

　　可宋强他们却笑脸相迎，一个个都尊敬地打招呼："陈医生，陈主任。"

　　我以为自己变主任了，正觉得这是做梦呢，接着却发现大家不是对我说的，而是对跟在我身后进来的年轻女人说的。那个年轻女人看我傻愣愣地杵着，就大方地伸出手，要跟我握手："我叫陈怡。"

"啊？"我难以置信，被我当成病人的年轻女人居然是主任，看样子还是一科的。

"久仰大名，以前老何经常夸你呢。"陈怡微笑着的眼睛里有种光，让人觉得很舒服，我甚至忘记了刚才尴尬的初遇。

"什么？"我还是没反应过来。

"好了，先开会吧，以后再说。"陈怡看其他人都在往这边看，便收了微笑，严肃起来。

我给人看病看久了，有时很会察言观色，瞧见陈怡的反应，我就知道她好像只对我态度好，对其他人就很威严，狮子王者般的霸气毫不收敛。眼看大家都入座了，我顾不得刨根究底，只好跟着坐下来，听陈怡发言。会议的内容其实很枯燥，但我可以听出来，大部分是针对我的，可能是院长专门交代的。比如，陈怡说医生要注重形象，感情生活不要太乱，也不要到处借高利贷或者与经济状况混乱的人有往来，以免影响医院的工作环境。

说到最后，陈怡才提到了会议重点——七科招了三个新主治医师，扩大了规模，同时七科原来的一名男主治医师会换到一科来，到时候坐门诊什么的，都得重新安排，而七科的病人也会视情况分一些过来。

分过来的这个七科医生叫詹仁辉，和武雄是好兄弟，两人交情非常好。当初詹仁辉婚礼时，伴郎就是武雄，医院同人几乎都去了婚礼现场。不过，我很少碰到詹仁辉，跟他不算熟，他好像也不太去主治医师的休息室睡觉或者去食堂吃饭。我之所以知道武雄和詹仁辉关系不错，都是卢苏苏和我聊天时提到的，但也只提了几次。因为卢苏苏每次都会说詹仁辉挺帅的，可惜早就结婚了，连儿子都两岁大了。有一次，我脑子进水了，当卢苏苏又提起詹仁辉时，我就问是詹仁辉帅，还是杨柯帅。她不置可否，之后就再也没提过詹仁辉的名字。

我正在分神时，陈怡宣布会议结束，让大家各回各的工作岗位。我第一个溜出了会议室，在离开的路上，有些住院医很不服气，纷纷猜陈怡到底多少岁，因为她看着也就二十多岁，最多三十岁，怎么可能当上主任呢。要知道，医生的职称晋升相当于去西天取经，不耗掉青春，不发表几篇三分以上的SCI论文，没有国家自然科学基金项目，你想都别想。

因此，要当上主任，年龄肯定得四十岁以上了。以五年医学本科生为例，毕业时二十三岁，然后规培，二十四岁考证变身住院医，住院医做满五年之后，再去参加主治医师的考试，当上主治医师就至少三十岁了。而每做满五年，才准许参加更高一级的晋升考评，所以一般情况下，三十七岁才能当上副主任医师，四十四岁才会升为主任医师。

这么一算，陈怡尽管看起来是个年轻的小姑娘，约莫着也应该有四十好几了。不过年龄不重要，重要的是心态，只要心态年轻，人看着就精神。或许，陈怡的心态好，这才看着朝气蓬勃，像刚进来的住院医一样。我只是为季副高惋惜，本以为主任走了，他就能有机会成为一科的老大，没想到半路杀出个程咬金来。

"你等一下，陈仆天。"忽然，陈怡从后面叫住了我。

大家以为陈怡听到了议论，忙向门诊部和住院楼飞跑，留下我来面对新主任。陈怡看我战战兢兢的，严肃的脸上又绽放出了令人舒适的笑容："你真的跟我想的不一样。"

"哪里不一样？对了，你认识何主任？是他提过我吗？"

"认识，我们是老朋友。"陈怡的笑容很自然地散去，随后表情慢慢认真起来，"我这些年都在区医院工作，所以你放心，我只是来这里多点执业[1]的，我们医院也批准了。就是多点执业有个弊端，我只能周末

---

[1] 医师多点执业，是指符合条件的执业医师经卫生行政部门注册后，受聘在两个以上医疗机构执业的行为。

过来，大部分工作安排，还是得看你们副主任怎么说。我其实就是来捧个场罢了。"

"多点执业？"我很意外。

"何富有说整个医院里，他最信任你。"陈怡一句话又将我的思绪拉了回来，"你既然来了，到我办公室聊聊吧，我想把老何说的事情都跟你捋一遍。"

"信任我？"我糊涂了，主任不是以为我给他下毒，还要向廖副举报我吗？若不是那晚医务科的小姑娘将主任要寄出去的快递交给我，想让我帮忙送去刑侦大队，被我截了下来，我现在恐怕都被廖副逮捕了。

"他最后有些神志不清了，你不要怪他，他其实是一个很好的人。"陈怡好声好气地帮主任说话。

我正要反驳，回答才不是呢，季副高却从门诊部的另一头穿过人群，朝我们走过来，说有病人挂了我的号，需要我现在过去一趟。其实我今天还没有正式上班，医院也要先给我做心理评估。听到季副高说有病人挂我号了，我一时间不知如何是好。陈怡看我呆头呆脑的，又笑了笑，然后放我离开，并没有像主任往常那样，还教训我一通。

我心里暖暖的，原本还担心陈怡会因为我误会她是精神病人，要找借口责备我呢，幸好她很大度，完全不计较。然而，我的感动很快就烟消云散了，因为季副高告诉我，挂我号的人就是大闹停车场的那对夫妻。他们可不好伺候，一看就是会乱投诉的主儿。

与此同时，季副高简单地陈述了瘦男人的病情。瘦男人叫郝胜，是个房地产公司的高管，属于商业精英级别。很巧，郝胜的妻子也姓郝，叫郝菲儿，她在郝胜任职的公司当财务主管。这两个人结婚后一直没有孩子，同房的次数也很少。后来，郝菲儿怀疑丈夫有龙阳之好，便吵着闹着要将郝胜送过来治病。

在七科看病时，武雄听郝胜抱怨过，自己只喜欢漂亮的女生，并没有什么不太一样的喜好。只是，郝胜有一天做了个梦，梦到自己前世是太乙金仙，梦里有神仙告诉他别生孩子，否则又要堕入六道轮回，继续吃苦头，他是因为这样才不肯跟妻子同房的。郝胜不只是说说便算了，在被送来看病之前，还曾有几次轻生的举动，可每次被人救下来，他总说自己有不死之身，是死不了的。

武雄给郝胜做过多种心理评估，最后却得出结论：病人并没有自杀倾向。而在躯体检查中，郝胜的结果也是正常的，暂时看不出什么名堂来。除了说自己是神仙、死不了，郝胜也没有其他异常之处，更没有严重到要强制收治的地步。

为了给郝胜治疗，武雄尝试过罗森塔尔效应，换句话说，就是人际期望效应。这个效应是由一个叫罗森塔尔的美国心理学家于1968年通过实验发现的。实验的大致内容就是假若老师对一部分学生给予高度评价，这些学生就会取得出色的成绩，日后也会跻身翘楚；相反，如果老师明着表述，你是一个低能儿，你以后就是专门干苦力活的人，那这个学生的未来就是惨淡的。

武雄试着照搬罗森塔尔效应，对郝胜做了多种暗示和催眠，让他认为自己确实是神仙，但这个神仙是要到凡间历练的，而且要接受七情六欲，并珍惜生命，因为自杀和自残的人以后是不能再列入仙班的。可是，这个效应丝毫不起作用，郝胜依然想证明自己死不了，会经常躺到车子的前面或后面，想让人碾轧他。

可郝菲儿不信，当发现郝胜躺在车下几次，就怀疑丈夫是在与男车主偷情，想要躲她，因此更认定丈夫有龙阳之好。有几次，郝菲儿倒是发现车主是女人，可她认为，那是丈夫故意使诈，想要误导她。总之，两个人每次来医院都会吵架，慢慢地就成了医院的"鬼见愁"。

本来，郝胜被转到一科，是因为七科的主任觉得詹仁辉去了一科，干脆就分些病人过来。谁知道，郝菲儿不同意，因为她最开始挂武雄的号，是觉得武雄长得一般，对她没有威胁。可现在转到一科了，郝菲儿担心詹仁辉和杨柯都长得太俊俏，连她都有些动心，她老公能把持得住吗。掂量了好一会儿，郝菲儿才决定挂我的号，虽然她知道我的风评不好，也是不情不愿的。

话说回来，郝菲儿也不是没去过其他医院，在来青山医院之前，她带老公去过区医院的神经内科，然后问医生精神病来这里看可以吗。结果人家不给看，她脾气不好，一直嚷着要投诉不给看病的医生，最后实在没的选了，才"屈尊"来我们医院给她老公治病。

一想到刚回来就碰上这种难搞的病人，我左右为难，当季副高领我到诊室外面时，我一百个不愿意进去。季副高明白我的心思，到了门外，就给我吃定心丸，叫我不用怕，若有什么困难，尽管找他就好。不管怎样，这个病人再难，我们一科也要接，只要熬过这一关，给人看好病，心理评估的事就无须操心了。

"好了，我先去忙别的事，你自己来吧。"季副高没等我说感谢，转身就离开了。

我深吸一口气，又回头看了眼门诊大厅的人群，终于才鼓起勇气，准备回到原来的岗位上。可我刚迈进门，郝菲儿就从椅子上弹起来，使劲儿打了郝胜一个耳光，然后举着手机，对我大喊："陈医生，是吧？你看，我要不要报警？"

"报警？"我有点云里雾里，费解地问，"怎么了？"

"你自己看！"郝菲儿推开想抢手机的郝胜，把手机交给了我。

我狐疑地接过了手机，低头一看，当下就愣住了。

03 空心病

手机屏幕上显示着一个网页界面，搜索字眼是"怎么肢解人体"，搜索的图片结果非常血腥，连我这个当医生的看了都有些受不了。

郝菲儿见我的反应合她意，当下就变了态度："陈医生，你是专业人士，我没说错吧？我老公就是个变态！现在还想杀人灭口，想对我不利！你说要不要报警？"

我有些为难，不能光凭一个搜索页面就判断别人意图不轨，我总觉得郝胜没有说实话，这些迷魂阵都是为了隐藏他真实的想法。为了让病人能畅所欲言，我通常都倾向将病人家属劝离诊室，省得他们老打断谈话或者帮病人讲述病情。可郝菲儿不愿意，一定要随时缠着郝胜，理由是担心郝胜和其他男人乱来，甚至是密谋杀害她。

"陈医生，你看，不是我有病，是我老婆有病，她这个样子，叫我怎么活啊，干脆离婚算了。"郝胜赌气地坐回到椅子上。

郝菲儿不认输，转身就挑衅道："离婚就称了你的心吧？想跟哪个男人天长地久去啊？"

"好，那我去死，行了吧？我马上跳楼给你看。"郝胜一激动，又站起来要往外面冲。

这要是看诊时，病人寻短见了，我又得麻烦上身。见状，我赶紧堵住郝胜，然后不再客气地对郝菲儿说："你先出去，不要打搅我看诊！要不然你们就别挂我的号，有什么问题去找警察、找法官，随你们的便！"

郝菲儿软硬不吃，看我发脾气了，更气势汹汹了："你们领导是谁！我要见他！我要投诉你！我要你跪下来认错！不然今天就要你吃不了兜着走！"

她声音非常大，犹如拿着扩音器在说话，连本来在办公室里的陈怡都走出来看是怎么了。也许陈怡见怪不怪了，瞧见郝菲儿在为难我，没有立刻过来平息事端，只是远远地观望着。我这时顾不得别人是看好戏，还是在担心我，只觉得弄不好郝菲儿才是病人。但既然要投诉，索性就让她去找陈怡投诉好了，主任级别的医师一定能看出端倪来。

于是，我硬碰硬，指着一个方向说："好，你要投诉我，可以，我们主任的办公室就在门诊大厅那一头，去吧。"

郝菲儿没料到我这么强硬，一下子下不了台，只能硬着头皮回答："去就去！"

我瞧得出来，郝菲儿是那种认为只有自己才是绝对真理的人，谁也奈何不了她。起初，气冲冲的郝菲儿确实顺着我指的方向去了，可走到大厅后，忽然换了个方向，头也不回地走出了门诊大厅，不知道要上哪儿去。郝胜可能还在气头上，根本不管妻子到底去哪儿了，看我气走了他妻子，他好像还挺高兴的。见我坐到了办公桌的对面，郝胜还问我，能不能让他今晚住院，他宁愿住精神病院也不想回家。

我先随便了翻郝胜之前的病历，扫了几眼后就问："你老婆现在不在，有什么话就直说吧。我不会有偏见的。"

郝胜喷了一声，有些不乐意接话，可他也没地方去，干脆就瞎扯起来："你知道我为什么不会死吗？"

"为什么？"我顺着问。

"因为郝胜早就死了。"郝胜拉了拉椅子，凑上前回答。

"你不就是郝胜吗？"我疑惑地问。

郝胜又喷了一声，似乎同样的话题已经进行过许多次了，相信武雄也听到过这一套说法。不过，郝胜还是勉为其难，又从头到尾跟我过了一遍他脑袋里那些荒诞的想法。原来，郝胜经常熬夜，熬多了，心脏就受不了了。四个月前，郝胜得了心肌梗死，还因心梗而大脑缺血缺氧陷入了昏迷，后来接受了经皮冠状动脉介入治疗才保住了性命。

可在住院的那晚，郝胜做了个梦，梦里他已经死了，然后一个挂着拐杖的糟老头从天而降，进入了他的身体。从此，郝胜觉得自己就是那个糟老头，为了符合梦境，还想断去一条腿。也正因如此，郝胜认为自己是神仙，不想再近女色。关于这个梦，郝胜表示自己和郝菲儿说过，可对方不信，还骂他是故意找借口隐瞒龙阳之好。

听到这里时，我倒有些理解郝菲儿了。这么玄奇的说法，谁会相信呢？男人女人都有欲望，不可能做一个梦，连腿和欲望都不想要了，除非身体出了什么问题。

当郝胜反复说那个梦境时，我又看了他的颅脑CT，有时病人的认知和情感有变化，很可能就是大脑出现了问题。可乍一看，郝胜的检查结果是正常的，假若硬要说有什么不对劲，那就是他大脑右顶叶区域的灰质比较少。灰质就是大脑半球的表层，大量的神经元细胞体就集中在这里，大脑的大部分活动也发生在这里。国外曾有一项研究证明，右顶叶区域有大量灰质的幼儿，长大后会特别聪明，尤其是在数学方面。

可这个灰质有人多，有人少，这很正常，除非多过了头或者少太多。光看颅脑CT结果，还无法立即判断出问题来，我只好继续听郝胜说他的情况。可郝胜一直在说什么神仙啊、断腿啊，我觉得他说不到点子上，只好问他这段时间心情如何，有没有觉得沮丧、提不起劲做任何事。

我只是想让郝胜别再唠叨梦境了，谁知道这一提就点燃了炸药桶。只听瘦成竹竿的郝胜使劲地拍了拍桌子，开始大倒苦水。据郝胜说，以前和妻子郝菲儿结婚时，两个人如胶似漆，胜过神仙眷侣。唯一的问题是他们一直想要个孩子，可婚后试了许多方法，连送子娘娘都拜过了，就是生不出孩子来。为此，郝胜很沮丧地与郝菲儿商量，要不要一起去做个检查。郝菲儿平时注重保养，坚决认为不是自己的问题，只催着郝胜去做全方面的检查，自己却不去。可检查结果显示，郝胜一切正常，精子质量也很好，问题并不在他身上。

渐渐地，郝胜和郝菲儿出现了隔阂，都觉得问题出在对方身上，全都怪对方不够好。在说到"不够好"时，郝胜每说一个字就用瘦到青筋突起的拳头敲打桌子，还抱怨自己是房地产公司的高管，都是靠他的关系，郝菲儿才可以到公司当财务主管的，否则她还在一家快倒闭的少儿培训学校当会计呢。

同样地，郝菲儿也会嫌郝胜不够努力，不是抱怨他太瘦，没有肌肉，就是嫌弃他房事不够频繁，或者只停留在高管的职位上，不会自立门户，谋求更好的发展。不管做什么，郝菲儿总是嫌郝胜做得不够好，钱挣得不够多，随时都能挑出毛病来。时间长了，郝胜自己也变得焦虑起来，总想着逃避一切。

听着郝胜大倒苦水，我并不觉得烦，反而有些欣慰，因为很多病人需要的不是药物治疗，而是心理治疗，谈心和倾听有时比药物更管用。在这个过程中，我几乎没有插什么话，郝胜也不需要我接话，一个人诉苦了很久，一个下午的时间就这么被他说完了。还好这天一科不忙，杨柯和詹仁辉也不用来门诊部，我就陪着郝胜慢慢地疏导情绪。

十二月的南宁黑得越来越早，以往五点多天还亮着，但到了冬天，五点多太阳就落山了。透过窗户，发现西边的天空泛起了一片胭脂红，我顿时就想到一句话：日落胭脂红，无雨必有风。郝胜意识到天快黑了，这才打住，但与其他病人不一样，他以为看诊结束后，我会给他开精神药物，还想劝我别开，并坚持认为自己没病。

"你放心，就算你叫我开药，我现在也不会给你开的，武雄不是也没给你开过。"我安慰道。

"那你不觉得我有病吗？"郝胜想要个答案。

我一边收拾桌子一边轻描淡写地说："生病没什么丢人的，就像我们每个人都会感冒发烧，同样地，我们的心生病了，也很正常。"

"我才没病。"郝胜嘟囔了一句。

"尽量放轻松吧。"我嘱咐道。

"这样就算看好病了吗？"郝胜试探地问。

"当然不是了，我需要再研究一下。"

确实，有些病在看诊时通过对话就能找出问题来，可有一些隐藏较深的病症则需要仔细问诊、量表检查、躯体检查，甚至需要与病人家属交谈才能最终确诊。郝胜的问题还在这一切表象之下，什么神仙，什么人早就死了，还有前后矛盾的说辞，都是障眼法。我看过武雄留下的资料，他曾怀疑郝胜是人格解体，郝胜说自己死了，可能就是人格解体的表现，但这个推断被推翻了。因为郝胜说自己是被一个拄拐杖的老神仙附身了，而人格解体就是单纯地人格没了，病人觉得自己已经死了，不会再产生出一个新的人格来。但这也不是精神分裂或者单纯的臆想，否则郝胜不会总是冒着生命危险，躺到车子后面去证明自己有不死之身。

"那……今天就这样了吗？"郝胜不情愿地站起来，似乎还没说过瘾。不过，有人倾听总是好的，他明显不再抵触，愿意配合了。这就是说，我们之间的桥梁已经建立了。获得病人的信任是精神治疗的第一步。

"我会找时间跟你爱人谈谈的，你压力别太大，一切都会好起来的。"我尝试用罗森塔尔效应给郝胜一些"明天会更好"的心理暗示。

"好吧。"郝胜三步一回头，离开了门诊部。

我送人离开后就关上了门，坐回办公桌后，又开始翻阅武雄留下来的资料。除了人格解体、精神分裂，武雄还怀疑郝胜得过一种病：空心病。空心病是近些年由一个叫徐凯文的精神科主治医师提出来的，是价值观缺陷造成的心理障碍。当今，很多人都崇尚高分、高薪，认为拿高分才能得到奖励，拿高薪才有成就感，久而久之，这样的价值观会让他们怀疑到底是在为什么而活,不如死了算了。

郝胜确实有一点空心病的苗头。按照徐凯文提出的观点,空心病有几大特征,最明显的是:情绪低落、兴趣减退、快感缺乏;有强烈的孤独感和无意义感;人际关系通常是良好的;对生物治疗不敏感,甚至无效;有强烈的自杀意念;迷茫期很长,有些始于初高中时期;传统方式的治疗效果不佳。

值得一提的是,空心病和抑郁症、双相障碍不同,目前所有的药物,甚至是电休克治疗对这类病人都没有效果。而空心病的患者看着像正常人,人生也看似美满,他可以跟你说说笑笑,经常出来玩,实则心里不知道自己在为什么活着,或者经常处于自己不够好的焦虑中。或许,是郝菲儿的高要求催生了郝胜的空心病。

我正想得入神,手机响了,本以为是杨柯找我一起回家,实际上却是我妈打来的。我担心是我妈今天去检查身体有什么问题,就赶紧接通了。谁知道,我妈在那边笑呵呵地说:"小天啊,今晚给你安排了相亲,一会儿你记得去XX家餐厅,有个女孩子会过去找你。"我本想推托,说:"这才出院第一天,相什么亲,我又不是明天就死了。"我妈却教训我,别乱讲不吉利的话,还说人家女孩子可优秀了,愿意来见我是给了天大的面子,叫我识趣一点。我妈同样是大病初愈,我不想刺激她,也不想在电话里跟她争执,只好回答:"好啦,好啦,我去就是了。"

咚咚咚。挂完了电话,我就听到有人敲门,没等我起身,外面就传来一个声音:"陈仆天,你还在吗?"

陈怡?我以为新来的主任早就走了,没想到她还在,于是我起身开了门。陈怡披着一件白色的大衣,给人一种很干净的感觉,似乎灵魂都是清澈的,仿佛坠落凡间的天使。我想起陈怡之前要跟我说主任的事,便急忙请她进来坐,但考虑到男女有别,就故意没关上门。可

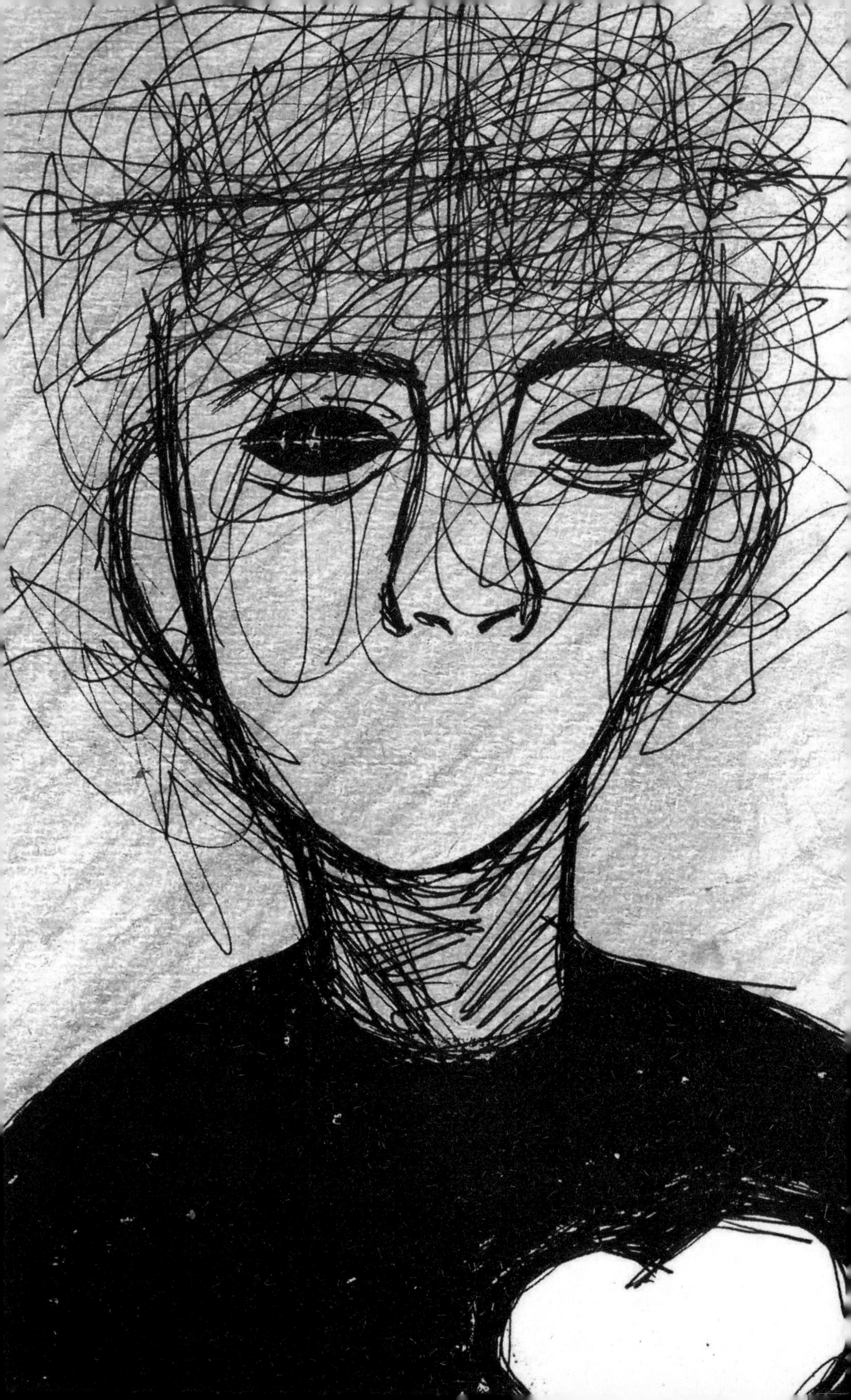

陈怡主动带上了门，似乎不想有人打搅我们的谈话。

"当年青山医院做大了，你们院长找过我。"陈怡自顾自坐下来，对我说，"我本来是要来你们一科的。"

"我们院长？张青山吗？"我也坐了下来。

"对。所以杨森、何富有、季守信这些人我都听说过。"陈怡坐在病人的位置上，可她却像是医生，而我是来看诊的病人。

我忍不住又打量了陈怡，心想你一个看似二十岁出头的小姑娘，居然这么早就和这些前辈打过交道，难道不会老吗？陈怡抿嘴一笑，一语道破："你别把我想得太老了，杨森的确比我们大许多岁。但何富有、季守信就不一样了，他们不是三十七岁就是四十岁出头，这样的年纪不算大吧？"

"我没那个意思。"我急忙解释。

陈怡没有怪罪我的意思，反而好声好气地问："你都忙完了吧？那我就不卖关子了，是时候告诉你何主任的事了。"

我竖起了耳朵，回答："尽管说。"

陈怡没有含糊，很快就将主任的秘密一个个抖了出来，当中有我料到的，也有我没料到的。

04 葡萄胎

原来在出意外前，主任的身体就开始不好了，陆续地查出了腰椎骨质增生、腰1椎体压缩骨折、腰椎退变、股骨头缺血性坏死、左眼白内障、糖尿病、库欣综合征等二十多种病症。

其中，库欣综合征有个特点就是向心性肥胖，病人的体型会是以往的数倍大。如果一个人努力减肥，却怎么都减不下来，那就要考虑是不是有库欣综合征了。记得主任的体态就是异常肥胖，我还以为主任只是中年发福，没想到他身上有这么多种疾病，难怪梁凉凉那一撞直接要了他的命。

却听陈怡继续透露，主任一发现自己得了那么多病，以为是应酬太多了，还特地改善了饮食习惯，可病情还是慢慢恶化了，口角炎也反复发作。主任是医学界的高手，过了一段时间后，就怀疑自己是不是被人下毒了。

为了证实自己的猜测，主任做了所有能做的检查，最终找到了答案。有一天，主任去厕所打电话，杨柯和我躲在厕所隔间里，当时听到他对电话那头的人说："结果出来了吗？是我猜的那样吗？果然。"在那次通话中，主任可能得到了一个确切的结果，也就是他到底中了什么毒。

听到这里时，我就问陈怡："主任是在跟你打电话吗？就是我和杨柯躲在厕所隔间的那天。"

"不是。"陈怡目不转睛地望着我，眼神里有一种春光般的温暖，然后她反问，"你和杨柯为什么要躲在厕所隔间里？"

那天，杨柯拽着我的领带把我拉进男厕所，是因为医院里来了警察，而且他要和我讨论10月30日去太平间等X的事，为了掩人耳目，他这才带我躲了起来。可我不能随随便便跟陈怡摊牌，只好故意问个不停，以转移话题："先说说，主任是真的中毒了吗？是不是有人在饮水机里下毒？所以他才试我，让我喝他保温杯里的水，还让梁凉凉去给他买水？他到底中了什么毒？"

陈怡不为难我，顺着我的话就回答："对。据我所知，毒就下在他办公室的饮水机里，里面的水只有他喝。至于他喝了多久的毒水，就没人知道了，现在饮水机的水桶也早换掉了。"

"是什么毒啊？"我又小声问。

陈怡惋惜地唉了一声："何富有性格有点变了，那时已经不信任任何人了，后来查出是什么毒，我并不知道，我也不知道他去哪里做的检测。他只告诉我，他拍到了有人去他办公室下毒的画面，想要报警来着，就在他出车祸那晚，谁知道……"

"所以你也不知道全部的真相？"我有些失望。

陈怡很诚恳地说："我的确不知道所有的事情，要不然我早替何富有报警去了。可惜我知道他的死讯时，他家人早就火化了他的遗体，他的大部分遗物也都被清理掉了，再想做什么毒检就难了。"

"他去哪家医院做的检查？也许留有样本呢。"我抱着希望。

"我试着找过，找不到。"陈怡摇头。

"那他死得真冤。"我哀叹。

陈怡安慰我："你也别那么想。其实何富有和我提过你几次，他说你写的书很好看，为人也勤恳老实，是医院里少数能信任的人。"

"你骗人。"我一时嘴快，发现用语不敬后，又试图找补，"主任经常骂我，说我穿衣服不好好穿，总是找理由教训我。"我越描越黑时，忽然一个激灵，"主任知道我写书？"

陈怡眼里的光变得炽热起来："你们主任说你是太平川，写过好几本书，我买来看过，写得很好呀。那天你在南宁办签售会，我也去了现场，你还给我的书签名了，但你今天都没认出我来。"

这句话让愚笨的我不知道怎么回答，陈怡就善解人意地给我台阶下："我来你们医院后，发现很多人说何富有喜欢刁难你，我才觉得有必要和你解释一番。他人已经不在了，你千万别恨他。我觉得你认识他时，他可能就已经中毒了，那个毒改变了他的性格。"

"什么毒可以改变一个人的性格呢？"我心里有些答案，但在没有检验样本的情况下，不敢妄下结论。

陈怡可能把话说完了，随后就打开她放在桌上的红色手包，从里面拿出了一本《精神探》，问我能不能签名。看我糊涂，陈怡就解释这本书要拿去送人，她在签售会那天已经买了书，签过名了。陈怡怕我不乐意，还放下架子说就破例一次，她以后不会再借职务之便找我要签名之类的。我这种默默无闻的小说家哪有资格摆谱，书都送到面前了，当然是能签就签了，签个一万本都是心花怒放的呢。

但在我签名时，杨柯打电话来："今天一科的住院病人有点情况，我得留在医院了，你自己开车回去吧。"

"好吧。"我想起我妈叫我相亲，怕来不及了就没有客气。

"能不能现在签？我一会儿有安排呢。"陈怡看我没动笔，还在讲电话，就笑着指了指桌子上的书。

"不好意思。"我匆匆挂了电话，急忙在书上签好名。

"谢谢。"陈怡满意地接过书，起身就要离开。

不知怎的，我心情大好，也跟着站了起来，像个绅士一样帮她打开了诊室的门。陈怡看天色不早了，又说了声谢谢之后，就快步走出了门诊部，朝停车场的方向去了。我看时间确实不早了，我妈安排的相亲时间也快到了，便不再耽搁，赶紧开着杨柯的车子去了约定的餐馆。可直到那时，我都不知道相亲对象长什么样，而我自己也还在想着卢苏苏，为她而难过，哪有心思相亲。所以，我只打算简单地见个面，然后各回各家。

那天，我妈安排的餐馆在广西财院附近，叫老表记，菜式都偏广西口味，有螺蛳鸭脚煲、甜豆花、酸梅酱烧烤等，装潢则偏民国风，有意境又接地气。我很久没能吃到重口味的食物了，来老表记吃饭正合我意，没等女方来，我就自己点了一份螺蛳鸭脚煲和酸梅汤，准备大快朵颐。这倒不是我没有绅士风度，不尊重女方的口味选择，而是我要故意给人留下不好的印象，让她自己拒绝我。

可我刚点完餐,我妈就又打了一个电话来,由于店里在放音乐,我听不清楚电话,就走到外面去接:"喂,妈,我都到了,你别催了。"

"你一定会喜欢这个人的。"我妈语气笃定。

"好啦,你哪次不这样说。"我故意唱反调,"你可别忘了,以前给我介绍了个叫马琳的女人,人家第二天诬告我侵犯她……"

我妈当然记得马琳了,当初马琳得了住院癖,诬告我侵犯她,差点毁了我的人生。可我妈这次却胸有成竹地说:"你再信老妈这一次好了。这次相亲我可是费了九牛二虎之力给你找的,别弄黄了。穿帅一点去。"

我邋里邋遢的,才不管呢,嘴上却说:"放心,都按你说的来呢。"

"好,那我挂了。"

"再见。"

这一天很奇妙,我才挂了电话,一个面熟的人就走过了老表记的店门口。我定睛一看,居然是陈怡,一天撞见两次,我就很意外地跟她打招呼:"主任,你住这附近?"

"对啊。"陈怡也很惊讶,"你不住这附近吧? 怎么来这里了?"

"说来惭愧,我是来相亲的,是我妈安排的。"我收起手机后,自嘲起来,"相亲的人肯定都丑到不行,而且穷得叮当响,搞不好人品也差。你看杨柯,他就不相亲,只有我经常出来相亲,谁会看上我啊。"

"你可别妄自菲薄,你这样有才的人,很多人欣赏呢。"陈怡给我加油打气。

"有吗?"我半信半疑。

"至少我欣赏。"陈怡的话让我如沐春风。

很少有人对我这么好,我一瞬间居然不知道怎么回答,只好紧张道:"那我先进去了,万一人家来了,找不到我呢。"

"她已经找到了。"陈怡意味深长地说。

我是很笨，可也没那么笨，她这话一抛出来，我就惊掉了下巴。无巧不成书，我妈介绍的相亲对象，居然就是陈怡。难怪我妈敢打包票，说我一定会相亲成功，原来大家都是精神科医师，不会歧视彼此。和我妈算得一样，陈怡眼里的光让我忘掉了所有烦恼，似乎一切顾虑都消失了，她一走进老表记，我就迈着坚定的步子跟着进去了。

本来，我想说些好听的话，谁知道陈怡才坐下来也接了个电话。只几秒钟，陈怡就挂了电话，然后抱歉地说："对不起，我在区医院有个病人……我有急事，得先走了，这顿饭我来买单。"

不等我回答，陈怡又快人快语："这通电话是真的，不是我为了逃避这顿饭，故意让朋友打的电话，你别误会。"

"我没误会，你也不用买单，哪有让女生买单的。"我不同意。

也许是陈怡的病人要看急诊，不等我再客气，她就直接去收银台买了单，一会儿工夫就消失不见了。我一个人发呆了好一会儿，直到菜都端上了桌，随后一个人默默地吃完了这顿奇怪的相亲晚餐。杨柯今晚不回家，我一个人不想回去，踌躇了很久，最后开着车又回到了青山医院，想去住院楼找杨柯。

此时，夜幕深沉，而且狂风怒号，整座医院如同乱葬岗那样阴森森的，门诊部的风声更像是鬼哭狼嚎，但我一到大厅就听到了一阵响亮的脚步声。这声音一听就是男人穿皮鞋踩出来的声音，更厉害的是，我能听出来那男人就是杨柯。

"你还没走？"杨柯从住院楼那边过来，可能想要去休息室睡一会儿，看到我在门诊部，就问，"你是胆子小，不敢一个人回去？"

"我都开车出去过一次了。"我开玩笑说，"我是怕你舍不得我。"

"神经病！"杨柯不爱开玩笑，板着脸不理我，直接走去了休息室。

谁知道，杨柯一推开休息室的门，一个两三岁大的小男孩就从里面摇摇摆摆地走了出来。因为天已经黑了，医院又有一股寒气，所以我还以为那小男孩是个鬼娃娃,害怕得差点叫出声来。还好杨柯沉着冷静,一眼瞧出那是詹仁辉的孩子,接着就问:"你爸爸呢,你怎么一个人在里面?"

话音一落,一个男人就端着一个饭盒从住院楼那边跑过来,那脚步声比杨柯的还大,就好像冷冰冰的地板在被人扇巴掌。那个男人穿着冰蓝色衬衫,袖子卷到快到手肘的地方,领口开得大大的,好像要去干什么体力活一样。等人跑近了,我才发现是詹仁辉,他们父子今天可能要在休息室过夜。

"小天!"詹仁辉没有喘气,着急地说,"快进去!"

"进去就进去,干吗这么凶?"我以为詹仁辉在叫我小天,随后才知道他儿子叫詹小天,他是在跟儿子说话。

"你怎么带儿子来医院了?他妈妈呢?"我站在门口,让詹仁辉先哄儿子进去。

"我老婆今晚要在公司加班,带不了孩子,我又今晚值班,干脆把人带过来了。"詹仁辉一手拿着盒饭一手抱起儿子,将人放到了休息室的椅子上,"来,小天,爸爸喂你吃饭。"

我很少在休息室看到詹仁辉,小孩子更是从来没看到过,一时间不知道该进去,还是将休息室留给他们父子俩。杨柯却不管这些,也不去看詹仁辉,等人都进去了,就选了自己经常睡的床,躺了上去。我重伤初愈,不适合爬到上铺,可靠近杨柯的另一张下铺上丢了一件灰色的西装外套和一条深蓝色的领带,似乎在宣告有人占了这个铺位。詹仁辉发现我想睡在那里,可能也知道我受过伤,就放下盒饭,过来拿起外套和领带丢到了对面上下床的上铺去。

我还没说谢谢,詹仁辉又去喂他儿子了,不过他还是跟我说了一句话:"阿武有个病人叫郝胜,是不是今天来过医院了?"

"是啊,挂了我的号。"我坐到床铺上,以为詹仁辉要怪罪我抢病人。

"这个病人挺难对付的，阿武以前就没整明白，你如果想找人会诊，我倒是可以帮忙。"詹仁辉一直在喂儿子，没有回头看身后的我。

我想到郝胜说自己早就死了，现在自己是神仙，总想证明自己有不死身，便试探地问詹仁辉，他觉得郝胜得了什么病。詹仁辉可能之前早就研究过郝胜的病情，加上武雄可能与他讨论过，他心里就有了一个大概的想法。詹仁辉一边喂儿子一边说郝胜的病其实不算特别古怪，唯一可怕的是他会主动证明有不死身，这种疯狂的举动可能会造成严重的后果，甚至造成他的死亡。可树有根，水有源，郝胜的毛病是在得了心梗那晚之后才有苗头的，詹仁辉怀疑那晚的心梗背后可能藏了一个病因，所以这一切不单纯是郝胜和郝菲儿因为求子而感情不和导致的。

这时，早已躺平的杨柯坐直了身子，忽然插话："他心梗那天熬夜了，因为有人告诉他，要去南宁的一家送子娘娘庙上香，必须是头炷香才行。为了烧香，他早早就去庙外等着了，心梗就是在那天发作的，当时香才上完没多久呢。"

"你怎么知道？"我很意外杨柯没有置身事外地睡大觉。

杨柯扭头瞪了我一眼，嫌我问不到重点，可有其他人在场，他还是收敛了一些，没有骂我是猪脑袋。接着，杨柯才透露，早在我回医院之前，季副高和七科的主任就介绍过郝胜的病情了，他们都有意让他或者詹仁辉来接手。因此，杨柯研究过郝胜的病情，同詹仁辉的想法一样，他也怀疑病因出现在郝胜得心梗的那个晚上或者在治疗心梗的过程中。

不过，杨柯提到了一件怪事，那就是去给送子娘娘庙烧香的人，经常会突发心梗住院。那家送子娘娘庙叫天雹庙，恰好就在南宁西乡塘市郊的天雹水库附近，当然杨柯没和詹仁辉说起姐姐溺死并失踪的事。杨柯只说，天鼋庙原本是尼姑庵，旧社会时，庵里有个尼姑怀孕了，后来被人打死，肚子还被剖开了。奇怪的是，那时尼姑的肚子已经很大了，凶手剖开她的肚子后，里面却没有胎儿，只有一颗颗暗红色的小水泡，像极了一串串葡萄。为了安抚冤死的亡灵，尼姑庵就将尼姑的塑像安放在庵里，久而久之，尼姑受了香火就成了神灵。传说向来是有几种版本的，故事传得久了，尼姑就变身成了送子娘娘，尼姑庵也被改造成了今日的天鼋庙。

必须承认的是，许多求子困难的夫妻拜了天鼋庙后就真的有了孩子，加上他们都生的是儿子，送子娘娘的名声变得越来越响。可据说只有每天的头炷香才最灵验，所以很多人夜里就去排队了，有的人甚至前一天傍晚就开始占位置了。也许是熬夜熬得厉害，加上长期睡眠不足，有的人在排队时就会突发心梗，有的人救回来了，有的却一命呜呼。

听到这里时，我关注的不是为什么送子娘娘那么灵，而是当年被打死的尼姑也许怀的是葡萄胎[1]，所以肚子里才没有胎儿。换句话说，尼姑确实怀孕了，但她的胎儿没有正常发育，早就胎死腹中了。

我正想得入神，詹仁辉已喂完了孩子，拿着纸饭盒去外面丢。他说丢在休息室会有气味，还是扔到外面的垃圾箱会好一些。出去前，詹仁辉让我们帮忙看着孩子，不要让他乱跑。可能担心孩子会从椅子上摔下来，詹仁辉就把孩子交给了我，放到了我的床上。等人走了，这孩子却抱住我，用嘴巴使劲咬我的胸部，我白色的衬衫上马上留下了一块棕色的污渍。

"我要吃奶奶！"满嘴油污的小男孩一边咬我一边咕哝。

"我没有奶。"我挣开小男孩的拥抱，将他放到床头。

---

[1] 葡萄胎就是指女性妊娠后胎盘绒毛滋养细胞增生，间质高度水肿，形成了大小不一的水泡，这些水泡间相连成串，形状类似葡萄。

这场面让冷冰冰的杨柯笑出了声，小男孩搞不清楚状况，看到有人在笑，也跟着笑起来。我自然不会跟小孩子计较，可是白衬衫上的污渍不立刻清洗，以后就不好洗掉了。于是，我又抱起小男孩，交给杨柯。杨柯不想接，试图起来穿鞋躲到一边去，但还是晚了一步。

"我去厕所洗一下脏掉的地方。"我指了指衬衫上的污渍。

"你……"杨柯推不开孩子，只能任由小男孩狂咬他结实的胸膛。

我不给杨柯骂我的机会，立即溜出了休息室，一个人跑向男厕所。可我刚要进厕所，一个穿着红色风衣的女人就穿过门诊大厅的走廊，朝我这边走来。我知道来的人是岳听诗，便收回了踏进厕所的脚，退回到空荡荡的走廊上。到了夜里，南宁起了很大的寒风，走廊的穿堂风很大，我哆嗦了一下，然后看着岳听诗闪着红色的光芒慢慢地飘了过来——红光是冷白色的灯光照在她红色衣服上的结果。

"你今天怎么喊了杨妍的名字？"岳听诗开门见山。

"我以为你……我是喊那个病人'要点脸'，你听错了。"我没敢说实话，怕岳听诗以为我脑子有病。

高挑的岳听诗低头看着我，像在审犯人一样："是吗？"

"怎么？你认识叫杨妍的人吗？"我怯生生地问。

岳听诗是专门看儿科病人的三科医生，虽然很是冰冷，但大部分时间还是很有亲和力的，看我很紧张，她就当我是孩子一样哄道："你在怕吗？我就是随便问问，你别紧张……太平川。"

"啊？你知道？"我吓了一跳。

"你住院后，这事都传遍医院了，要不是看你有点名气，院长早把你开除了，因为你真的惹了很大的乱子。"岳听诗一语道破。

"难怪。"我若有所思。

"对了，如果我是你，我一定会离杨柯远远的。他身边的人都没有好下场，我想你已经吸取到教训了。"岳听诗丢下这句话，便不再理会我了。

听着清脆的高跟鞋声渐渐模糊，我站在男厕所门口，心想难道岳听诗真认识杨妍，或者她在暗示我，她就是杨妍？我以前就觉得奇怪，为什么岳听诗对帅气的杨柯没好感，不可能单单是她以为杨柯背着张七七出轨了吧？莫非他们本来是姐弟关系，她才对这么一个英俊的男人没有任何心动的感觉？可如果杨妍真的没死，还换了身份来当青山医院的医生，这也太狗血了。

就在这时，女厕所的门吱呀一声打开了，一个同样穿着红色风衣的女人从里面走了出来。这个女人背对着我，头上戴着风衣的兜帽，除了脚上的黑色高跟鞋，全身都遮得严严实实的。现在看诊时间已经过了，住院楼的病人又不能随便到处乱跑，我很好奇这个女人是谁，当即就想追上去看一看。

可杨柯打来了一通电话，催命一样地说："喂，陈仆天，你在哪儿？还不快点回来！"

"我刚才看到一个人……"我抬头时，走廊里的红衣女人已经不见了。

紧接着，杨柯抱着詹仁辉的儿子走出休息室，用手机对着走廊另一头的我说："你在磨蹭什么？"

"你没看见一个女人吗？"我对着手机回答。

"除了你还有谁？"杨柯摇摇头。

本来，我想马上去保安室看走廊的监控回放，但那红衣女人遮住了脑袋，又低着头，恐怕看了监控也没用。我和杨柯正大眼瞪小眼，一阵高跟鞋声又由远及近地传了过来，等我回头一看，岳听诗折返回来了。她对我笑笑，说有个东西忘拿了，然后低头用手机打字，不知道是要给谁发短信。

与此同时，我和杨柯的手机都响了，正巧在岳听诗发完短信后。

我划开手机界面一瞧,发信人是小乔,而短信的内容一如往常地令人大吃一惊。

05 维纳斯美学的魔怔

> 那晚你们去了太平间,我说话算话,现在告诉你们杨森的下落。他在广西罗城仫佬族自治县的桥头疯人院。——X

显然,小乔早就死了,可不知道谁盗走了她的手机,一直用来玩弄我、杨柯、武雄,还有主任。也许还有其他人也收到过小乔的短信,但碍于小乔父母来青山医院闹过,大家都不敢再去问他们小乔的手机号码有没有注销或者要不要注销掉。

那晚,我看到岳听诗在发短信,忽然觉得小乔的手机就在她手上。为了当场确认,我迅速地回拨了小乔的手机号码,但电话里又是对方已关机的提示。很快,岳听诗开门进入了三科的诊室,走廊再度只剩下了风声,我顾不得清洗衬衫上的污渍,又回到了主治医师的休息室。

"你怎么看?"我小心翼翼地问杨柯。

杨柯抱着孩子,挡住孩子的嘴,站着说:"我想这个人没必要骗我们。"

"那你想去那种鸟不拉屎的地方吗?"我听都没听过罗城这个地名,当即劝说,"不如报警,让警察去找好了。"

"我爸失踪那么多年了,他们要找,早就找到了。"杨柯语气消极,但说的也不无道理。

这时,詹仁辉丢完垃圾回来了,看杨柯抱着他儿子,就说了谢谢,然后接过孩子，带着儿子坐到了床上。我和杨柯不适合再在休息室讨论 X 的短信，刚好我们的衬衫都有詹仁辉儿子弄的污渍，我俩就借口去男厕所，想要换地方谈事情。詹仁辉不懂我们的心思，看到我们的衣服都脏了，就连连道歉，还假装要打儿子的屁股，吓唬儿子下次不能淘气了。

　　谁会跟小孩子计较呢？我们什么都没说，出了门就去厕所，准备清理污渍。本来，我是想开水龙头，随便用水擦擦就好，可杨柯一进来就解下黑色的领带，然后把白衬衫的扣子一颗颗地解开了。我看到杨柯脱下衣服，露出结实的身材，脑海中却自动浮现了主任在厕所打电话，我们躲在隔间里听到的那些话——

　　"结果出来了吗？是我猜的那样吗？果然。"

　　"其他事你不用管，我自有打算，但那个人几十年前就死了，怎么可能还会冒出来？我以为人一死，事情就彻底结束了，没想到这么多年过去了，又……"

　　"好，好。你别担心，我就快查到真相了，再过一段时间，等证据到手了，我就把一切都交给警方来处理。对，我必须拿到这个证据，否则没人会相信我的。"

　　当时，主任的第一句话说的应该就是毒检，主任被撞死前就已经中毒很深了；第二句话，说的应该是这些怪事与几十年前的某个人有关，至于是谁，我暂时想不出来；第三句话就是医务科小姑娘交给我的那个待寄出的快递了，她让我帮忙送去给廖副，但被我截了下来。

　　我一直好奇，主任那天是跟谁打电话，想来那个人是知道许多内幕的。可惜当我告诉杨柯时，他表示主任的手机是过时的老人机，通话记录查不到那么久以前。因为没人缴费，或者主任的家人已经注销了号码，那个手机也不能用了，只能翻阅主任的一些短信和近期的通话记录。

"你不洗吗？"杨柯冷不防地岔开话题，然后只将水龙头拧开了一些，用小水流慢慢洗着脏掉的地方，因为要弯一点身子，他的胸肌就更明显了。

"你没听我在说什么吗？"我很意外杨柯不想追究主任的事。

"我在想我爸爸的事。"杨柯继续洗衬衫。

我也脱下了衬衫，有样学样地洗了起来，同时说："那你想什么时候去那个罗城？"

"我也不知道。"杨柯的语气里充满了哀伤。

"哎呀呀，你们两个！"

忽然，一个男人推门进来，看到我和杨柯光着膀子，就看好戏地说："你们也太不检点了，难怪武雄总说你们有一腿！"

这个男人是六科的主治医师，名叫周品，他人如其名，嘴很多，平时最爱与武雄说人闲话。果然，周品一进来就嘲笑我和杨柯，污蔑我们有不正当的关系。杨柯一开始不理睬周品，洗好衬衫又穿好后，才把他的那条黑色领带递给我，要我帮他拿着，然后一副要干架的样子。周品是个孬种，瞧见杨柯凶神恶煞，自己又势单力薄，就哎呀了一声，说："我开玩笑的，你干吗这么认真，开不起玩笑是不是？"

杨柯不屑争辩，默不作声的他眼神里有种杀气，像是冬天里的寒光，让人战栗，和陈怡完全相反。周品不敢再招惹杨柯，便跑去小便池那里"开闸放水"，可眼睛还是会偷瞥我和杨柯。我们洗好了衣服，没理由再在厕所里待着，于是就回到休息室去睡觉了。周品跟在后头，不敢去休息室，出来后就去了住院楼那边。他们六科主要是面向自杀预防干预，收那种精神分裂和自杀自伤患者的，平时门诊工作不难，但住院病人很难管，时刻不能放松，否则病人可能就出问题了。

那一晚，我和杨柯都没有再讨论什么，因为詹仁辉和孩子都在休息室，哪怕詹仁辉深夜起来了几次，去住院楼转了转。我可能太累了，那天晚上一夜无梦，醒来时，休息室就只剩下我一个人了。

早上，院长在住院楼下撞见了正要去巡房的我，可能想到我写书的事，就找我聊了聊，顺便让我送全医院员工每人一本书。很多人以为小说家是免费拿书的，实际上，作者送人书是要自己掏钱买的，出版商送的样书有限，而这有限的样书也早被身边的人瓜分了。而且他们并不知道小说家的稿费少得可怜，贴钱买书多了，小说家就更得勒紧裤带过日子了。

院长每天都是谈大生意的，哪里知道这种小钱的来之不易，用强硬的语气说："记得啊，小陈，人手一本，我要十本，送给亲朋好友，也算是帮你宣传，是吧？"

"好吧。"我拗不过院长，也不敢拗，只好在脑子里计算我还有多少钱、够不够花。

"记得啊，这几天就办好。"院长满脸油光，喘着粗气叮嘱，"别忘记了。"

我看院长交代完就要走，连忙追问："院长，我们医院除了杨柯，还有谁姓杨啊？有人叫杨妍吗？"

恰好，天空中的云朵移动了，阳光洒了下来，落在了院长身上。我能清楚地看到院长脸色一变，随即阴沉沉地训斥我："好好上班，不要瞎打听！"

说罢，院长就顶着大肚子大摇大摆地走了。我想到主任得了库欣综合征，有向心性肥胖，然后就有些担心院长是不是也喝过毒水。可院长的日子本来就过得滋润，长得富态一些，倒也算不上奇怪。不过，我知道主任死得比较冤，心中有了阴影，再也不敢喝办公室饮水机里的水了，尽管他可能是唯一被下毒的人。在这个问题上，杨柯没说什么，可我看他一样是随身带水瓶或者直接去医院外面的商店买瓶装水。奈何我现在没有任何证据，主任也已经死了，光靠嘴巴说的话，就算是福尔摩斯来了，恐怕也没人相信，只能走一步看一步了。

等院长走了，季副高就从医院外面进来，找我去做心理评估。我们医院除了七个科，还有一个科室——司法鉴定科，专门做精神鉴定，我的心理评估就是要去那里做。接下来的一整天，我几乎都待在司法鉴定科，除了填表做调查，还要对话，谈自己的感受。这么一折腾，我的一整天时间就被完全占用了。考虑到我需要等评估结果出来，在那一周医院就不让我接诊新病人了，除了郝胜。幸好医院没让我完全复工，因为在那一周内，我要处理之前诊治过的病患，有的需要重新预约，有的需要写好病历，堆积成山的工作根本做不完。

周五那天下午，我的心理评估结果出来了，做评估的人觉得我可以复工了，院长就亲自通知了我。不过，院长不是纯粹出于好心，而是为了催我，记得给大家每人一本书，他则要十本。刚好那天我收到了出版商寄来的包裹，我就捧去给医务科的小姑娘，请她帮忙分发给医院的每一个员工，包括院长在内。小姑娘看我在拆包裹，就想起主任被车撞死的那晚，她给了个快递让我带去给廖副，于是就问我有没有送到。

"送了，送了。"我一边签名一边心虚地回答。

"那就好。"医务科的小姑娘很单纯，说什么信什么。

"对了，梁凉凉是不是不在我们医院了？"我忽然想起这个害死了好几个人的轮转医生。

"她自己走了，没人怪她，但她待不下去了……"小姑娘耸耸肩。

"这样啊。"我想到我妈说梁凉凉阴气重，觉得她走了也好，要不然不知道谁又会死掉呢。

正当我签名签到一半时，季副高来医务科问我，七科转来的病人看得怎么样了，因为七科主任挂念这件事，所以他就来问一下进展。一般我们科室主任不管这些的，听到季副高那么问，我就紧张地说郝胜错过了第二次看诊时间，之后就一直没什么联系了。季副高倒没给我压力，只是和声和气地提醒我，叫我主动联系病人，毕竟很多病人都不太好意思来看病。

"好的，好的。"我急忙应声。

季副高正要离开医务科，看我签完名了，就推了推鼻梁上的眼镜，不好意思地笑着问："小陈，可以现在就给我一本吗？"

"当然啊。"我双手奉上。

"你的事不是我说出去的，我也不知道怎么就传开了。"季副高担心我误会，解释道，"不过这样也好，对你有帮助，老张喜欢能给医院打名声的人。"

"随缘好了。"我努力做出不介意的样子，却记得我妈提醒过我，千万别声张写书的事。我正有些分神，接着就瞄到季副高右手食指包着创可贴，似乎受伤了。出于礼貌，我就关心地问："季副高，你的手怎么了？"

季副高愣了愣，看了一眼手指后，就笑起来："前段时间看了个病人，不小心被他伤到了，没事的。"

"还好我不用给人看病。"医务科的小姑娘很庆幸地插嘴道。

"我还要去开会，先走了，你记得抓紧郝胜的事。谢了。"季副高对我挥了挥《精神探》，转身就迈着轻快的步伐离开了医务科。

我确实也有点担心郝胜，这段时间我并没有什么都不管，除了找杨柯会诊，还找过跟我没什么交情的詹仁辉。可惜检查结果太少，我又没有好好了解过郝胜，能分析的东西不多。也许季副高说得没错，我还是要主动一些，所以签完名后就打了一通电话给郝胜，问他要不要再预约一个时间。郝胜可能在忙，电话那头很吵，就说迟些再回我电话。可电话一挂，直到傍晚下班，我都没有接到郝胜的电话。

下班时，杨柯来找我，要我开车送他回家，因为他要在车上看一些文件。那么多天了，我们都在忙，彼此还没好好谈过那天在签售会上撞面的事。回去的路上，我怕杨柯说我是骗子，同时也怕吵到杨柯，就全程安静，大气都不敢喘。快要到小区时，我的手机却忽然响了起来，坐在副驾驶座的杨柯就不爽地瞪了我一眼。

我没有戴蓝牙耳机，本来不想接电话，可发现打来的人是郝胜，便把车子停在路边，接通了电话："郝胜。"

"陈医生，我是郝菲儿。"电话那头是女人的声音。

"郝菲儿？郝胜呢？"我疑惑地问。

"今天他和我吵了一架，他嫌我检查他的手机、翻他的短信，现在他丢下手机，一个人开车出去了。"郝菲儿哭了起来，可还是不忘用命令的语气对我说，"你去帮我把他找回来。"

我唯恐出什么事端，赶紧就劝郝菲儿："你先报警吧。"

"我们夫妻吵架，报什么警啊，郝胜才出去两三个小时，谁会理啊？再说了，我不想让邻里看笑话！你快去给我找！"郝菲儿收敛了哭腔，又蛮横起来。

"那你知道他可能会去哪儿吗？"我担心郝菲儿才是病人，没有和她争执。

"这……"郝菲儿欲言又止。

"说吧，以免遗憾。"我苦口婆心地劝道。

"我怀疑他去了那个天雹庙。"郝菲儿又哭了起来，"陈医生，事情是这样的。我今天验了孕，发现自己终于怀孕了。我担心郝胜有什么事情瞒着我，以后苦了孩子，就去翻他的手机，想看他有没有跟谁有一腿。谁知道郝胜大发雷霆，说孩子是从天雹庙求来的，他会去求送子娘娘把孩子拿掉，再跟我离婚，然后就开车走了。"

我听着一个头两个大，在答应帮忙去找人之前就好心相劝："别怪我说你们，以后有事好好商量，吵架时恶言相向是最要不得的。总之，你自己也多跟朋友打听,看郝胜有没有去找他们,我现在就去一趟天雹庙。"

"什么?"杨柯还在专心看文件,听到要去天雹庙,有些生气。

像这样的事,我们不是没发生过,杨柯气归气,但还是默许我掉头开向西乡塘区那头。奈何是傍晚高峰时期,路上的车子久久都不挪动。杨柯可能看完文件了,在等红绿灯时,他就用左手拍了拍我的大腿,还揉了一下。我注意到前面的车子动了,要马上专心开车,当时就没有太在意杨柯在干吗。

"你知道吗? 我……"杨柯罕见地说话不顺畅,在解下领带、松开领口的扣子后,才继续说,"我以前很喜欢太平川,我真以为她是女人,我还想过要和她……"

"和她干什么? 恶心!"我假装呕吐。

"不说了。"杨柯见我笑话他,立刻又换上臭脸,放在我大腿上的手也收了回去。

"快说,我爱听。"我哄杨柯。

杨柯扭头看着我,深邃的眼睛里溢出了星光,搞得我浑身不自在。沉默了一会儿,杨柯就深吸一口气,像是要豁出去一样地说:"签售会那天我很生气,我想把你的东西都丢出去,因为你骗了我。"

"好吧,我不爱听。"我赶紧打住话头。

杨柯却不管,继续说道:"但你人很善良,又有才华,我其实挺喜欢你的。"

"虽然你脾气坏,人又冷漠,但我也挺喜欢你的。"我开玩笑地回敬。

"我是认真的!"杨柯涨红了脸。

"你没发烧吧?"我作势想摸杨柯的脸。

我以为杨柯会像以往那样打掉我的手,可他没有阻挡,任我伸手过去。我这一摸就摸到了他长了一些胡楂的脸，我的手像触电了一样，有一种轻微的刺痛感。眼看天黑了，路上也不太堵车了，我就说别闹我了，我要专心开车，然后加快了速度。过了一个多小时，我们终于来到了市郊的天雹庙。那是一个鸟不拉屎的地方，但路上居然停了十几辆小汽车，看样子都是来拜送子娘娘的。为了确定郝胜在不在，我就把车子停在车队的尾部，然后去核对郝菲儿给我的车牌号。

很快，我就找到了郝胜的车，但车上没人，他可能到庙里去了。说那是庙，其实就是一个很小的院子，当中盖了一个破败的瓦房，院子里还有一棵榕树。当时天已经黑了，院子的灯光很昏暗，我看红色的木门还没关，便回头喊走得慢吞吞的杨柯，催着他一起进去找郝胜。幸好，院子不大，我们一跨过门槛便可以看到瓦房里有许多红色的蜡烛在燃烧着，而神台上是一尊灰尘满布的女神像。小庙空间狭窄，要找人不难，我一眼就从人群中找到了枯瘦的郝胜。

发现我们来了，郝胜很意外，磕了几个头后，就跟我们来到院子的天井，坐在一个石凳上和我说自己并没有许愿要拿掉孩子，他和妻子说的都是气话，还说没烧到头炷香的话，就算许了愿也不会应验的。不过，郝胜强调，自己在看诊时没撒谎，做梦梦到他已经死了，拄拐杖的神仙进入他的身体，这些都不是编出来糊弄我的。

说起来，八仙之一的铁拐李原本是一个相貌堂堂的男子，有一天他灵魂出窍去和太上老君下棋，肉身被赶着回家看老母亲的徒弟给烧了，他迫不得已才附身到了一个瘸腿的叫花子身上。郝胜的故事则是反过来，他本身相貌还算不错，但是被一个瘸腿神仙附身了。

也许，郝胜知道自己说的故事太奇特了，这些天也在找寻答案，他就猜测，如果不是神仙附身，那会不会是前世记忆呢？他其实是一个神仙？为了不刺激本就在气头上的郝胜，我就分享了魏斯提到过的一个病例——某个女病人也说自己有前世记忆。

郝胜被我投其所好，话匣子慢慢打开了："那我没平……没病吧？我是蛇……神仙转世？"

"你还好吧？"杨柯单膝下蹲，在昏暗中观察郝胜的脸。

我其实也瞧出郝胜不太对劲了，可为了不刺激他，只好分散他的注意力，继续侃侃而谈："关于前世记忆，有许多例报道，我信，而且这也不是病。不过有些是既视感，是你以前看过什么、听过什么，但忘记了。在某个时刻，那些看似遗忘的记忆会投射出来，你就会有一种莫名的熟悉感。有人会将其解读为梦境，有人会认为那是前世记忆。"

"可是……沈……陈医生，我有件事没跟你说明白。"郝胜说话时垂着脑袋，一边的嘴角有些歪了下来。

"什么事？"我顺着问。

"我不是要证明我是不死身，我是怕你们笑话我，说我有平……病……"郝胜越说越慢，嘴角也越来越歪，"我那晚做完梦，一直有种冲动，想要砍断自己的左腿，因为我总觉得那不是我的腿，不砍不舒服。可我下不了手，我就上网搜了怎么肢解尸体的信息，我并没有想杀我老婆，她完全误会了。后来我看到有人说，最快的方法就是，躺在车子前面或者后面，让车子轧断腿，我才老想着那么做。我也不知道为什么，好像魔怔了一样，成天都想截掉我的左腿……"

郝胜话音未落，杨柯就站起来，拉着我挪到了右边，没有再正对着郝胜。随后，郝胜脖子的喉结一阵蠕动，一股浓臭的呕吐物就从他嘴里喷射而出，如同打开了消防栓那样。吐了一会儿，郝胜就翻倒在地上，陷入了昏迷。我一看就在心里大喊，糟糕，这好像是脑卒中，得赶紧送他去急救。

我不想郝胜见不到未出世的孩子，便叫杨柯先去倒好车，我则蹲下来让郝胜仰卧，头偏向一侧，好确定他是不是呼吸有困难，比如呕吐物有没有被吞入气管中。在人群的围观中，我检查好了，确定可以搬动人了，这才请大家帮忙，一起把人抬到车上去。

幸好，我们送人去市一院抢救得及时，医生说郝胜确实是血管堵塞引起的脑卒中，然后紧急安排了取栓手术。老天保佑，郝胜术后就可以活动手脚了，只是为了日后行动方便，他还需要长达半年的康复训练。

看到郝胜捡回了一条命，我在医院里总算安心下来。可他身体上的病治好了，精神上的呢？郝胜到底得了什么"心病"？在来市一院的路上，我其实已经想出了答案，而这一切的确与送子娘娘有关系。

或者说，那是一种魔怔，我把这种现象称为维纳斯美学的魔怔。

06 尼罗河母子鱼

先说维纳斯。一想到维纳斯，大家都会想到，她是爱与美的女神，还会想到断臂的维纳斯雕像。这座雕像发现于爱琴海的米洛斯岛，它本来是有手臂的，只是在法国当局和希腊官员的争夺战中，被摔断了手臂。

也许残缺才有美感，当雕像的手臂被摔断后，世人没有修复维纳斯，反而觉得那样更美、更有传奇感。这样的美学可以延伸到心理学、精神病学上，因为医学上有一种心理疾病叫身体完整性认同障碍，它的特征就是病人觉得身体的某一个部位不属于自己，必须切除才会觉得心情愉悦。

通常，这类患者会自认为是残疾人，他们不觉得残疾有什么不好的或者需要别人同情，反而觉得那样的残缺才是美，才会让他们产生满足感。可以想象一下，如果你的胸前长了第三条胳膊，你会不会有种截掉它的冲动——身体完整性认同障碍的患者就是这么想的。

不少这类患者都有轻度抑郁,以及自残倾向。这可能是他们原本的生活不如意,当看到残疾人反而可以得到关心和怜爱时,他们就觉得压抑的人生要想得到解脱,就必须要像残疾人那样失去身体的某一个部位。

有些人认为,身体完整性认同障碍就是慕残症。其实不然,前者会觉得自己的身体部位多余,不切除就会痛苦;而后者是喜欢残疾人多过自己成为残疾人,甚至看到残疾人还会有性冲动。

不像是慕残症,身体完整性认同障碍不只是一种心理障碍,还是一种多相疾病,是生理-心理交互作用的结果。国外的《当代生物学》上曾有这样一篇论文,当中论述身体完整性认同障碍的病因在于生理上,比如大脑右顶叶区域的功能连接性和灰质密度,那里是表征我们身体外观最关键的区域。简单地说,大脑右顶叶区域的灰质越少,截肢的欲望就越强。

那天看诊时,我就注意到郝胜的颅脑CT检查结果显示灰质少,但没有想到是身体完整性认同障碍的一种体现。因为有的人大脑灰质多,有的人少,并不是某个人的灰质少就一定会得这种奇怪的病。

那为什么我说郝胜的病与送子娘娘有关系呢?那是因为那天郝胜熬夜去烧头炷香,烧完就得了心梗,心梗又引发了轻微的脑卒中,而脑卒中的患者会有大脑皮质和深层灰质上的受损,这些都可能引发身体完整性认同障碍。恰好,郝胜以前没有切掉左腿的冲动,直到心梗那天之后,这种诡异的心理冲动才出现的。后来,市一院医生证实了我的猜测,他们也怀疑郝胜的脑卒中可能与第一次心梗有关,因为急性心肌梗死的并发症就是脑卒中,只是那时症状还轻,要通过检查发现比较困难。

可惜,身体完整性认同障碍不好治,最终,很多患者都想办法除掉了自认为多余的部位,如大腿、手臂、眼睛。就像有个美国男子,他从小就觉得双腿多余,可医院不会为健康的人切除双腿,为了达到目的,化学专业出身的他就把双腿泡入液氮桶里,成功让它们坏死,满足了自己切除双腿的愿望。有些人更激进,他们会拿着枪,逼医生帮他们截肢。因此,郝胜的故事看似夸张,但与国外的病例相比,他的行为算不上太疯狂——至少我当时是这么认为的。

是的,过了一个礼拜,郝胜出院了,但有一天,在做康复训练时,他偷偷溜到自家小区的停车场,趁着一个车主倒车时,躺到车后面,伸出了左腿。终于,郝胜的好运气用光了,这一次没人救他,车主也没有发现异常,他的左腿当场被碾得血肉模糊。郝菲儿得知郝胜受了伤,被截肢了,就去肇事车主家吵架,一闹一推,她肚子里的孩子就流了产。

有的人觉得郝胜可怜,但郝胜从此开心快乐了起来。意外发生后,郝菲儿对他也好了许多,似乎很多问题都迎刃而解了。我本来觉得愧疚,没早一点发现郝胜的病因,郝胜却反过来安慰我,说就算我发现了,他还是想要切掉左腿的。因为最后一次去拜送子娘娘那天,他就已经打定主意,拜完就去卧轨,不承想却突发脑卒中。

然而,这些都是后话,都是过了很多天后才发生的。且说,那天郝胜脱离了危险,我才和杨柯回到家中,疲惫得倒头大睡。约莫三个小时后,我们又爬了起来,睡眼惺忪地去青山医院上班。可能我妈很久没见到我了,她一大早就到门诊大厅坐着,可既不找我,也不托人问我在哪里。是我带宋强他们巡完房后,要去找医务科报告一些事,正好经过了门诊大厅,才看到她的,我又惊又喜地迎过去。

"小天,"我妈站了起来,递给我一个红包,"给你的,你出院不久,讨个吉利。"

"我都出院很久了。你又搞迷信。"我不想接。

"拿着吧，又不多。"我妈硬塞给我。

"人家会以为我收病人红包呢。"我还是不肯。

"那你还不快点收下，给人看见，多不好。"我妈将红包塞到我的外套口袋，又说，"你以为我是富婆啊，红包里只有六十六块钱，祝你六六大顺的。"

我勉强收下，陪着我妈在门诊大厅坐下来，然后问："你来不光是送红包的吧？你身体怎么样？"

"那根鱼刺取出来了，我浑身舒畅，就是不让你爸再煮鱼给我吃了，我们家以后都不吃鱼了。"我妈乐呵呵地回答。

接着，我妈表示什么事都没有，就是想来问一问，那天相亲相得怎样，因为做媒的人并没有透露情况，似乎女方也没说什么。我想到陈怡那天接了电话就离开了，饭都没吃，之后她可能一直在区医院上班，暂时还没有机会再见面，我就不置可否地说没什么特别的。我妈应该不知道陈怡正好来青山医院多点执业了，所以一直夸那个医生是区医院的，和我专业对口，这样两个人就不会有偏见了，而且都是精神科医师，自然不会彼此嫌弃，更不会害怕了。

我不爱讨论感情的事，一提就浑身不自在，为了分散我妈的注意力，我干脆把之前在医院里做的梦从头到尾说了一遍。我以为，我妈会不以为意，会说这就是一个梦，人家阿丽又没有尾随你，她哥哥也没得病。没想到，我妈却忽然脸色一沉，话匣子随之关闭。

我看着我妈掐着手指算了算，便好奇地问："怎么了？"

我妈像神仙一样，高深莫测地说："天机不可泄露，以后你自然会明白。"

"一个梦而已，有什么好明白的。"我被绕晕了。

此时，我妈并不知道郝胜的病情，却严肃起来："你知道吗？古时候有人做梦，会梦到前世或者一些稀奇古怪、不能解释的梦，比如南柯一梦。这些在我们紫微斗数里并不是单纯的梦，是有奥秘的。你是紫微斗数十四星中，天梁星在陷宫守命，这表示……唉，算了，这些真的不能说，说了会对你不利。以后有机会，我再慢慢告诉你为什么。"

"难怪外公和外婆从安徽跑来广西，他们是被人当搞'四旧'的骗子赶出来的吧？"我坚持科学，拒绝迷信。

我妈没介意，只是忐忑地嘱咐："小天，你要注意安全啊。"

我正想说，你才应该注意安全和身体呢。这时，杨柯从门诊大厅的另一头走过来，说季副高正找我，叫我快些过去。我妈是很懂事的人，知道我在忙就催着我赶紧去，她自己会坐车回家的。我被杨柯催得急，把我妈一送出大厅，就跟着杨柯走了。发现我表情不对，杨柯就问我是不是家里有事，如果需要钱，尽管跟他说。

我有点走神，没回应杨柯。他以为我在生气，就问我是不是怪他昨天在车上乱说话，他说自己是真心的，以后他会改脾气，并对我友善一些。

一瞬间，我紧张的心情消失了，然后撞了撞杨柯的肩膀，得寸进尺起来："那今晚换你帮我拿西装去送洗。"

"我会直接把西装丢到垃圾桶的。"杨柯回撞了我一下。

"你看，男人的嘴骗人的鬼。"

这时，我已经来到主任办公室外面了，杨柯要去忙别的事，我们就此分开了。刚好，办公室外面有一个垃圾桶，桶是没有盖子的，平时病人用来丢一些擤鼻涕的纸巾，可我要敲门时，却发现有人丢了一本《精神探》在里面。更巧的是，六科的周品和七科的一些住院医刚好经过，他故意把话说得很大声，比如说"有些人不就写本破书嘛，卖都卖不掉，还拿来送人，丢不丢人啊？这种书，谁都会写，有什么了不起的"。其他住院医知道我在走廊上，担心生事端，便赶紧劝周品小声一点，可周品完全不收敛，还故意提高了几个音调。

"十八线小作家都算不上，牛气什么，当我们没见过世面啊。他有读者吗？一个都没有吧，哈哈哈哈！"

周品走远了，声音还很响亮，其他路过的医生都听到了，大家没有帮腔，反而跟着一起笑。我正黯然神伤，远远地就觉得一团暖暖的光照射过来，那本来是阳光洒到了大厅里，但光芒闪过后，穿着白色大衣的陈怡走了进来。我不知道陈怡会来，本想去打个招呼，却听她叫住了正在骂骂咧咧的周品。

"在医院里不要大声嚷嚷，最基本的礼貌都不懂吗？"陈怡教训周品，"还有，陈仆天的书很好看，我都看过了。怎么，你是想说我们不如你懂的多吗？"

"我们？"周品收敛了嚣张的气焰，小心地问，"还有谁啊？"

"你们六科的蓝骏主任。"陈怡搬出了六科的老大。

周品想顶撞，却又不知道能说些什么，最后只好在住院医的掩护下，逃之夭夭。陈怡一开始没注意到我，当看到我杵在门诊大厅的另一旁时，就走过来跟我问好，顺便为相亲那晚提前离场的事道歉。我一听新主任跟我道歉，就连忙口无遮拦地说："没关系，反正你走了，饭菜都归我吃，我吃得很饱呢。"

陈怡没有觉得被冒犯，反而又笑起来，眼里的光芒也越来越亮，越来越暖。可惜我仍沉浸在失去卢苏苏的悲伤中，不想耽误这样优秀的人，也不想这样开始一段新的关系，否则对陈怡不公平。可我刚要说些什么，一瞬间脑海里就响起了我妈的话"紫微斗数十四星中，天梁星在陷官守命，这表示……"，与此同时，仿佛是前世记忆那样，我脑海一道白光闪过，卢苏苏死前说的最后一句话回响在了耳中："我有一件事要告诉你，就是张七七的死，我想我知道真相了。迎新晚会那天，我们……"

当时，我在住院楼负二层失血过多，陷入了昏迷，并没有完整地听完卢苏苏的最后一句话。也许，卢苏苏想到了什么，这些天我一直努力回忆，可就是想不起来。此时，这些话却交织在一起，像是二重唱那样。我接着还耳鸣了起来，虽然只有几秒工夫，却仿佛过了很久一样。

"迎新晚会那天，我们交谈了一会儿，我提到了我欠钱的事，然后还……张七七听了就眼睛一亮……她失踪后，我曾想过……她的事跟我说的那些话有关……"

这些话断断续续，就像一下子停电又一下子来电了一样。我正努力回想时，陈怡却以为我生病了，还拍了拍我肩膀，把我从这种如同梦境一样的"前世记忆"中拉了出来。

"你还好吧？我知道你出院没多久，如果太累就再请假休息几天。"陈怡体贴地说。

也许听到办公室外面有人说话，季副高就开门走了出来，看到我和陈怡在一起，就说正想找我谈谈这几天的工作安排。一交谈，我才知道原来司法鉴定科的医生后来又交了补充报告，他认为我的状态没有完全稳定，最好再休息几天，不能一出院就密集地排班，甚至是坐门诊。我们是精神科医师，没有谁比我们更注重精神健康了，既然一科的领导都那么说了，想必院长也是知情的，我就没有多说什么。放假谁不喜欢，关键我还是带薪休假。

"先进来吧，慢慢说。"季副高推了推眼镜，客气道，"小陈，你也来吧。"

陈怡和我异口同声："好啊。"

季副高一回办公室就清了清嗓子，可能口渴了，就从饮水机里给自己接了一小纸杯水，一饮而尽。看我们坐下了，季副高又指着饮水机问，要不要喝水，这桶水很清甜呢，和往常的不太一样。我想到何主任中过毒，不敢喝，陈怡可能也想到了这件事，也回答自己不渴，

精神科医生破案笔记 3

不用喝水。

等大家都坐下了,季副高就问了我郝胜的事,可能也好奇郝胜的病情,我就把身体完整性认同障碍的诊断分享了出来。当时,我不知道郝胜会想办法轧断左腿,因此还举了个例子。我说解铃还须系铃人,维纳斯美学的魔怔也是有其学问在的。比如,维纳斯是罗马神话的女神,希腊神话中对应的是阿佛洛狄忒,而希腊神话中的双鱼座就是阿佛洛狄忒和她儿子厄洛斯在水中的化身。

这段故事起源于众神的宴会,当时万兽之王堤丰突然出现,众神吓得四处逃窜。混乱中,阿佛洛狄忒差点与儿子厄洛斯失散。为了不让儿子再走丢,她就用一条绳子将两个人的脚绑在一起,然后变身为两条鱼跳入尼罗河中逃走。为了纪念这次事件,宙斯就将两条鱼以两尾相连、永不分离的姿态升上天空,化为现在的双鱼座。

除了代表爱与美,这两条来自尼罗河的母子鱼也象征着精神与肉体的结合。在精神卫生医学领域上,很多病例都是精神与肉体分离导致的。就像郝胜那样,他肉身的左腿与精神分离了,所以他认为左腿不再属于自己,而"前世记忆"又将他整个人从原本的肉身中抽离了出来。

要治疗这种病,那就要找到阿佛洛狄忒绑住她与儿子的那根"绳子",那是郝胜痊愈的关键。我大致的治疗方案是增强郝胜的大脑灰质,这可以通过药物,也可以通过运动、冥想来达到目的,与此同时还要配合心理辅导,甚至是郝胜夫妻的感情辅导。毕竟,精神治疗不单单是治疗病人,大部分时候还需要家属配合,并参与进来。

听我说得头头是道,季副高没有插话,我准备说完时,他还朝陈怡使了个眼色,似乎两人是在为一个工作岗位而面试我。我陈述时完全不紧张,陈述完了,却额头冒汗,不知道还要再说些什么。

"我们怎么不早点认识?"陈怡先开了口,"难怪何富有对你赞美有加。"

"我们认识的何主任不是同一个吧？"我苦笑。

"他私底下对你评价很高。"季副高帮忙证实。

他们这么一说，我倒对主任有些愧疚感，可当着两个领导的面，又不方便说什么。还好，他们都不是闲人，问完话就要各自去忙了。我的假期已经获批了，季副高就嘱咐我好好休息，不要太操劳了，如果需要什么帮助，尽管跟他说，或者找新主任说，他们都会帮我的。这境况和以前截然不同，我感动得成了哑巴，一时间连谢谢都不会说了。

在离开前，陈怡倒是主动说："人心就像太阳，不能直视。有些人的想法不必在意。"

我知道这是在说周品的事，便会意道："我明白。"

"等你有时间再……你知道的。"陈怡没有给我压力，某些话题点到即止。

季副高不知道我和陈怡相过亲，听不懂这话是什么意思，看着陈怡走远了，就问我，陈怡是不是早就认识我了。我耸耸肩，回答陈怡去过我的第一场签售会，可我那时还不认识她，重新见面时，也没想起见过面。季副高若有所思，感叹这还真巧，说不定是一段美好的缘分呢。我还没心思想那么远，也不想说相亲的事，于是就要告别季副高，想去找杨柯说我要放假了的事。

在要离开办公室时，我却停住了脚步，回头望着又坐回椅子上的季副高："季副高，你知道杨柯的爸爸是怎么失踪的吗？"

"你怎么忽然问这事？"季副高抬头看我。

"我不是爱打听，只是……我就是想知道。"我走回来，虚掩上门。

季副高明显不想说，可还是勉为其难地打开了话匣子。如我以前知道的那样，季副高说青山医院的成立得益于华南的一家超常儿童研究中心，当初这个中心投入了很大的人力和物力，杨柯的爸爸杨森就是这个中心的研究员，是何主任、陈怡等人的前辈。

　　季副高对往事的记忆不算多，要说杨森怎么失踪的，他听说约莫是二十年前的事了。据说，杨森失踪时带走了青山医院的一大笔资金，还有当年医院改建时挖到的一些古物——那些是装在棺材里的。我刚来医院时就听说过，青山医院本来是一座疗养院，在改建时，有人在图书馆所在的那个地方挖到过棺材，可大家觉得没什么研究价值，而且那时考古管理不严格，棺材就被烧掉了。可我不知道当年有人从棺材里拿走了古物，至于是什么古物，季副高也不知道，他只是听说带走古物的人是杨森。

　　季副高一心只搞研究，不聊闲话，这次难得开口提往事，他干脆就什么都说了。原来，大家不怎么提杨森，是有人怀疑杨森贪污，所以才带走了资金和古物。不过，季副高解释那笔资金其实是杨森本人的，算不上贪污，医院那时就没有报警，也没有追究，更没有去找人。杨柯的妈妈刘纯美倒是尝试过找人，可那个年代科技落后，人不见了就是不见了，去报警也没有办法。费了九牛二虎之力，刘纯美才查到，杨森在失踪前去了柳州，再从柳州去了一个叫罗城仫佬族自治县的小地方。

　　没人知道杨森为什么要去那里，刘纯美倒是尝试过去罗城找人，可那时罗城穷乡僻壤的，什么能利用的资源都没有，而且还要靠发电报来联络外界，所以她住了十多天就伤心地回到了南宁。自此，再也没有人去找过杨森，仿佛大家都接受他已经死了。

　　"原来如此。"我为杨柯难过起来，随后又问，"那季副高，你知道杨妍的事吗？"

　　"这个……"季副高习惯性地推了推鼻梁上的眼镜，对我说，"大家也都不爱提'杨妍'这两个字，只是杨柯的爸爸、妈妈都说杨妍没死，可她确实在那个水库里淹死了。那时不知道是谁说的，杨柯爸爸心里愧疚，觉得女儿是被自己害死的，就骗自己说女儿没死，许是想有个安慰吧。我记得院长还说过，杨森拿走资金是被人骗了，说是谁可以复活他女儿……"

"他好歹是知识分子，怎么会信那种事？"我难以置信。

"当失去了活下去的希望时，人们会做出你想象不到的事。"季副高意味深长道。

我叹了一口气："因为他们都执着于失去了什么，而没想过自己还拥有什么……他至少还有杨柯。"

"当局者迷吧。"

话聊得差不多了，我看耽误了季副高不少时间，便找了个借口离开了他的办公室。可我一出来，远远地就注意到了许久没见过的廖副和一个警察穿过门诊大厅，径直去了院长的办公室。见状，我就犯嘀咕，难道是张七七的案件有眉目了？该不会又是来折腾杨柯的吧？莫非他的嫌疑还没洗清？廖副到底掌握了什么证据？

那天，我还没有正式放假，手头仍有一些工作要处理以及一大堆病历要写，因此就专心去忙自己的活儿了。到了下午，我去主治医师的休息室时，见杨柯在床上躺着，连鞋都没有脱。显然，杨柯没有睡着，听到我开门进来，就立刻坐起来叹气，眉头还皱得紧紧的，不知道在心烦些什么。

"干吗？谁惹你了？"我配合地问。

"廖副上午来找院长，说了些什么，我要被停职一个礼拜。"杨柯握紧了拳头，像是要揍人一样。

"你没问院长是怎么回事吗？"我坐到杨柯身边，关心地问，"院长是不是不肯说？"

"嗯。"杨柯垂下脑袋，盯着地板。

我不太会说安慰人的话，便恶作剧地说："怎么，看你的皮鞋擦得够不够亮吗？这黑色的鞋面都发光了，能当镜子了。"

杨柯故意踩了我一脚，疼得我哇哇叫，他却道："你是不是也要放假一个礼拜？"

"对啊。"我拍了拍脑袋，醒悟道，"对了，我要跟你说说季副高告诉我的事。"

"他知道的事情，我也知道。"杨柯没什么兴趣。

"你未必知道。大家怕刺激你，有些事没在你面前说。"说罢，我想回踩杨柯一脚，他却站了起来。

我不想卖关子，也不想继续胡闹，接着就一五一十地复述了季副高的话，想要瞧瞧杨柯有什么高见。杨柯果然听说过一些细节，可有一些细节却不知道，比如他爸爸带走了一笔资金和棺材里的古物。过了一会儿，我就习惯性地问要不要报警，杨柯却说报什么警，事隔多年，谁还管呢。再说，没人能确定他爸爸是不是在罗城县，除了给我们发短信的X。或许，X真的守信用，给我们指了一条明路？

那天下午，我们激烈地讨论了很久，最后决定逢山开路，遇水搭桥，既然两人都有了一个礼拜的时间，那不如一起去罗城县走一走。就算找不到人，也可以当成是一次旅行。杨柯像是那种天天闷在家里的人，这次旅行却是他先提议的，可见他有多大的决心。遗憾的是，我们当时并不知道，这一去会有怎样恐怖的遭遇，会有什么样的答案浮出水面来。

三天后。

我瘫坐在一个昏暗的角落，看着一地的鲜血，闻着空气中发霉的味道，有气无力地呼吸着。这时，天还没亮，外面下着暴雨，我依稀看到布满黄绿色苔藓的房间里躺着五个人，其中一个正痛苦地挣扎着。随着时间的流逝，这个人挣扎得越来越无力，像是没了电的机器人，最终，四肢像柳树条一样散了开来。

那个人仰卧着，气若游丝地问我："你怎么知道我是凶手的？"

我捂着疼痛的胸口，喘着气站起来，望了一眼墙壁上一行斑驳的红色字样"桥头精神康复中心"后，接着才回答："从一开始我就知道你是凶手。"

说罢，我就歪歪扭扭地绕过这个人，扶着房间的墙壁挪着身子到了内房，里面正躺着三个血淋淋的人。看着这一切，我五味杂陈，我做梦都没有想到，这一行竟然会死那么多人。

我正感慨时，内房的门却砰的一声关上了，一个黑色的人影不知何时堵在了门后，更恐怖的是，这个人双脚离地，是悬在空中的。

"是你！"我惊呼。

虽然房间陷入了黑暗，几乎伸手不见五指，但刹那之间，我仍认出了那个人。

第3章
罗城寻踪

什么是第六感？它真实存在吗？众所周知人有五感——味觉、嗅觉、触觉、视觉和听觉，而奇妙的预感就是神乎其神的第六感，人们常将其与神秘现象和超自然能力联系在一起。

01 第六感

活了这么久,我唯一一次亲身经历多人同时撞邪,是在广西深山中的一所废弃的精神病院内,那次连我也几乎快疯掉了。出发去那儿的前一刻,我就有强烈的第六感:快要出大事了!

在离开南宁的那天早上,我和杨柯决定从琅东汽车站出发。可上大巴的前一刻,我忽然有一种心惊肉跳的感觉,脑海中有一个声音叫我别去,说这是一个馊主意。我将其告诉杨柯后,却被他教训了一顿。他直言那是我想太多,纯属心理暗示,或者干脆一点,是我脑袋坏掉了。我知道杨柯是铁了心地要找到他失踪多年的父亲,便不好再扫人兴致,检票后就排队上了大巴。

当时已是冬天,南宁尽管是绿城,四季温热,但那段时间也罕见地气温骤降,冰冷刺骨。车子上没开暖气,乘客们都哆嗦着身子,不愿意多说话。杨柯坐在靠走道的位置,矫情地用随身携带的免洗消毒液擦了擦手后,闭目养神,没有再理睬我莫名的焦虑。

出发前,我向新主任陈怡提过要离开南宁一阵子。当时她坐在主任办公室里,听到我要坐大巴,随手从抽屉里拿了一小瓶免洗消毒液给我,说大巴里藏污纳垢,要记得讲究卫生。我说我也有那玩意儿,只是很少用，不必送我。但陈怡说何主任生前留下了许多瓶，放着也是放着，于是硬塞给了我。末了，陈怡又翻了翻抽屉，拿出几个瓶子，说："听说你在沈阳经常流鼻血，鼻子不好，容易过敏是吧？这里还有几瓶洗鼻剂，也带上吧。出门旅行，鼻子最容易敏感了。"我看新主任这么热情，拒绝不是，不拒绝也不是，迟疑片刻之后，只好感恩地接住了东西。正因如此，我此行带了不少东西，就差没把被子背到身上带来了。

总之，我看杨柯擦了手，顿时也觉得大巴很脏，便学他擦了擦手。很快，车子就发动了。杨柯要闭目养神，我就转头望着窗外从城市渐渐变成荒野的风景，回想了出发前的一些琐事——

在出发前一个礼拜的下午，我因为心理评估未达标，暂时不能上班，恰巧杨柯同时被停职一个礼拜，我们就开始在医院找一些老前辈，拼凑杨柯父亲失踪前的种种线索。最后，季副高透露，他对杨森这位前辈的事不太了解，要问就得问院里的三位老骨干——一个是院长张青山，另外两个是主任何富有，还有六科主任蓝骏。

显然，何主任已经被梁凉凉撞到西天去了，问是问不到了；张青山是院长，爱打官腔，官威甚大，也不方便问。琢磨了很久，杨柯决定找六科主任蓝骏碰碰运气。

六科的专长是自杀预防，蓝骏是任职时间最长的主任，已经六十多岁了，由于他四十岁时就是光头，院长私底下都喊他"蓝秃子"。蓝主任以前是北方一家心理危机研究与干预中心的领导，华南超常儿童研究中心要组建医院时，身为研究员的杨森大力推荐了蓝骏，把人挖了过来。青山医院还没有分出七个科室时，蓝主任和杨柯的父亲杨森是第一代核心骨干，蓝骏以前也当过一段时间一科的主任。

蓝主任很少出现在青山医院，我和他不熟，平时打照面也极少打招呼，算是陌生人。杨柯称蓝主任"蓝叔"，想来关系算亲近。那天下午刚好蓝叔在，他就去六科将人拦住。为了套关系，我也厚脸皮说："蓝叔，别着急，我们有话问您。"

这时，杨柯刚被停职，具体原因廖副一定告诉了院长，院长可能也和其他主任通了气，因此蓝叔很警惕，忙问我们要干什么。当知道要问杨森的事，蓝叔先是松一口气，紧接着又叹了一口气："你爸失踪的事……怎么说呢？我跟你妈提过，她也去罗城找过人，根本找不到。这么多年都过去了，何苦再生事端呢？"

"蓝叔，我只想问，你是不是知道一些别人不了解的内幕？"杨柯难得放低姿态恳求。

念在旧情的分儿上，蓝叔端着的架子很快就放下了，但他怕引人耳目，就将我们带到了六科隔壁的诊室，把灯关上，还拉上了百叶窗。蓝叔将气氛营造得神神秘秘的，这不就是一起失踪案，有必要搞出这种阵仗吗？我还在疑惑时，蓝叔就道出了一个秘密，我和杨柯都大吃一惊。

原来，这些年的流言不是空穴来风，杨森失踪前确实卷走了一笔资金，并带走了建造图书馆时挖出的古墓遗物。那是一颗翠绿色宝石与一副已经腐蚀的金甲，由于墓主没有留下太多身份信息，考古价值也不高，除了被烧掉的棺材，那些古董就被丢在了一个临时搭建的木板库房里。有一天，两人在库房外抽烟，杨森就告诉蓝叔他有个病人在广西深山的小镇上，多次要挟他拿一笔钱出来。

至于为什么要拿那一笔钱，蓝叔也问过，可杨森只顾着抽烟和咳嗽，没有继续将话讲清楚。蓝叔以为是病人发疯，也没当真。不过杨森失踪前有透露过一些信息，说是和他夭折的孩子有关。

这情节跳跃太大，我几乎都快听糊涂了。反正那天我的脑子一团乱，根本无法运转，直到回到杨柯家，我才列了三大疑点出来，试图捋清楚事情的经过。

第一，为什么杨妍好像死了两次？杨果告诉过我，杨森失踪时，杨柯还在他妈妈肚子里，等于是没见过亲爹。出入最大的是，杨果说在杨柯出生前，他姐姐已经夭折，患病去世，这导致思女成疾的刘妈妈把儿子当女儿养。若是如此，他们姐弟后来怎么会在天鼋水库一起玩呢？当然，杨妍溺死后，尸体没有找到，放干了天鼋水库依然无影无踪，这件事太过离奇，各种版本的流言被添油加醋地传开，这似乎在情理之中。毕竟杨果是晚辈，她知道的事情也是听来的，可信度得打折扣。

第二，为什么杨森会带走一笔资金和古墓的遗物呢？记得，季副高提过，据传杨森是为了复活女儿，山里有个人能办到，他就带着一笔钱走了。可蓝叔又说，杨森是被人要挟的，不知为何需要付一笔钱，这才铤而走险，最后人间蒸发。不久前，X发短信"好心"告知我们，杨森去了广西罗城一个小镇的疯人院。不管怎样，这三个人给出的线索全部指向那个边远山区的小镇。想必杨森真的去了那里，并发生了什么事。

第三，X从何得知杨森的去向，并给出了一个具体的地名呢？要知道，刘纯美去柳州和罗城都找过人，结果一无所获。由于杨森涉嫌卷走资金，有传言他贪污，刘纯美也没让警方和院方过多地介入，因此这么多年来，杨森下落何方，几乎没有一个人知道，除了X。

要么X拥有上帝视角，要么X是瞎编唬人的，要么……他是杨森本人？

我将这三个疑点告诉杨柯。杨柯坦承，自己一样分析过，除了能确定姐姐是在天鼋水库溺死的，因为他人就在现场，其他疑点他也是毫无头绪。杨柯意趣索然，直说反正最近不用上班，那就去罗城走一走，权当是散散心。

为了分神、放松脑袋，在买了车票后，我和杨柯一起顺便查了X说的桥头疯人院的背景。这家疯人院在广西北部的罗城仫佬族自治县，那里背靠贵州，山峰连绵，在新中国成立初期曾是广西煤矿业的基地之一，向广西各地输送了许多矿产资源。除了煤矿业，那里有一个叫桥头的深山小镇，镇上有一所关押重刑犯的罗城监狱，以及一家专门治疗严重精神障碍病人的精神康复中心。

说到底，这家精神康复中心终归是在深山里，没有足够的医疗水平，有时必须将病情严重的病人送到大城市，比如南宁去治疗。我们去青山医院图书馆一楼的档案室查过，二十多年前有两个病人被送来过，一个叫李伊瑾，一个叫欧阳城。

可惜这毕竟是二十多年前的事了，档案室留下的记录非常少。我们只知道李伊瑾是插队后留下的知青，有严重的自杀倾向，经过一个月的治疗就出院了。欧阳城是罗城桥头镇小学的男老师，记录上显示他有妄想症，因为他总说自己的身体是透明的，左右手看不见了，有一次还不穿衣服就去给学生上课。欧阳城陆续到南宁治疗过三次，效果不明显，后来就回到了桥头精神康复中心，成了那边的"钉子户"。

不过，这家康复中心几年前搬去了罗城的县城北郊，原来的住院楼本来还有一些老病人住，直到两年前有一个被视作极度危险的精神病人逃脱，接着又传出一个死去的老头在那里阴魂不散，旧址才彻底被搬空和遗弃。至于逃走的精神病人是谁，没有后续报道，也没人在乎。

那种地方有什么好去的呢？问题是我们心知肚明，去新址是找不到杨柯父亲的，有问题的地方一定是旧址。

总之，过了快六个小时，又转了一次车，我们才来到桥头镇。那时已经傍晚五点多了，杨柯觉得天还早，入住了一家贴满包治阳痿早泄广告的招待所后，便提议一个人先走去小镇的山里头瞧一瞧。我一路上都心神不宁，怕会出事也自告奋勇要跟上。

这小镇像蒙了一层灰，走到哪里都是灰蒙蒙的，路边的松树和野草上也都积了厚厚的灰尘，到处都是死气沉沉的。招待所的老板娘就没好气地抱怨说，附近有一家煤矿和水泥厂，这里一年三百六十五天都是这个样子，他们衣服都不敢晾到外面，不然白衬衫晚上就会变黑衬衫。假若不是开了招待所，走不掉，她早去外地待产了。说着说着，我们才注意到，柜台后老板娘的肚子已经高高隆起了。

听我们要去桥头镇精神康复中心，一头鬈发的老板娘又说去那个破地方干什么，那里不干净。老板娘看杨柯西装笔挺、英俊帅气，边说边打量他，然后又小心翼翼地问："你们来到底是干什么的？"杨森的事外人无法理解，杨柯也不想透露，我便替他瞎编了一个回答："我们来抓精神病人的，不是跑了一个精神病人，一直没抓到吗？"

老板娘先是一惊，又不耐烦地说："人家早跑到天边去了，还等你们！"

杨柯心急如焚，不管老板娘怎么说，也不管我有没有跟上，大步流星地就往外走。我见状连忙跟上。老板娘怀了孕，却也热心地挺着大肚子跟了出来，丢下招待所不去打理。我不可置信地回头，心想，杨柯有那么帅吗，孕妇也要跟着来？

老板娘走着八字步，头上的鬈发随着步伐起伏抖动，追问："你们认识路吗？那家疯人院可不好找，窝在山里头呢。"但其实我们早就打探好了，小镇的尽头有条小路，走上三四公里，经过一条废弃的铁路，再走过一个山涧，就是桥头镇精神康复中心了。据老人家说，那附近有个溶洞，日本人侵略时，杀了许多男女老少，尸体全部丢在溶洞的暗河里。

听到我们认路，老板娘嘴角下垂，她有些失望，可仍坚持尾随。我看她快要生产的模样，便劝她快回去，若有什么闪失，谁担待得起。老板娘不知是真的热心过了头，还是中了什么邪，死活不走，真的一路跟随来到了废弃的精神康复中心。好在路不算难走，虽不宽，却很平坦，绕过一座光秃秃的石头山，大约走了半个小时就到了。

这时，天色已经暗了下来，桥头镇的精神康复中心像是一座庙宇，漆黑的门窗都在呼啸着，传出一阵阵带着哭腔的风声，有一扇歪掉的门还在咿呀咿呀地摇晃，在山中像是什么精怪在阴森地笑着。

不想，我们三人还没说话，本来像黑洞一样的某个房间忽然闪过一道黄色的光，一个身材壮硕的人影就浮现在了二楼一个房间的窗户旁。瞧见这一幕，老板娘张口就喊道："有鬼！"

与此同时，我双脚发麻，感觉地面冷不防地震动了起来。

02 肺栓塞

废弃的精神康复中心是一个足球场大的院子，大门是可以推动的铁门，白色的油漆已经脱落了大半，露出了褐色的铁锈。院子中央耸着一栋三层高的楼房，原本每一扇窗户应该都有铁栏，可有些窗户的铁栏已经不见了。

我本来还在好奇，为什么有些窗户有铁栏，有些没有，当瞧见一个人影在二楼时，便有一种要奔进去的冲动，想一探究竟。我知道最近一系列事让我的胆子愈来愈大，可带着一个孕妇，哪里好把人丢下，只好劝老板娘快回去。老板娘倒是想回去，还拉着我一起走，可杨柯已经穿过半开的铁门，若无其事地走了进去。

一个要进去，一个要离开，我左右为难时，双脚又是一阵麻。老板娘就在我身边，我也隐约看到她的鬈发像弹簧一样，上下晃动。我还在奇怪怎么回事，忽然轰隆一声巨响，跟着五块巨石陆续滚到我们身后的山路上，把来时的山路都给堵住了。

"地震了吗？"

我才嘀咕，老板娘就说："哎呀，这下好了，咱们回去的路没了。"不过老板娘又安慰我，别着急，这不是地震，是因为他们小镇四周的土地被采矿的挖空了，形成了采空区，附近的农田都开裂塌陷、干掉了，不能种水稻。正是地层空了，这一带的山体也开裂了不少，这种石头滚下来的事已经不是第一次了。好在除了来时的小路，还有一条比较绕的山路，只是需要走两三个小时才能回到小镇上。

我低头瞄了一眼老板娘的肚子，为难地问："你这样方便走吗？再说了，谁知道这些山路安不安全。"

"也对。"老板娘回头看了一眼，来时的路上横着一道道山包的黑影，黑夜中看着像是一座座坟头。

我怕杨柯走远了，便叫老板娘跟上，别留在外面，至少康复中心的院子有空地，比较安全。老板娘迟疑了好一会儿，不情愿地点点头，先我一步迈过铁门，进入了阴森瘆人的院子。我带着一肚子问号紧随其后，同时心里嘀咕，这种地方怎么会有别人呢？刚才看到的人影一定不是杨森，如果他还活着，不会二十多年来对妻儿都不闻不问。

果然，我们刚走到大楼前的空地，一个胸前用背带兜着一个婴儿的短发女人从楼里面慌慌张张地跑了出来。杨柯走在前面，冷静地问："你是谁？"这短发女人先是怔怔地望着我，似乎认识我，然后用方言回答了一句话。别说杨柯听不懂，身为广西人的我也没听懂，只好等老板娘翻译。老板娘似乎不认识女人和小孩，好在她也是年轻人，没有那么迷信，不会怀疑对方是什么妖魔鬼怪，一阵交谈后，她就哦哦哦了几下。

接着，老板娘挠了挠蓬蓬的鬈发，向我们解释，女人说的是仫佬族话，她叫洪晓燕，儿子乳名叫小不点，才一岁，他们住在山另一头的村子里，听说这栋废弃的大楼成了燕子窟，有许多燕子聚居，她就来掏燕窝卖。在山的那头有个燕子岩，那上面原本也有燕窝，但早被

精神科医生破案笔记 3　　　　112

村民们掏空了，她才跋山涉水，想要另寻活路，因为她丈夫在深圳打工，已经一年没回家，也没寄过钱回来了。

洪晓燕身子矮小纤细，不像我们在二楼看到的人影。我正觉得应该还有别人在，身后的铁门就砰的一声响，像是被什么撞到了。我以为是附近山头的石头又滚下来了，回头一瞧，有两个人弓着背，踉踉跄跄地闯了进来。一转眼，废弃的精神康复中心变得这么热闹，倒是出乎了我的意料，连杨柯也忍不住回头瞧，想知道是谁来了。

这两个人是一男一女，四十岁出头，似乎是夫妻。两人穿着暗绿色的工装，且均严重驼背，可能苦力活儿干多了。其中女人扶着男人，看到还有人在就如遇大赦："救命啊！"

我和杨柯虽然是精神科医师，但毕竟也是学医的，一眼就发现驼背男人的头在流血，好像被什么砸中了。不等我们问，驼背女人就说他们是夫妻，是山里头的采药人，因为天气冷了，山上的群蛇冬眠，他们来抓一些藏在石头缝里的蛇取蛇胆，谁知道刚才山体崩裂，滚落的石头砸到了她老公。一开始，她老公陷入昏迷，她以为人不行了，可一两分钟后，他又自己苏醒了，然后他们才逃来这里避一避。

在来罗城之前，我就听说这里是闭塞的山城，因为交通不便，许多人靠山吃山，要么掏燕窝、挖药材，要么就去广东打工，几年都不会回来。不过，我是第一次听说有人趁蛇冬眠时来捕蛇的，想来为了讨生活，什么都会有人干吧。

我自己也曾因失血过多，差点送命，便急忙帮女人把男人扶好，想查看他的伤口在哪儿。男人没想到会有别人在场，碍于面子，便推开了他妻子和我，自己歪歪扭扭地上了两级阶梯，跑到了康复中心的大厅，一屁股坐在了一把发了暗绿色霉斑的蓝色塑料椅子上。

驼背女人看老公发了火，不好靠近，只能小声地问："你们是……"

我简单地介绍了杨柯、老板娘、洪晓燕母子，便问："那你们呢？"

"大家都叫我们龙哥、龙嫂，因为我老公姓龙，我们又是卖蛇胆为主……"龙嫂望着我们，声音越来越小，不知道是心虚，怕我们会怪他们趁蛇之危来取蛇胆，还是有别的什么原因。

一阵沉默后，热情的老板娘挺着大肚子，刚哎呀一句想说话，一群黑影哗啦哗啦地飞出了大厅。我勉强能分辨，那不是蝙蝠，应该是飞鸟，或者就是洪晓燕说的燕子们吧。

过了好一会儿，等燕子都飞出去了，暗淡无光的大厅才安静了下来。杨柯感觉比较灵敏，声音一落，就转身盯着靠近大门的一个黑洞般的角落。我深吸一口气，这才注意到那里蜷缩着一个东西，像是野兽，还在蠕动。

"干什么？我妈让你们来我找的？我是不会回去的！"听声音，是个十五六岁的男生，语调很不客气，"老女人敢打我，那就等着没人给她送终！"

老板娘听出是当地人的口音，凑近问："你谁啊？"

洪晓燕躲在最后面，偷瞄着男生，显然之前掏燕窝时，她并不知道还有一个男生在大楼里。不知道是紧张，还是在哄挂在胸前的孩子，洪晓燕一直摇晃着身子，咕哝着一些我听不懂的方言。而龙哥受了伤，龙嫂也有些轻微的皮外伤，他们懒得理睬别人，只自顾自地在长椅那边待着。

男生弄不清楚状况，仍在闹脾气。经过一问一答，老板娘才告诉我们，男生是镇上的，叫莫克，父母开废品站谋生，所以大家都取笑他是破烂仔。早年，莫克的父亲醉酒开三轮车，开进了阴沟里，当场死亡，这些年都是莫克的母亲边收破烂边带孩子的。

由于生活不易，一个人要撑起一个家，莫母平时和儿子的摩擦渐多。为了惩罚母亲，莫克多次离家出走，这家精神康复中心是他的藏身处之一。而这次，莫克因为玩手机太频繁被母亲没收了手机，他打了母亲一巴掌就跑了出来。

"反正我不回去，叫老女人来求我，我才回去。"莫克以为我们是来找他的，摆起了姿态。在抬头撂狠话时，莫克注意到了站在前排的我，还盯着我看了很久，和洪晓燕看我的眼神差不多，似乎认识我。

莫克正想问我什么，同是女人的老板娘就火冒三丈地说："你妈说你死在外面好了，别回去。"

"算了，大姐。"洪晓燕双手护着孩子，在最后面劝说。

"哼！"莫克下不了台，只好继续顶撞，"老女人都去死！"

"少说两句。"我打圆场，指着头部流血的龙哥说，"没看到有人受伤了吗？刚才山上有石头滚下来。"

莫克自私到了极点，又以为自己是宇宙中心："少给我来苦肉计，谁死了都无所谓！"

"别揽事。"一直沉默，不想多管闲事的杨柯在我身后好心提醒道。

我按捺住性子，没有继续发作。我回头与杨柯对视，我们都心照不宣，方才在楼上的人影不是洪晓燕，也不是莫克。这么说来，包括我和杨柯在内，除了大厅里的八个人，还有一个神秘人没出现。会是谁呢？总不会是杨森吧？

我和杨柯窃窃私语时，焦点转移到了我们这边。我穿着一身黑色休闲装，杨柯则一贯地穿着他的高级黑西装和白衬衫，只要不是瞎子，都能看出来我们不是本地人。龙哥弓着背，一屁股坐在椅子上后就扬了扬下巴问："天都黑了，你们这些外地人来这里干什么？"杨柯和我一样，怀疑康复中心还有其他人，他不回应龙哥的提问，只顾着找楼梯去二楼。可老板娘忽然又哎呀一声，摸着肚子坐到了龙哥的对面，说她肚子疼，怕是要生了。

我就叫你别来。我心里这么想，嘴上却尽量讲好话："你还好吧？深呼吸！"

"还好,还好。"老板娘抚摸着肚子,大口呼吸道,"我要坐一下,我走太累了。还有,你们不是本地人不知道,这疯人院闹鬼。"

"对啊,有个老人死在这里,听说冤魂不散。"洪晓燕用乡音很重的普通话搭腔,脚尖朝着外面,似乎想立刻离开。这个掏燕窝的短发女人一直不安地摸着胸前的孩子,本能地想保护婴儿背带里的小生命。

"你们都要死在这里,老女人。"莫克蜷缩在角落,冷不防插了一句话。

"男人就不会死啊?要死一起死,你个兔崽子!"老板娘又疼又气。

杨柯一向不掺和争吵的事,任由大家吵到你死我活,也不会加入。我发现杨柯黑色的皮鞋尖头老是朝着大厅的楼梯口,知道他是想上去瞧瞧。虽然严格来说,现在不是伸手不见五指,依稀还能看到些人影轮廓,但要找人或找东西都不容易。我不愿意选择这么一个糟糕的时机,便想劝住杨柯。杨柯的个性沉着冷静,那晚他却很莽撞,完全不听劝,硬是一个人用手机当手电,独自先上了二楼。由于康复中心几乎被搬空了,非常空旷,杨柯脚上的黑色皮鞋把楼梯踏得很响亮,还有回声,像是四重唱那样。

老板娘摸着肚子,很吃力地再站起来,劝我赶紧叫杨柯回来,这里真的闹鬼,刚才看到的人影肯定就是鬼,是那个老头死得太冤了。我唯一能想到的回答是"胡说八道!",奈何其他人都在附和,我就没有跟他们争执,而是任由老板娘讲了精神病人最常讲的鬼故事风格的一段过往。

原来,两年前有个老头精神分裂症反复发作,被家人送了过来。有一天,老头发狂,要打护士,就被绑在了病床上。谁知道,过了十五个小时,老头就死了。从那以后,康复中心就开始闹鬼了。

老板娘说罢又坐下,洪晓燕就起哄:"对啊,就是老头死了,大家慌了，有个病人才偷偷溜走的，可能溜到广东去了。"

这种交谈风格像极了青山医院的病人们，我忍不住想翻白眼，却听老板娘继续捕风捉影："那个老头可能也是被鬼害死的。除了附近的溶洞堆了数不清的白骨，我听说康复中心也死过好几个人，本来就不干净。"

这说话的风格趋向精神病患者时，我的职业病就发作了，开始分析老头到底是怎么死的。很多人不知道，精神病患者最大的死因不是精神疾病本身，而是肺栓塞以及缺血性心脏病。换句话来说，即精神病患者会反复发病，有时需要保护性束缚，可长达数小时。别看束缚病人很简单，但长时间不规范的束缚行为很容易造成患者下肢形成静脉血栓，血栓脱落与病人死于肺栓塞有一定关系。治疗肺栓塞的手段复杂，其中一种方法就是静脉滴注肝素，临床常用的抗凝药物华法林、肝素可以稀释血液。

虽然我不是法医，也没有解剖这个老头的尸体，但我推测他的死因极可能就是肺栓塞，如果及时给予肝素治疗，他或许能被抢救回来。只是，大部分精神病人都是家庭的累赘，很少有人在乎他们，更不会有人想去追究责任人是谁。也许老头死了，他的家属还会谢天谢地，这就是精神病人最可悲的地方。

这些话当然不能和老板娘等人详细说明，越争执，他们反而越想证明科学是错的。我只提了一句用肝素治疗，老头可能就不会死，然后哀叹了一声，心想精神科小说还真得继续写，起码要借小说的推广来帮助大家增进对精神病患者的认识，进而能给他们多一点关爱。

我正气凛然，觉得自己升华了，却听老板娘说她要拉屎。莫克听了就捏住鼻子，不高兴地喷了一声，但他仍直勾勾地望着我，好像我们曾见过面。昏暗中，其他人没注意到那眼神，老板娘不停地说要拉屎，焦点又回到了她身上。还好这是荒郊野岭，四处都可以是厕所，她也不忌讳，走着走着就去了另一条长廊，不知道是从另一头上楼了，还是到外面去解手了。

洪晓燕说楼上放着一袋掏好的燕窝，要上去拿，不等我说什么，她就一边安抚还在睡的小婴儿，一边从杨柯走过的楼梯上了楼。莫克则继续捏着鼻子，坐在黑暗中，默不作声。我和龙哥夫妇大眼瞪小眼，无话可聊，一时间很尴尬。尽管在黑暗之中，我还是能察觉龙哥面如土色，于是壮着胆子，毛遂自荐说我是医生，需不需我帮忙检查头上的伤势。

"我心脏疼。"龙哥按着胸口。

我以为是头疼，听龙哥这么说，有些意外，忙问他有什么疾病史。果然龙嫂张口就说："你刚才说的肝素，我老公也吃，他得过心肌梗死，之前吃过肝素，现在每天吃阿司匹林，医生推荐要吃，不然心脏会堵住。他刚还吃了一颗，说是不舒服。"

"什么？"我一听就心凉了大半。

"怎么了？"龙嫂不明就里。

我知道可能要出人命了，一个人应付不来，当下就安慰龙嫂别着急，等我找来杨柯一起会诊再商量怎么办。我本可以大喊一声杨柯，直接把人叫下来，或者打他电话，但我一时情急，并没有想太多。等上了二楼，我发现除了护士站的桌台，别的东西都被挪空了，空空荡荡的，除了穿堂风，什么声音都听不到。

"人呢？"我狐疑地晃了晃手机。

二楼的病房不少，我觉得一个个病房找不明智，或许杨柯到三楼去了，又或许他从另一个楼梯间下去了，我想了想就先下了楼。谁知道，一下去却发现整个大厅都空了，龙哥夫妇不知去向，莫克也不在黑暗的角落躲着了，招待所的老板娘仍没回来，洪晓燕母子去拿燕窝也没回来。

正纳闷儿的时候，我忽然看到灰白的墙壁上多了一些涂鸦，凑近一瞧，上面居然写着两行鲜红的血字：

我是逃跑的精神病人，你猜不到我是谁吧？

03 金甲和绿宝石

霎时，我毛骨悚然，我和杨柯遇到的这几个人，有一个是当初逃跑的精神病人吗？我还以为他或她已经跑到天涯海角去了？

在几秒内，我的大脑疯狂地运转。首先是哪里来的血？总不会是红油漆吧？我靠近闻了闻，又摸了摸，红字是血，八成没错。其次，为什么逃跑的精神病人还留在康复中心？藏在这山里头，怎么生活呢？总不会当野人当上瘾了吧？最后，这是恶作剧，还是真有精神病人作怪？可为什么要暴露自己？躲起来不是为了不被人发现吗？

我正百思不解，两个驼背的黑影从外面相依着走进大厅，还未瞧清楚是谁，一个女人就急忙道："医生，我老公吐了，他刚在外面把黄疸水都喷出来了，像水龙头一样。"

等人走回来了，我知道是龙哥夫妇俩，便安了心。他们应该不是精神病患者，因为龙哥情况危急，肯定没时间作怪。怎么说呢？我刚才心慌意乱，一个原因就是听说龙哥得过心肌梗死，曾服用过肝素，后来每天吃阿司匹林。先不论日服阿司匹林的方法是否可取，要知道肝素、华法林、阿司匹林这些药物都可以稀释血液，人一旦出血就很难止住，尤其是内出血或脑出血。

我不用检查就知道，龙哥头部受伤，很可能颅内一直在出血，这就危险了，他的喷射状呕吐就是一个证明。为什么伤到脑部会呕吐？是因为颅骨是硬的，大脑相对软，一旦颅骨内的容量增加，颅内高压产生，大脑的一些中枢就会受到压迫，其中一个中枢的反应就是呕吐。呕吐后，脑水肿就跟着来了，人也会很快陷入昏迷。

像这样的大脑损伤有许多种类，比如硬膜外血肿、硬膜下血肿，前者的症状是先昏迷再清醒，接着再陷入昏迷，后者是从头到尾都是昏迷。以龙哥的症状来看，十有八九就是硬膜外血肿，他很快会再度失去意识。

果然，我用手机的手电筒照龙哥的双眼，他的瞳孔对光反射已经消失，瞳孔放大至约6毫米了，这意味着他颅内高压，可能一直在出血。如果在手术室，我会尽快对颅骨钻孔，抽吸引流，清除血肿，好的手术室还有一次性的颅内血肿粉碎穿刺针可用来穿刺血肿靶点，抽吸、冲洗及应用生化酶技术将血肿液化，再对血肿冲刷、融碎、引流来清除血肿。可现在在一家早就废弃的精神康复中心，我上哪儿找专业的外科手术设备，而且这里那么脏，根本不是无菌环境。

我还在着急时，果不其然，龙哥才被搀扶到蓝色的塑料椅上，就两眼一翻，再次昏迷。还不止于此，方才昏迷，龙哥就剧烈地抽搐起来，驼着的背都快抖直了。也许喉咙还有东西没吐干净，他一抽搐又吐了些黄疸水和白沫出来。

"臭死了，怎么还在吐，刚才吐得我都出去避一避了，没完没了是吧？"莫克忽然从大厅外面回来，闻到呕吐物的味道就大肆抱怨，丝毫不顾别人的感受，扭头又出去了。除了给人添堵，这种人留下来也帮不上什么忙，我反而庆幸他自己要走，所以也不去拦他。

接着，洪晓燕不知从哪里回到了大厅，手上还拽着一只红白相间的蛇皮袋，说是装着刚掏的燕窝，想必收获颇丰。望见这一幕，洪晓燕就捂着怀里的孩子，大惊小怪地嚷嚷："这是鬼上身吗？"

"他是癫痫发作。"我忙把人放到地上，让人侧卧。

"我老公以前没有癫痫的毛病啊。"龙嫂慌在原地，一动不动。

癫痫是大脑神经元突发性异常放电，症状轻重不一样，病因复杂，有的是遗传，天生就有，有的是因为脑部疾病或损伤，是后天造成的。硬膜外血肿引发癫痫不常见，但如果患者是合并脑挫裂伤，挫裂伤正好位于颞叶等容易诱发癫痫的部位，或者说硬膜外血肿压迫了额叶、颞叶等位置，对大脑皮层产生了压迫，引起大脑皮层异常放电，一样可能会导致癫痫发作。

更糟糕的是，龙哥曾有心脏疾病，常年服用稀释血液的药物。我刚把他放在地上侧卧，想清理他的呕吐物时，手摸到了他湿淋淋的头发，那里都是血，还没有完全凝固。为了固定龙哥的头部，我只能单膝跪下，好在他抽搐了半分钟就停下了。不过癫痫和昏迷都非常危急，如果不尽快给龙哥做颅骨穿刺，减轻颅内压，最快十分钟，他的大脑损伤很可能就无法逆转，达到一定阈值之后，不断的出血会引发脑疝，从而造成死亡。

要怎么办呢？我望了望墙壁上的血字，心想这血不会是龙哥的吧？难道是龙嫂在故弄玄虚？可老公都要死了，她哪来的心情装神弄鬼？我来不及继续多想，便叫大家散开，快去叫杨柯回来帮我，然后看看康复中心的药房或者柜子里有没有留下急救箱。

正好老板娘解手回来，看到这一幕就吓呆了："刚才他不是好好的吗？中邪了？"

"不是中邪，快去帮我找找，看有没有急救箱。"我很着急。

可龙嫂不肯离开她老公，老板娘一副看热闹的样子，也没有离开的意思，只有洪晓燕热心道："我掏燕窝时，在二楼看到过一个急救箱，你们在这里等着，我马上回来。对了，你们打120了吗？我手机有电、有信号，我来打，你们别着急。"

丢下红白相间的蛇皮袋，好心肠的洪晓燕就哄了一句"儿子乖"，就身轻如燕地转身冲回二楼。在转身前，洪晓燕意味深长地望了我好一会儿，想说什么，又把话吞了回去。

没多久，洪晓燕回来了，还带回了杨柯，说是在半路上碰到他的。才几分钟工夫，情势急转直下，杨柯也没料到。幸亏他够沉着冷静，忙打开急救箱，想看有什么能用得上的东西。

我没抱什么希望，因为龙哥的硬膜外血肿很严重，需要做CT检查以及颅骨钻孔，我们什么条件都没有，要怎么办呢？最关键的是，中国的医生流动受到严格限制，《中华人民共和国医师法》规定，每位医生都隶属于某家医疗机构，不能像赤脚医生一样到处行医。从严格意义上说，只要我们离开注册地点，即便是在医院大门口抢救病人，也属于非法行医。好在国家在努力改善这种情况，有些城市已经有规定，即你申请到另一家医疗机构多点执业，只要第一执业地点的医疗机构批准了，那么一切都好说。

可在青山医院接连出了许多事，本身已是泥菩萨的我有些迟疑，不知道该怎么办。而龙哥现在无法送医，就算急救车来了，路也堵着，等急救医护人员花几个小时赶来了，也是白搭，因为他们没有专业的手术设备和环境。龙哥一直在脑出血，颅内压几分钟内就要到达阈值了，这极限一突破，他的生命就走到尽头了。

"救人吧。"杨柯懂我在想什么，便给我下了定心丸，"天塌下来，我来顶着，就说是我的主意。"

我没时间客气和感动，赶紧问急救箱里有什么东西。杨柯打开一瞧，里面只有一些绷带、纱布、棉花、创可贴、手动呼吸气囊以及一支注射器。这些东西要怎么急救？可真是巧妇难为无米之炊。情急之下，我脑海里忽然浮现出20世纪70年代的电影《创业》，里面的周挺杉说过一句话："有条件要上，没有条件创造条件也要上。"

好，那就创造条件！

若现场救人，我需要一次性颅内血肿粉碎穿刺针来抽吸血肿，注射器可以勉强代替；做手术要为器具和手消毒，在出发前，陈怡送了我免洗消毒液，杨柯也有，我们可以用得上；抽吸时需要生理盐水冲刷，陈怡知道我在沈阳鼻子不好，也送了我洗鼻剂，这种东西就是几包生理盐水和一个可以喷水的小瓶子，正好能充当外科手术常用的生理盐水；昏迷病人需要辅助通气，手动呼吸气囊可代替供氧设备，这东西非常好用，它不需要电，你只需要持续按压气囊，并将面罩对准病患口鼻即可。

听了我的想法，一向镇定自若的杨柯迟疑起来，问我真的要这么做吗。因为稍有不慎，手一抖，针头也许就会伤到龙哥的脑白质，到时候伤势会更严重。我也知道，我们只是精神科医师，和那些神经外科医师不同，手术经验不丰富，假若差了分毫，是会要人性命的。

看我的手停住了，龙嫂不了解我在想什么，还以为我是害怕她老公中邪了，不敢碰他，她就说："快啊，都什么时候了，还怕什么？"于是，我不再多想，当机立断和杨柯把人抬到塑料椅上，然后叫龙嫂用绷带把人的手臂缠在椅子扶手上，并尽量把人固定，防止我急救时龙哥乱动。

"他还好吗？"老板娘挺着大肚子，不敢帮忙，怕龙哥会忽然跳起来袭击她，满脑子都是人中邪了的想法。

我也不想老板娘受伤害，便嘱咐她和洪晓燕都离远一点。毕竟一个是足月妊娠的孕妇，一个是带着婴儿的年轻母亲，我不想她们无辜受牵连，她们也不是医护人员，完全帮不到忙。

严格说起来，龙嫂一样是外行，她驼着背，用绷带缠住她老公时，手抖得像也发了癫痫一样，一直抖个不停。等一下我还要龙嫂拿着呼吸气囊，辅助通气，这么抖下去可不行。我担心她影响到我，就叫她深呼吸。幸好洪晓燕懂事，当下就说自己的大衣口袋里有一小壶米酒，喝了可以壮胆。听说山里头的女人都干粗活儿，不管强悍还是柔弱，累了都会喝点米酒，这一点不稀奇。洪晓燕自己也怕龙哥中了邪，用左手摸出口袋里的金属小酒壶后，先喝了一口。

"宝宝别怕。"洪晓燕一边走一边把小酒壶放回口袋，好腾出手来抚摸儿子的脸蛋。

我要用肚子托住龙哥的脑袋，没顾得上洪晓燕，只催着杨柯先给我的双手喷免洗消毒液，再用一些棉花和纱布清理出血的部位。无奈，月亮被乌云遮住了，大厅内几乎没有光线，我根本看不到出血点。杨柯又在按龙哥的脉搏，因为要等脉搏慢了，我才好用注射器来抽吸血肿。

"给你。"洪晓燕不敢太靠近，用左手护住兜里的婴儿后，就用右手又掏出金属小酒壶丢了过来。

果然山里头的女人很豪迈，龙嫂一接住就猛喝一口，喝完还问我们喝不喝。我要做颅骨穿刺，清除血肿，哪里能喝酒；杨柯会发酒疯，更不能喝。我俩就同时说了"不用，谢谢"。

话音未落，却听一阵叮叮当当的声音传遍了整栋楼，有一种脏东西在楼上玩耍的气氛。杨柯很了解我，我还没问，他就说之所以去了这么久才回来，是因为他检查了二楼和三楼的房间，能确定每个房间都是空的，根本没有别人了。我明明看到过光线和一个男人的身影，那个人绝对不是瘦小的洪晓燕，正想问杨柯是不是有人跟你躲猫猫，你才没发现别人，老板娘就在角落抚着肚子，危言耸听起来："会不会是那个老头闹鬼？还是那个……外地人？喂，你们知道吗？不是传说有个男的带了一笔钱和什么金甲、绿宝石来，忽然就不见了？"

"你听谁说的？"冷静的杨柯忽然激动起来。

我也为之愕然，一笔钱、金甲和绿宝石，这说的不就是失踪了二十多年的杨森吗？那件金甲和绿宝石都是青山医院地下古墓的东西。老板娘没想到我们的反应那么强烈，马上支支吾吾，没有继续说下去。紧接着，又是一阵叮叮当当的清脆声，由于回声太大，我们无法确定位置，只知道绝对是大楼里传出来的。

老板娘抬头望着天花板，等声音渐渐散去后，才低下头，却忽然抬起手臂指着黑暗中的一处，又惊呼起来："我的老天爷，你们看到了吗？"

04 血指印

老板娘一惊一乍，干扰到了我的思维，成功地分了我的心，我和杨柯都没有再去追究她从哪里听来杨森的事，流言是谁传出来的。也许，桥头镇的人都知道吧，毕竟以老板娘的年纪，似乎也不太可能与早已失踪的杨森有交集。

却见老板娘指着黑暗处，说对面的墙壁上似乎多了些东西。洪晓燕就站在那边，等她回头时，吓得倒退了好几步。我早就瞧见了那些字，还以为老板娘要说，黑暗中有怪兽潜伏着呢。

"我是逃跑的精神病人，你猜不到我是谁吧？"个子矮小的洪晓燕抬起头，怔怔地念了念，然后双手护住孩子，望向我们，好像我们会随时扑向她，抢她的孩子。

"是他们写的吧？"这时，出去了很久的莫克拿着一根粗木棍，大摇大摆地从外面走回来，"这两个男的听口音都是外地人，他们为什么来？这里又不是旅游景点，肯定有古怪。"

没人喜欢被冤枉，虽然我经常被冤枉，但我挺讨厌那样的，尤其我还在救人呢，当下就甩出一句苍白无力的话辩解："我们不是精神病人。"莫克故意挑事，说我脑子有病，假装医生救人，可别把人给救死了。洪晓燕耳根子软，一听就害怕了，不敢靠近我们，又退到了另一个角落，说要打电话报警求救，还说120就在路上了，等医生来了就知道我们是不是真的医生了。

"他等不了急救车，路都堵了，另一条是山路，车子开不进来。"龙嫂唉声叹气，"快救人吧……"本来说得合情合理，龙嫂却又画蛇添足，多补了一句，"只要不是中邪就好。"

"哪有那么容易中邪，鬼也要休息的好吧。"我又翻了个白眼，催龙嫂好好按压呼吸气囊，"你老公的命就在你手中了。"

龙嫂压力过大，忽然觉得大家都是坏人，看洪晓燕站得很远，就努力直起驼着的背，反问对方："谁知道你是不是精神病人？你兜里的儿子怕不是假的吧？是洋娃娃吗？恐怖片都这么演。"

"才不是。"洪晓燕没有生气，反倒娇嗔起来，还向前走了几步，把背带拉下来一些，露出了婴儿的脑袋。或许是营养不良，婴儿的头发很少，脑袋光得像蓝叔的一样。院长的声音就一直在我脑海里回荡："蓝秃子！蓝秃子！"

虽然隔得远，但龙嫂也有手机，她一边给她老公按压呼吸气囊，一边打开手机的手电筒照了过去。龙嫂借着光瞧出婴儿是真的，可她面色难看，连连惊呼那孩子中邪了，脑袋上有血指印，好几个呢。我觉得稀奇，也望过去，还真的有血指印在婴儿头上。我怕那孩子是偷来的或者已经死了，便叫洪晓燕叫醒孩子，看他还能不能动。

"小不点醒了会一直哭，很难哄的。"洪晓燕很为难，但孩子还是被吵醒了，开始哇哇大哭，哄都哄不住。估计是怕孩子哭声大，影响到我们救人，善解人意的洪晓燕又退回到角落，说她已经报了警，叫了救护车，鼓励龙嫂他们坚持住。

"等警察来了，抓的就是你们。"莫克回到自己的角落，用木棍撑着身子，摆出要打架的姿态。

"别和他们胡闹了。"杨柯黑暗中按着脉搏，又看着手腕上的名表，算好了频率就说，"脉搏已经慢下来了，快用注射器抽吸吧。"

这黑灯瞎火的，龙嫂的手又一直颤抖，我没有颅脑CT的辅助做定位，只好根据手感和眼睛来找血肿中心，确定穿刺部位。这一步骤非常重要，差之分毫，伤者就会死。在没有高端精密仪器的辅助下，我只好硬着头皮上，死马当活马医了。还好第一次刺入注射器的针头时，我感觉刺到了血肿区，深呼吸后就开始慢慢拉注射器推杆，将血液等积液吸出来。

某些型号的一次性颅内血肿粉碎穿刺针可以固定在颅骨上，丝毫不会摆动，有良好的稳定性，没有再发损伤之虑。但我是用手来操作注射器抽吸血肿积液的，这过程非常缓慢，我也不能着急。我计算了龙哥的出血量，以及他服用阿司匹林的频率，这得抽吸十几次才会有一点效果，需要强大的耐心和无与伦比的沉着冷静。

我才安慰自己，我可以的，龙嫂却丢下呼吸气囊，说头晕不舒服，要去角落躺一下。我唯恐龙嫂也受了伤，可能是迟发性的脑损伤，便叫她先去休息，让杨柯来代替她。等杨柯固定住了龙哥，开始按压呼吸气囊后，我就小心翼翼地拔出注射器，把抽吸的血液直接推出来，等杨柯用生理盐水帮我冲洗完穿刺部位后，才重新将针头刺向颅骨。这样来回了快三次，时间过去了十多分钟，龙哥还昏迷着，可好歹抽出了一些积液，起码为他争取了一些抢救时间。

我想安慰龙嫂，叫她别着急，莫克却突然用方言说了一句话。我听不懂，靠在另一个角落的老板娘就翻译："他问你怎么看着很面熟？"

"我第一次来。"我狐疑地解释。

莫克不怀好意地笑了笑："我刚出去用手机搜了搜，你就是那个写

《精神探》的作家吧？我看过你的书。你上次被捅，还上了新闻，我在手机上看到过。"

我以为莫克是读者，感动地想说谢谢关注，谁知道莫克气不打一处来："我的手机之前被没收，就是因为看你的书被我妈骂的，真晦气。还有，书好难看，我一猜就猜到谁是坏人了，太简单了。"

"我也看过那个新闻，就是没看过书。"洪晓燕搭腔。难怪一开始就盯着我看，原来都认识我。

我没料到会是这样，当下不知道要说些什么，只能尴尬地笑了笑。莫克不给我面子，咬牙切齿地批评道："你应该像其他作家那样，书里的角色都应该有嫌疑，这样才好看呢。"

在阿加莎·克里斯蒂的推理大作《罗杰疑案》中，每个人都有过去，每个人都有嫌疑，那样的悬疑推理自然精彩，但如今几乎每一本悬疑小说都走这个风格。我喜欢与众不同，在我看来，悬疑推理就是变魔术，要声东击西，要让大家都觉得谁是凶手，最后再揭露出凶手另有其人，出其不意，又在情理之中，那才叫好看呢。有时候，情节太过复杂，行文时反而容易出差错。

杨柯是忠实读者，听别人这么批评我，沉默寡言的他终于帮我说了句话："我觉得太平川的书挺好看的。"

"你是谁？你的意见很重要吗？"一讨论起个人的喜好与看法，莫克变得更咄咄逼人。

"彼此彼此。"西装革履的杨柯仍是很有风度。

"反正我猜出了凶手是谁，我觉得不好看。"莫克固执己见。

我还在全神贯注地抽吸积液，哪有心思管哪本书好不好看。不过话说回来，看推理小说看到一半能猜出凶手是谁，也不见得是缺点。因为只要情节设置合理，你能推理出来，反而证明那本书的逻辑是正确的。现在读书圈子里有种风气就是，要猜不到凶手才有意思，人人都要有嫌疑，却忘了别人为什么要那么干、必要性在哪儿。

对啊，必要性在哪儿？想到这里，我偷偷瞥了一眼墙上的血字，尽管看不太清楚，但为什么有人会写那些字，暴露自己是逃跑的精神病患者呢？是我的话，我一定会藏起来，不让人发现才对。

"等等！这是声东击西！"

我正在慢慢抽吸的手差点僵住，我毕竟也算是个小说家，在写作中经常运用这种伎俩，这说明写字的人是想隐瞒什么。X当初不是也通过把偷拍我的照片放在杨柯家的第三个房间来转移焦点，不让我们发现天花板上的血迹吗？后来我去偷主任办公室里的信，再和杨柯去太平间等着，也是X用了同样的诡计，调虎离山，偷走了龟仙人甚至做了一些我还不知道的事……

"莫非X也是搞创作的？这行径很像我设计诡计用的嘛。"我在心里嘀咕，"武雄倒是承认，X就是四支笔组成的，他们是在玩什么游戏，没准儿他们写了啥……"

这时候，楼上又传来叮叮当当的声音，上面肯定有问题，也许杨柯漏看了什么。写血字的人会不会就是想让我们留在一楼，不要再上去呢？因为注意力都会被血字吸引过去。若不是现在分不开身，我早就不顾一切地上楼去了。可这种破地方，楼上能有什么好藏的东西？

我还在分析时，杨柯就提醒我："你这样抽吸太慢了，他还在出血，颅内压肯定还是很高。最关键的是，你必须穿刺很多次，万一他动了或者你手滑了，他的脑白质会被刺到的。"

杨柯说得没错，我为难起来："那我就固定住针头，抽吸完血肿后你来拔下针管，把针管里的积血推出去，我再把针管装回到针头上。"

注射器的主要结构就是针头、锥头帽、锥头腔、活塞和芯杆，只要拧对了就可以把针头和锥头帽与锥头腔分离。不过这个动作需要很大的气力，且可能会挪动针头，伤到脑白质，即使是外科医生也不一定能在这种极限情况下办到。

为此,我们需要全神贯注,不能分心。可莫克故意折腾人,开始借题发挥,说那些血字是我写的,我在书里最喜欢装神弄鬼,十有八九,我和杨柯就是精神病人。为了证明自己,莫克还搬出朱明川的《精神科医生破案笔记》中的一句话:精神科医师本人终身都是一名需要接受心理治疗的病人。

"我……"我一时词穷,无法反驳。

"他有病!"莫克继续煽动。

"我在救人呢。"我边说边固定住针头,然后让杨柯取下针管。

可龙嫂喝了酒就去旁边坐着了,杨柯代替她按压呼吸气囊,还要帮我照明,他哪来的另外一只手取针管呢?我想让龙嫂回来代替杨柯,以便杨柯腾出手来帮我,可喊了龙嫂好几声,她都没有答应。差不多三十分钟前,龙嫂说自己头晕,要去旁边休息,之后就没了动静,我几乎也忘记了她的存在。

"快帮我叫醒她。"我急忙催老板娘过去。

"哦。"

老板娘挺着大肚子,顶着一头鬈发,像一个黑气球一样飘了过去。起初,老板娘以为人只是睡了过去,等她一过去,却忽然惊呼连连:"我的妈呀,人死了。"

05 天罡封印

好端端的,人怎么不知不觉就死了呢?我担心老板娘太粗心,弄错了,她毕竟不是医护人员,便让老板娘来代替杨柯。

此时，楼上又叮叮当当地响了起来，我们本能地抬头，想知道是怎么回事。等安静后，我想让杨柯过去看看龙嫂，谁知道老板娘又是一阵惊呼。我心里嘀咕，大姐，行行好，犯不着大呼小叫的吧，不要影响到我抽吸血肿。

却听老板娘退后几步，差点撞到我："你们看！"

我瞧见杨柯睁大了双眼，神情凝重，情不自禁地回了头。这一回望，我也目瞪口呆，因为龙嫂的心口插了一把锋利的短尖刀，血液已经浸透了她军绿色的工装。我一直在抽吸，没有注意身后，老板娘一开始去看人时，我也一直低头看注射器，没有回过头。我慌了就问："那把刀是什么时候插进去的，你去探人鼻息时是不是就有了？"

老板娘退到了身旁，很确定地说："没有的，我哪会看错呢？刚才没有那把刀的。"

"是你捅的吧？"莫克忽然发难，"刚才离这驼背老女人最近的就是你，你是杀人凶手！精神病人就是你！"

"是这个陈医生叫我去的。"老板娘毫不犹豫地将矛头转向我。

当人靠近时，我才注意到老板娘的鬓发间出现了一个凹陷的坑，像是鬼剃头那样，少了许多头发。我正琢磨着这是怎么回事，莫克就用手上的长棍敲打地面，把矛头指向我，说我就算是精神科医生，哪来的资格救人，说这是违规操作，他要举报我。龙哥的颅内压是一颗炸弹，很快就要爆炸了，这样抽吸已经慢如乌龟爬了，我还在想要怎么加快血肿的流速。人命关天，哪里还顾得上什么规定。

此时，大家却像是同时中邪了一样，互相指责，只有我和杨柯还在操心救人。老板娘他们都是本地人，起初还往迷信的方向去想，说是采空区塌陷，山体崩塌，导致天罡封印被解除，可能真的闹鬼了。

看我们不信，洪晓燕还附和，说天罡封印是一个道士弄的，就在塌陷的山头附近，因为抗战时期，很多村民被日军杀害，男女老少的尸体都被丢在一个溶洞里。这些人死得冤屈，闹鬼的传闻就层出不穷，为了超度他们，20世纪50年代有人请了梅山教的道士来作法。可道士说超度不了，人死得太多，死法也太惨，只能用一个祖传的封印镇住他们。那个封印就在那座山上，也许封印已经被解开了，龙嫂才会莫名其妙死掉。

"少说两句。"我不喜欢这种气氛，逼着老板娘和洪晓燕闭了嘴。

老板娘不乐意，补了一句："没准儿还会有人死。"

"陈仆天需要专心！"杨柯喝了一句，大家才暂时安静了下来。

可没过多久，大家又开始争吵。尤其莫克指责是老板娘杀的人，两人出现了摩擦，吵着吵着就动手了。老板娘毕竟是大肚子，而莫克事先找好了一根长棍当武器，推搡几次后，败下阵来的老板娘就向后一仰，撞到了正在将血液推出针管的杨柯。这一撞非同小可，杨柯手没拿住，针管掉在了地上，这还不算，老板娘后退的力道没减，竟踩到了针管。只听咔嚓一声，针管已经粉身碎骨，完全不能再使用了。

龙哥的情况仍很危急，刚才抽吸出的血肿并不多，我气得直骂："你们有病啊！"这是关键时刻，我骂了一句又收住了脾气，强迫自己必须全神贯注地救人。可注射器不能用了，在这种废弃的精神康复中心，要怎么救人呢？我心想，为今之计就只能找一根管子，插入穿刺部位，因为注射器的针头很细，抽吸速度很慢，本来也不是长久之计。

那么，管子从哪来呢？我想了想，洗鼻剂有许多种类，有的包装是几袋生理盐水搭配一个喷鼻器，喷鼻器的头有些是塑料管，有粗有细，恰巧陈怡送我的洗鼻剂的喷头很细，也许能代替针头。想罢，我就让杨柯帮我把生理盐水倒出来，把喷头裁切好，再套在针头上插入原来的穿刺部位。

裁切的刀上哪儿找呢？杨柯不用我提醒就知道，龙嫂死了，她胸口有把刀，抽出来消毒一下就能用。我知道这不符合规定，可龙哥马上就要死了,这是唯一的方法了。

我想让杨柯去拔刀,也是想让他确认,龙嫂是不是真的死了。老板娘不是医护人员,她的说法不准。与此同时,大家还在吵架,莫克听老板娘说他中邪了,气得七窍生烟,就想抢棍子打老板娘的肚子,还骂"中邪的是你,还有你们这群人"。在莫克眼中,我们是来求他回去的,而他刚才待得好好的,我们一来就生出了事端,他就觉得都是我们的错。

"住手!"杨柯连忙赶过去,挡在老板娘前面,接住了莫克打下来的棍子,接着借力打力,顺手将棍子抽了过来,丢到了大厅外。莫克怒目相向,无奈杨柯身强力壮,又高出他两个头,他知道赤手空拳不是对手,就只能动嘴:"你们都被鬼附身了,中邪了。到处都是血,都是你们搞的!"

"中邪的是你。"老板娘躲在杨柯身后。

"少来了,你以为怀孕就了不起了? 搞不好人就是你杀的,你没听过黑龙江孕妇猎艳杀人案吗? 最不可能的人就是最有可能的人。"莫克张口就来。

"你疯了吧?"老板娘开始慌起来。

我固定着针头走不开,硬膜外血肿发酵是一颗定时炸弹,听大家还在吵架,便催促:"快点啊,杨柯。"

所有人都在场,都听到了我们的计划。一听我催杨柯,老板娘就绕过杨柯,想冲过去夺刀防身,以免莫克伤害她。奈何莫克离龙嫂最近,又是手脚灵活的少年,他快人一步,用力一拔就把刀给抽了出来,随后血液喷射出来,除了躲在对面角落的洪晓燕,我们都被血液喷到了,我能感受到溅到脖子上的热乎乎的黏液。

这疯子拿了刀还得了,想必杨柯也明白,因此趁莫克还在晃神时,他冲过去捏住了莫克的右手腕,随后刀掉在了地上。

"你们都中邪了！"莫克大吼一句，躲回头角落，又蜷缩起来。

一个人蹊跷地死了，又多出了一把刀，现在鲜血四溅，莫克的反应不算过分。我本来想以精神科医师的身份去劝导，可龙哥危在旦夕，只好催杨柯快点给刀消毒，然后切掉洗鼻剂的喷头，但愿能完美地匹配穿刺部位。不幸中的万幸，龙哥的颅骨被砸开了很大的裂缝，穿刺部位刚好能容纳喷头，在杨柯用喷头套住针头后，我就轻轻地将针头从喷头里抽出来。

这一抽，如我所料，鲜血就从喷头里喷涌而出，像喷泉一样，差不多半分钟后血液的流速才慢慢减缓下来。虽然不如拔刀那刻夸张，但足以证明龙哥的颅内压高到即将爆炸了，这是唯一可以救他的方法。

很快，乌云被一阵狂风吹散了，月光皎洁，大厅内变得逐渐清晰了起来。洪晓燕可能看到了龙哥脑袋喷血的一幕，惊吓过度，又用右手拿出小酒壶，喝了几口米酒压惊。可能喝得急，她喝得咕噜咕噜响，喉咙那里起起伏伏。

这么大的动静闹得莫克也馋了："给我也喝一点。"

"你还小，不行。"洪晓燕不答应，收起了小酒壶。

"给我！"莫克像小霸王一样，大骂，"不给我就杀你全家！"

"不给。"洪晓燕双手护着孩子，摇啊摇，想哄睡孩子。

莫克不管三七二十一，逼着洪晓燕交出小酒壶，否则就要冲过去动粗。我本想说未成年喝什么酒，莫克却一直骂脏话威逼，闹得洪晓燕的小不点哭得更凶了。这情势逼得我也心慌意乱，加上大厅死了人，鲜血满地，四周还阴风阵阵，别说其他人，我也有一种深入骨髓的惊恐油然而生。

"给你吧。"洪晓燕妥协了，用右手将小酒壶抛了过去，正好给莫克接住了。老板娘也觉得未成年不应该喝酒，想要去阻拦，谁知道地上有一摊血——是杨柯之前从针管里推出来的，她没看清楚就踩了上去，脚一滑摔倒了。孕妇摔跤不是开玩笑的事，我想去把她扶起来，检查她是否受了伤，老板娘却艰难地起身喊："别过来，你们全都是害人精！"

"摔跤不是开玩笑的……"我好言相劝，因为孕妇摔倒很容易发生胎盘早期剥离，导致死产，很危险的，严重的还会发生胎母输血综合征。

"让我看看吧。"杨柯到底是帅气一些，他蹲下来要检查时，老板娘就配合了一下。

"你要死了，你中邪了，鬼最喜欢吸孕妇的血。"莫克喝完酒，变得面目狰狞，还从后面忽然偷袭，将杨柯推翻在地上，又抢走了那把神秘出现的刀。

紧接着，莫克疯狂起来，先是想刺杀杨柯，但杨柯猛地抬脚，用力踹开了他。没讨到好，莫克又朝老板娘冲过去，没等人爬起来，就猛地一捅。老板娘身材臃肿，闪避太慢，被划伤了左臂，两三秒过后，鲜血就浸透了她的外套。我怕一尸两命，连忙冲过去，将人推开后，马上把老板娘拖到一边。

莫克确实像中了邪那样，又想对洪晓燕母子下手，他将人扑翻在地上，还想杀掉小不点。幸好杨柯从后面用手臂卡住了他的脖子，又打掉了刀，把刀踢到了远处。为了制住这"疯子"，我安抚了老板娘就奔过来帮忙，就怕杨柯一个人对付不了。毕竟我们都是精神科医师，都知道病人发作时会有一股疯劲。

为了控制住人，杨柯就说："快把我皮带解开。"

"你想要干什么？"我糊涂地问。

"绑住他的手啊！你有绳子吗？有的话给我一根。"杨柯忍不住翻了个白眼。

"用你的领带不行吗？"我盯着杨柯颈下的酒红色领带说。

"皮带绑手，领带绑脚，总可以了吧？"杨柯忍住脾气，没有和我贫嘴。

135

"好吧，你稳住他。"我说道。

在莫克的一连串脏话中，我先去松开杨柯的黑色皮带，绑住了莫克的手，再去轻轻解开杨柯的领带，绑住了莫克的双腿，暂时控制住了他。可我觉得很奇怪，莫克的反应不像是寻常人，他应该是某种精神行为异常才导致了这种情况。

我一面想一面默不作声地捡起小酒壶，走过去扶起洪晓燕，拍了拍她的左肩。她奇怪地看了我一眼，我没理会她异样的眼神，紧接着就问他们母子还好吗。洪晓燕一直护着孩子，点头说还可以，我就把小酒壶还给她，嘱咐她别再随便给人喝酒，那样是不对的。

"好。"洪晓燕低头哄着孩子，柔声地答应了一句。

好不容易局面才稳定了一些，老板娘却连滚带爬，从角落抓到了杨柯踢过去的刀，大喊："你们都中邪了，不要伤害我！"然后拿着刀边走边爬，逃上了二楼，留下一条明显的血迹。尽管我们只是精神科医师，但不能任由摔倒的孕妇到处跑，万一出现并发症，母婴都会有生命危险。眼看情况暂时稳定了，我就让杨柯跟上去瞧瞧，反正他心思也一直在楼上，因为他总觉得上面还有一个人。

"裤子别掉下来啊。"我盯着杨柯，想看笑话。

杨柯没理睬我就追上了楼，但等他没入黑暗后，从楼上传来一句充满磁性的声音："你自己小心。"

随后，大厅又只剩下了穿堂风的声音。我松懈下来，心里正思考着莫克得的是什么精神病时，洪晓燕又在咕噜咕噜地喝酒，喝得老大声了，像牛饮水那样。喝酒无济于事，我也不想喝，等我转身后，洪晓燕却把小酒壶抛过来，说我精神紧张，累坏了，也应该喝一点。我叹了一口气，没有客气，直接将小酒壶最后剩的酒一饮而尽。

"等等？"喝完了酒，我狐疑地想，吵吵闹闹的莫克怎么安静了下来？难道……

如我所料，等我检查他的鼻息和脉搏时，被皮带和领带绑住的莫克靠在墙壁边上，居然歪着脑袋死了。

06 阿莫克综合征

这死法和驼背的龙嫂几乎如出一辙，只是少了一把刀插在尸体上。可人为什么会突然死掉呢？是我和杨柯把人绑得太紧，导致了肺栓塞吗？又或者真是死掉的老头在作怪？

我眉头一皱，站了起来，却见莫克胸口前多了一把刀，鲜血甚至迸出来，飞到了我的裤子上。现在大厅里只剩下我、龙哥，以及洪晓燕母子，龙哥还昏迷着，方才也一直在被救治，不可能有机会，也没有理由杀龙嫂，那么唯一的嫌疑人是……

"下一个就是你了。"洪晓燕直勾勾地望着我，不知道从哪里摸出一把短刀，表情变了，眼神也露出了罕见的凶光。

我恍然大悟，难怪刀会忽然插在龙嫂胸口上，原来是飞刀杀人。记得老板娘的鬈发上有一个凹坑，可能就是飞刀射过来时，她刚好弯着腰，刀就铲掉了她一部分头发。虽然当下月光清凉，但大厅还是如同水潭之下，光影摇晃，要能有这么好的准头可不容易。看来，常年掏燕窝的洪晓燕身手了得，可谁平时没事会带这么多把刀在身上呢，而且她是怎么知道会来这么多人的？

我琢磨着满脑子疑问时，洪晓燕哼了一声："你们都要死。你死了，剩另一个男的和那个孕妇，我很好对付。这种破地方，死这么多人，只会被传是脏东西杀人，什么中邪互杀的，不用我去散播，也会有人替我散播，傻子们都喜欢听这种故事。"

"可你为什么要这么做？他们和你无冤无仇啊。"我不明白地问，同时慢慢退后，"你根本不认识他们。"

"但他们知道我做了什么事。这对驼背夫妻肯定看到了什么，还有这臭小子居然躲在角落，我之前根本没发现他，但既然都在这里，一定知道我干了什么事。既然如此，谁都别想跑。"洪晓燕的语气不只冰冷，还有一种怨恨与不甘心。

"你做了什么？"我循循善诱，想拖延时间。

洪晓燕并不傻，先是竖起耳朵，没听到杨柯响亮的脚步声，才安心地继续说："你们不是冲着梵天法宝还有那些钱来的吗？"

"什么法宝？什么钱？难道是杨森带来的那些东西？"我好奇道，"你从哪儿听来的？"

洪晓燕愣了愣，没有回答，只是冷笑："我最恨精神科医生，他们都是骗子！"

一瞬间，我从洪晓燕的回答里听出了玄机："你也住过这里？"

洪晓燕晃了晃手中的刀，向前迈了两步，冷冷地笑道："读初中时住过三个月。我被同学欺负到发过疯、跳过楼，没死透，后来回去念书，大家都笑我是在用苦肉计博取同情。从那时起，我就知道要死也是别人死，我没必要受罪。"

说罢，洪晓燕扬起右手，想要动手。我倒是没慌张，而是劝她想想孩子。洪晓燕受过心理创伤，那些创伤没有自愈，都说小时候的创伤需要一辈子来疗愈，这话是没错的。因此，直接开导洪晓燕不管用，对她来说，那就是无关痛痒的话，说不定她还会愤怒地多插几把刀在我身上呢。

不过，我让洪晓燕想想孩子，毕竟，没有一个小孩希望有一个杀人犯的爸爸或妈妈。既然洪晓燕在学校被人欺负过，难道她会希望孩子也走她的老路吗？

可惜，洪晓燕的思维与一般人不一样，她还是执意要杀我，她扬起的手愈来愈高，一瞧就知道是要出手了。千钧一发之际，洪晓燕却捂住胸口，似乎一阵疼，然后握着刀的右手又按住脑袋，好像很痛苦的样子。

"怎么回事？"洪晓燕难以置信，向后一仰，跌倒在地上。

说来奇怪，前一分钟还是月光皎洁，很快夜空又暗淡下来，乌云如洪水一般飞快地铺满了整片天空，轰隆的雷声由远及近，大雨很快就如利箭一样刺向大地，淹没了我们的对话声。

此时，洪晓燕四肢蠕动，在地上挣扎，她还想抓脖子，似乎有东西勒住了她一样，她的脸色也越来越青紫，背部也弓成了虾子状，黑暗中看起来就像是龙嫂的身形。

"你做了什么？"洪晓燕还是不敢相信。

"两个口袋，两个小酒壶，一个有毒，一个没有毒。尽管我不知道你下的是什么毒，但你之前用左手朝着龙嫂和莫克丢过去的酒壶是有毒的，右手拿出来自己喝的没有毒。你借着小不点当掩护，中途故意抚摸孩子，再换手丢小酒壶，你以为我没有注意到吗？"我还是没敢靠近，但继续说，"刚才我拍你肩膀，趁你分神的时候悄悄换掉了你的小酒壶。所以，我喝的没有毒，你喝的才有。如果你不想害人，就不会虚晃一枪，先自己喝酒，安别人的心，再下毒手。"

"你……"毒性发作太快，洪晓燕已经没力气去抓掉落的刀了。

"别担心，时间过去那么久了，你既然叫了急救人员，他们应该已经在来的路上了。"我蹲下来，把刀丢到一边去，安慰道，"再坚持一会儿。"

洪晓燕面部抽搐，瞪大了双眼，躺在地上望着我："我是骗你的，我没有叫救护车，也没有报警，没有人来救我们了。"

"什么？"一开始，我以为洪晓燕真的联系了急救中心，这段时间就没有多想，毕竟到时候她可以借着幸存者的身份在现场指证是我们都中邪了，互相残杀，她是一个带着婴儿的母亲，又被老公抛弃在小山村里，谁会怀疑到她呢？至于刀上的指纹，她大可以解释是想帮忙救人，尝试过拔刀，她又不是专业医护人员，哪知道拔刀的利害关系，而尸体内的毒药，没有证据，谁会知道是她下的？

想到这些，我五味杂陈，但还是拿出手机，马上拨打了急救中心的电话，可他们表示山路遥远，又有巨石堵路，如果要绕路，可能会来不及。医护人员问我，洪晓燕中了什么毒。我并不知道，只好让洪晓燕自己讲："是马钱子和缬草！救我，我不能丢下小不点。"

马钱子产于东南亚和南亚，广西也有生长，其毒性原理是马钱子碱的作用，这种物质可引起全身肌肉强直性痉挛，还可提高大脑皮质感觉中枢的机能，导致强直性惊厥。由于频繁惊厥，呼吸肌痉挛，中毒者还可因窒息而死亡。至于缬草，它是中外都很有名的安眠草药，配合酒精服用，效果会倍增。也难怪，龙嫂和莫克悄无声息地就死了，这两种药的相互作用是很强的。

遗憾的是，急救人员将丑话说在前头，表示只能勉强派人过去，就算能赶到也要三个多小时后了。我心一沉，不知道要说什么，看莫克和龙嫂死得么快，想想都知道米酒里的毒药剂量很大。如果现场有救人的设备和药物，我可以尝试施救，但身处这种荒山野岭，叫我如何与死神搏斗？洪晓燕是害人害己，若没有害人之心，她决计不会有性命之忧。

挂了电话后，我顺道报了警，等人来时，我瘫坐在对面的角落，看着一地的鲜血，疲惫地呼吸着。过了好一会儿，洪晓燕还活着，我算了时间，她撑的时间比龙嫂他们的要长。或许，马钱子的剂量不是很大，人只是昏迷了，为了确保人死透，洪晓燕才多给了他们一刀？我不希望洪晓燕死去，她的孩子还小，可如果活下来了，她就要承担相应的法律责任。

不管怎样，洪晓燕当时撑了非常久，或许是她以前也尝试过马钱子，身体已经有抗药性。我正为洪晓燕祈祷，希望她能熬到医护人员赶来，但马上想起来，为什么洪晓燕要多此一举杀人？她大可以直接走掉，我们不会拦她的。她之前说到龙哥夫妻看到了什么，指的是什么事呢？一栋废弃的精神康复中心能藏什么秘密？

"你为什么要这么做？他们到底看到了什么？"我头靠在墙上，刨根究底，"有什么必要性吗？"

洪晓燕气若游丝，想要抱着孩子，却只能蜷缩着身子，两只手都不听使唤了。听我这么问，洪晓燕索性就全盘托出：之所以准备毒酒，是因为她想毒杀三个人，一个是逃跑的精神病人，另外两个是以前在精神康复中心工作的老员工，也住在附近的桥头镇上。

逃跑的精神病人姓赵，别人叫他赵老板，他原本在镇上开招待所，后来玩网络赌博欠了一堆钱就只好装疯，躲进了精神康复中心。正常人哪里受得了那种生活，加上赵老板也是个不安分的人，有一晚还是逃了出去。可赵老板怕被债主追上门，有家回不得，就躲在山里头，靠老婆偶尔送点饭菜来维生，想避一避风头再说。

赵老板爱投机倒把，安安静静在山里头生活不是他的作风，在住院时，他就听老员工说以前康复中心来了个有钱的精神科医师，带了一些值钱的古董和一笔钱来。不过，据传精神康复中心的一个病人忽然发疯，杀掉了那个医师。中心的人怕惹上麻烦，便帮忙处理了犯罪现场，还将医师的尸体和钱财转移了好几次，就是怕被查到他们身上来，不然那些古董和钱早就被分掉了。听人说，医师的妻子曾联系过中心的人，那时大家都被吓坏了。只是这二十多年间，当年处理这些事的人不是得癌症死了，就是出了事故，只剩下一些传闻流传在老员工之中。

洪晓燕也是住过中心才听说了传闻，起初她也不信，有一天掏燕窝要避雨,她就发现中心旧址居然还有人住,有人还在一个病房里讨论说,他们大概知道死掉的医师被藏在哪里了,要分掉三万元人民币和那些古董。听到这里,我心想,时隔多年,那些旧钞票还能花吗?银行会不会怀疑呢?

洪晓燕也有这个担心,可听到能捞一笔时,挣扎在温饱线上的她就动了心,于是回家准备了毒酒和刀,想要趁夜色接近这些人,然后伺机下毒手。谁知道,采空区忽然塌陷,我们又匆匆忙忙杀上门来,破坏了她的计划。为了声东击西,转移注意力,掩盖杀人行径,洪晓燕才故意用血在墙壁上写了那些字:我是逃跑的精神病人,你猜不到我是谁吧?

"楼上不是没人吗?"我质疑,"杨柯都看过了。"

将死之人,其言也善,洪晓燕干脆都招了。原来,我们在二楼看到的人就是赵老板,那时他刚被洪晓燕偷袭,背后挨了刀,因为他没中计,也就没有喝毒酒。加上赵老板,二楼其实死了三个人。只不过这座中心没人住,年久失修,加上大楼是20世纪的产物,很多楼层已经像饼干一样脆了。当初搬迁时,镇子上贪便宜的人也来锯掉了病房窗户上的铁栏,有些地板里的钢筋还被挖了出来,一并锯断拿到废品站,也就是莫克家,去卖了换钱。因此,一个病房的地板有个很大的窟窿,洪晓燕杀了人就把尸体都推了下去,尸体都掉在了一楼。自然而然,杨柯不可能找到人,黑暗中,他也会忽略蛛丝马迹,毕竟要快速查看每一个房间。

"他们找到那个精神科医师了吗?"我怔怔地问。

"你进去就知道了。"洪晓燕声音愈来愈微弱,指着大厅的一个房间说。

我心里暗自感叹,我们都在往楼上找人,原来人就在楼下,这一招真是聪明呢。看着洪晓燕意识模糊了,我本来有些心软,可看到龙嫂和莫克，又觉得她是咎由自取。不过我估算了时间，洪晓燕也许真的长期喝米酒，甚至会喝药酒，所以撑的时间特别长。说不定，老天网开一面，洪晓燕不用死，能等到医护人员赶来。

"只是求求你，帮我照顾我儿子，帮他找个好人家，他爸爸靠不住的……不要把孩子给我老公抚养。"洪晓燕痛苦地咬紧了两排牙齿。

我没有回答，只是绞尽脑汁想帮洪晓燕解毒。奈何马钱子目前没有特效解毒药，大多是以对症支持治疗为主，也就是说，除了等待与安抚，我无能为力。

此时，大雨倾盆，空气里多了一股灰尘的味道，发霉的气味也越来越浓烈。我靠着墙壁，很吃力地喘着气，然后看向洪晓燕之前指的一个房间，勉强站了起来。除了我，大厅里躺了五个人：洪晓燕母子、龙哥夫妻、莫克。

当我绕过洪晓燕，要走去那个房间时，她慢慢地停止了挣扎，可还是努力问了我一句话："你怎么知道我是凶手的？"

"从一开始我就知道你是凶手。"

我停住脚步，看着一处墙壁上脱漆的红字"桥头精神康复中心"，又看了另一面墙壁上用血写的字，心想你就像莫克，聪明反被聪明误。如果没有写那些血字，洪晓燕的手指头上是不会有血迹的。她可能以为自己擦干净了，可并没有，所以她儿子小不点的头上才会有血指印，因为她会习惯性地抚摸孩子的头。大家怀疑是小婴儿中邪了，我想到的却是，她为什么要写那些字，最后才知道她是为了不让我们知道一楼有死人，而逃跑的精神病人就近在咫尺。

没多久，洪晓燕就失去了意识，或许是死了，或许是缬草发挥了作用，我当时并不清楚。那时，我已经绕过了血迹以及洪晓燕，来到了一扇虚掩着的门的跟前。我靠着墙壁，挪着身子钻进了内房，里面空荡荡的，天花板已经空了一大半。如洪晓燕所言，房间里正躺着三具血淋淋的尸体，每一具尸体上都插着一把刀，显然已经死了一段时间了。

　　我还在惊讶，这次深山行居然死了这么多人，大风却忽然一刮，砰的一声，房门关上了。冷不防地，我吓了一跳，还没反应过来，门后面忽然有一个黑色的人影从天而降，悬在空中，双脚没有着地。紧接着，房间里又传出了叮叮当当的声音，一些像薯片一样的金属物陆陆续续地掉在了地上，原来之前的声音都是这么传出来的。

　　"是你！"我不由得喊了一句，因为这个人就是失踪了二十多年的杨森。我能认出来不是因为他干枯的尸体，而是他穿着白大褂，上面有青山医院的标志。

　　出于好奇，我抬头往上瞧了瞧，这具干尸被几根麻绳绑着，好像是从二楼天花板的隔层掉下来的。尸体腐烂初期阶段又重又臭，天花板的隔层藏不住，普通人也没必要那么费功夫将尸体抬上去，想来又是一个令人匪夷所思的行为。

　　以广西潮湿闷热的环境，干尸基本不可能自己形成，除非这过程中有人处理过尸体，先将尸体藏在极其干燥的地方。不过在精神康复中心将尸体运来运去，非常麻烦，万一不小心被人发现了怎么办？还不如直接丢到附近的溶洞。

　　我正纳闷儿，从尸体穿着的白大褂上又掉了一些东西下来，叮叮当当的，像是什么金属物。我掀开白大褂的一角，这才瞧见白大褂下面还有一件缝了许多金色鳞片的铠甲，掉下来的东西就是那些金色鳞片。

　　"杨叔叔，你到底遇到了什么事？"我既悲伤又好奇，很担心杨柯发现这一幕会受不了。

　　"啊啊啊啊啊啊！老公！"

　　我正想得出神，门忽然被打开了，老板娘冲了进来，跪到了一具血淋淋的尸体前，抱着尸体痛哭起来。这一次，我倒没有意外，因为洪晓燕将事情全盘托出时，我已经猜到了，赵老板就是老板娘的老公，要知道桥头镇那么小，招待所能开多少家呢，当然就那么一家了。想来，老板娘拿着刀跑上楼，一是真的受了惊吓，二是想去找藏身此地的老公。

我一直就觉得不对劲，一个孕妇哪会那么热情地跟着我们跋山涉水来这座废弃的精神康复中心？原来她将老公藏在这里，担心我们发现，只好一路跟随。为了不打草惊蛇，老板娘装傻充愣，什么都没说，还以为老公偷偷躲着呢，谁知道早就被洪晓燕黄雀在后，给黑吃黑干掉了。

至于赵老板夫妻如此躲躲藏藏，将来有何打算，我们就无从得知了，也许他们打算变卖找到的古董，还清欠下的债务，这样赵老板就不用靠装疯来躲避债主了。可惜人算不如天算，现在人死了，还搭上了另外两名中心老员工的性命。如果我猜得没错，这两名员工知道当年发生过什么事。遗憾的是，知情人都死了，杨森为何会落得这般结局，恐怕很难查出真相了。

"陈仆天……这是？"终于，杨柯赶来了，当看清眼前的这一幕时，他目瞪口呆。不用别人解释，以他的聪明才智，一眨眼就明白了现场是怎么一回事。

那一刻，我什么安慰的话都说不出口，只是拍了拍杨柯的肩膀，表示我会陪着他。老板娘当下无暇顾及我们，只是抱着她老公的尸体，一直鬼哭狼嚎。我当然明白她的伤痛，因此似乎除了沉默，什么忙都帮不上。

天亮后，急救人员和警方才陆续赶来，对于血腥恐怖的现场，每个人都难以置信。事后，我的猜测也得到了罗城仫佬族自治县公安局的证实，那晚发生的凶案基本与我的推断没有出入，除了杨森是怎么死的，尸体为什么在天花板的隔层里。那暂时还是个谜——是的，暂时而已，谜底很快就会以出人意料的方式揭开。

值得一提的是，就算我们表明了死者可能是杨森，但杨森的身份并没有立刻被官方确认。那座县城的刑侦技术比较落后，案情的梳理、证据的搜集以及DNA的鉴定都要花好几个月的时间。再加上案子发生在二十多年前，甚至更早，他们没有将其列为重点案件，侦办进展也比较缓慢。

当然这些都是后话，且说那晚等了很久，急救人员和警方才姗姗来迟。幸好，老板娘安然无恙，肚子里的胎儿未受影响，半个月后，她产下了一名女婴。龙哥也大难不死，当急救人员得知我和杨柯救治过伤患，全都夸我们施救及时。至于洪晓燕，她也没死，不知道是老天可怜她儿子小不点，还是她身体真的有耐药性。

不过，外表柔弱的人不一定就是弱者，当知道自己活下来了，洪晓燕就一口咬定在场的人当时都中邪了。警方不信邪，只信科学，听人一直提中邪的事，又复查了一遍当时的情况，发现大家可能都有怪异的行为，就征求精神科专家的意见，问是不是洪晓燕和莫克等人在极端情况下会出现精神异常行为，乃至用不用负刑事责任。

需不需要负刑责，这要看犯罪嫌疑人是否不能辨认或控制自己的行为。有一些精神病人是明确知道自己在干什么的，并不是套上精神病人的外衣就能逍遥法外。拿洪晓燕来说，她担心我们目击她行凶，一开始就想把大家都灭口，这显然是有预谋的行凶，而且想要掩盖自己的违法行为，这代表她知道自己在干什么。至于莫克，就另当别论了，若不是被洪晓燕提前杀害，他大概率会把我们一一杀害，那晚我最担心和提防的人其实是他。

实际上，案发前我就想到了一种精神障碍——阿莫克综合征，俗称狂杀症。是的，无巧不成书，莫克的名字与这种病的命名极为相似，而这种病的英文名也有多种，如 running amok 或者 amok syndrome。顾名思义，前者的英文病名就是病人会四处狂奔行凶，只有杀光人或者杀害大部分人，自己也被杀死了，疯狂的行为才会停止。

阿莫克综合征源自马来西亚和印尼，阿莫克在马来语中的原意就是"愤怒与绝望的追杀"，主要特征就是病人经过一段情绪低落和沉默后，忽然暴怒，如同中邪一样对一群人进行追杀。东南亚一些国家在二战前后，甚至20世纪90年代都有过相关病例，只要病人发病，几乎都是一大片死伤。

在20世纪，狂杀症曾被认为是文化束缚综合征，只有在特定社会或文化下才会发作，在其他地域文化里不会被认可，且一般不会发现患者有任何器质性病变。不过在第五版《精神疾病诊断与统计手册》中，阿莫克综合征已不再被视为文化束缚综合征了，在非东南亚地区也可能会有这类病患存在。

可严格来说，阿莫克综合征是一种不入流的精神障碍，从未被精神医学领域真正地承认，主要是因为相关研究极少，能接触到的记载资料也寥寥无几。究其原因，是患了阿莫克综合征的人几乎都是以死亡告终，不是他们杀光与其相关的人再自杀，就是在行凶过程中被消灭。这样一来，这种怪病就长期没有人研究，也没有进展。

正因如此，罗城公安局走过场地咨询我时，我只顺带提了阿莫克综合征，但那只适用于解释莫克的行为，与洪晓燕的情况无关。最后相关部门做了精神鉴定，她确实是精神正常的，能辨别是非，且有自控能力。

奇怪的是，我问过罗城公安局的人，也看了他们勘查现场，杨森带走的现金并不在那里，那颗从古墓里挖出来的翠绿色宝石也不见了，只找到了那身被严重腐蚀的金甲。警方告诉我们，钱可能早就被人瓜分光了，那些都是老钞票，现在不一定还能流通。至于那颗翠绿色宝石，文章就大了，那与精神康复中心的搬迁有千丝万缕的联系。

根据洪晓燕的交代，翠绿色宝石叫梵天法宝，价值连城，当然那是精神康复中心的老员工的说辞。但经过调查，罗城公安局的人得知，二十多年前确实有一个人从南宁的青山医院过来会诊，之后却莫名其妙在康复中心失踪了。后来，不止一个老人在中心无缘无故死了，还有很多病人病情加剧，好几个老员工也得了癌症。过了许多年后，有人说是闹鬼，但一位罹癌去世的前中心主任曾留下话，说青山医院的医生当初带来了一块翠绿色的宝石，那是一种来自印度的带有放射性的宝石，长期接触可致癌，大家生病都是因为它。

有一段时间，大家怀疑失踪的医生仍藏在康复中心，那块宝石也藏在某处角落，但在搜寻无果的情况下，加上时代的变迁，只好决定迁址。

听了这种解释，我倒是相信不是空穴来风，因为梵天法宝的说法来自印度神话，是一种能释放烈火的武器，可以融化冰川，摧毁山脉乃至整个宇宙。如果不是用来摧毁宇宙，只是攻击一些特定区域，也会造成附带伤害，比如那个地方会多年草木不生。有人说，梵天法宝是一种带有强烈放射性的宝石，印度神话是一种隐喻，暗示了谁佩戴那种宝石，谁就会走向灭亡。

我心想，既然如此，没找到就没找到吧，就让那块该死的宝石留在那个地方好了。可不知为什么，我始终忐忑难安，总觉得有什么地方不对劲。

那时的我和杨柯都没想到这次深山之旅意味着什么。相反，我们还觉得终于找到杨森了，起码了却了一桩心愿，殊不知这全部在 X 的算计之中。

总之，在罗城的城区待了四天后，我和杨柯坐上了回南宁的大巴，杨柯并没有多愁善感，反而看似平静了许多。我睡意全无，大巴开出车站后就打开话匣子:"先不说 X 怎么知道你爸在哪儿,遇到了什么事,就说为什么 X 要告诉我们你爸在哪儿? 真的只是好心帮忙吗?"

"肯定没安好心,但谁知道呢。"杨柯眯着眼睛,望着车顶。

"你不开心?"我读不懂杨柯的表情。

杨柯忽然歪过脑袋,盯着我看了好一会儿,却什么都没说,只是淡淡地笑了笑就转过头养精蓄锐去了。我满脸尴尬,又不想自讨没趣地追问,当下就拿出手机打发时间,没再和杨柯交谈。杨柯似乎是累了,闭上眼睛没多久,就睡着了。我没有动弹,此时全车也神奇地安静了下来。

差不多过了六个小时,天快黑了,我们才终于回到了灯光璀璨的南宁,仿佛在深山的几天已经是上辈子的事了。由于饿得前胸贴后背,我们就在外面先吃了一顿晚饭,然后才拖着疲惫的身子回到了杨柯家。

"谁这么没素质? 垃圾丢到咱家门口来了。"

走在最前面的我停住了脚步,门外居然丢了几件垃圾,像是从泥浆里挖出来的衣服。杨柯走在后头检查手机上的信息,听我这么一说,就绕过我想瞧瞧究竟怎么了。我本以为生活讲究的杨柯会生气,要立即找物业理论,谁知道他深吸了一口气后就僵住了,半晌都纹丝不动。这是我第一次看到杨柯有这么震惊的反应,因为看到杨森的尸体悬在半空中时,他都没有这种表情。

一堆垃圾有什么好让人惊讶的呢? 我还嫌杨柯大惊小怪,但下一秒听到他的回答后,也愣在了原地。

第4章
"死"而复生

人有许多原始冲动，如食欲、物欲、性欲等，大部分冲动都很肮脏，我们之所以不会那么冲动地去犯罪，是大脑过滤网在发挥作用，它会过滤掉某些疯狂的冲动。

01 彭祖

吃辣椒也可以吃出精神病？是的。首先，人为什么会喜欢吃辣、无辣不欢，这种上瘾在医学上是有解释的。因为吃辣椒会有灼热感，这时人的大脑会产生一种机体受伤的错觉，于是释放出内啡肽，这种物质能与吗啡受体结合，产生跟吗啡、鸦片剂一样的止痛效果，使人产生欣快感。

当然，辣椒富含辣椒红素，可以抑制癌细胞生长，对身体是有一定好处的，单纯吃辣并不会引发精神障碍。不过，临床医学上有不少病症是由并发症引起的，我起初没想过吃辣会引发一系列奇闻异事，直到我接诊了一位病人。

那起病例要从我从罗城仫佬族自治县回来的当晚说起。为什么呢？因为病人就在杨柯住的小区。且说，那晚杨柯家门前被人丢了些垃圾，我正想发火，指责谁这么没素质，却见杨柯的反应很夸张，像见鬼了一样。

"这是我姐姐失踪那天穿的衣服。"我还在纳闷儿，杨柯就缓缓地解释了一句。

尽管那堆衣服裹着一层黄色的泥沙，但他还是分辨了出来。换我的话，我可能无法看出来，也许是这么多年来，杨柯反复回忆过姐姐出事那天的画面，印象才会非常深刻吧。问题是杨妍失踪了许多年，水库放干了也没找到尸体，这些衣服为什么会忽然出现在这里呢？

杨柯走过去拾起衣服，拍了拍泥沙，完完全全确认那是杨妍的衣服时，我忍不住犯嘀咕：为什么衣服一定要在今晚丢在这里呢？现在是要报警，还是要怎么办？事情过去那么久了，杨妍早就被宣告死亡了，报警的话，警察还不乐意呢，这又不是凶杀案。再说，杨柯被停职一段时间也和上次廖副来医院有关系，现在肯定不适合去自找麻烦。

偏偏这时候走廊里的灯闪了闪，接着电梯就叮的一声打开了，可电梯里是空的，什么人都没有。我心里发怵，不想在屋子外久留，加上舟车劳顿，便催着杨柯先进屋，衣服的事情以后再琢磨。杨柯不傻，心知这事就算说出去，也没人在乎了。杨妍必定死了，在大家的传言里，她还死了两次，时间有早有晚。

"快进去啦。"

"好吧！"

杨柯知道愣在原地无济于事，只能听我的话，拿出钥匙打开了门。这时，电梯自动关上，又下去了，可杨柯的钥匙似乎出了什么问题，他开了很久都开不了门，等他折腾了好一会儿，电梯又上来了。诡异的是，电梯门打开后，里面依然空空如也。

"今晚真是见鬼了。"我回头嘟囔了一句，杨柯才打开门。

进屋后，杨柯找了个透明的塑料袋，将衣服丢了进去。当黄色的泥沙全被抖掉后，我才发现那是一件红色短袖，胸口有一朵牡丹花的图案。可我总觉得很不对劲，先不说为什么会有人持有杨妍生前的衣物，只说这个人为什么一定在今晚把衣服丢到门前呢？如果这是小说情节，我以职业的习惯来分析，那必定是……声东击西，转移注意力。

此刻的我脑子飞转，马上将想法告诉杨柯，杨柯没唱反调，反而觉得我的怀疑有道理。于是，杨柯马上用手机连接了家里的监控器，想查看这段时间家里是不是有异常，虽然大门完好无损，但天知道是不是有人来过。自从龟仙人被偷，我总觉得杨柯家里不是很安全，似乎哪天会出大问题。

"奇怪。"杨柯翻了翻监控画面，发现我们回来的前一天晚上，有一个多小时的空白，不仅云储存里找不到，插入监控器的储存卡也没有那段记录。

"故障吗？"我心想，随后又觉得不可能，天下没有这么巧的事。

不过家里似乎没少什么东西，我们也没啥有价值的东西可以偷，之前来人还藏了些与张七七有关的线索，现在看着却是什么都没有。遗憾的是，我们也不知道少了或多了什么东西，继续想下去亦是徒劳，便只好打住，各回各屋睡觉去了。

隔天，杨柯一如既往地早早起床，去外面跑步，回来后就说要一起去医院。我正想问是不是坐冷板凳结束了，杨柯就告诉我，院长说他可以回去上班了，他也不知道是怎么回事。我听后松了一口气，这么说廖副可能并没查到什么线索，只好放杨柯一马，毕竟人肯定不是杨柯杀的。

"咱们要否极泰来了。"我瞧了瞧外面的光亮天色，打起精神说，"倒霉那么久，总该顺顺利利几次了吧？"

杨柯不置可否。不过南宁"绿城"的绰号不是浪得虚名，这一天确实阳光明媚，天气大幅回暖，城市里每个角落都绿意盎然、生机勃勃，风中甚至有一股青草花香味，这一切好像都在宣告阴霾不再，我们要触底反弹了。

果然，这一天早上，我的心理评估通过了，可以回去上班了。新主任陈怡见我来了，热情地欢迎我，还说这段时间詹仁辉快累死了，既要处理一科的病人，有时又要兼顾七科遗留的"钉子户"，好几个晚上还要带他两岁的儿子来值班,她看了都觉得心疼。

之前去罗城的精神康复中心,多亏陈怡送了我一些免洗消毒液等东西,不然可能会死更多人。陈怡神通广大,早就从其他渠道获悉了发生在罗城的一切,听我道谢,她就客气起来,直言那些都是免费的,有的甚至是何主任生前留下来的,她只是借花献佛。如果我真要感谢她,不如买些小东西给她吃。她很喜欢广西琳琅满目的美食,唯独螺蛳粉受不了,因为太辣了,她不吃辣。

我们当时站在青山医院的大厅聊天,我正想着要买什么给陈怡,忽然一对男女拖着一个老头子从外面进来,女人还指着我说:"就是他,他就是陈仆天。"

对方盛气凌人,一直指着我,我以为是什么病人要来投诉,心头一紧。好在我经历了几次大场面,已经能从容应对了。只见,来的是三个人,除了一男一女两个中年人,还有一个似乎到了古稀之年的老头子。这老人家气色不好,皮肤蜡黄,满脸皱纹,双手还戴着一副黑毛线织的手套,仿佛天气很冷。

我还没说话,那位大姐就唱山歌一样地说:"我们都住嘉州华都小区,一个小区呀,听那个大陈推荐,你治好了他兄弟,他对你赞誉有加。这不,我们昨天晚上就想去你家的,可是我阿爸死活不进电梯,按了几次都不肯上去,只好今天来医院找你了。"

我轻轻地哦了一声,恍然大悟,难怪昨晚电梯门开了那么多次都没人。

今早,宋强去住院部查房前说一科没人预约看门诊,本来就清闲,刚好我第一天回来,这个病人就顺理成章地分给了我。陈怡瞧我忧心忡忡的模样,当下就小声地夸我执业多年,居然还没有同情疲劳,真是难得。

同情疲劳是一种心理现象,在 20 世纪 90 年代初,由美国历史学家卡拉·乔伊森提出。同情疲劳在医护人员之间最为常见，他们见多了命运悲苦的人，尽管他们也会难过和愤怒，但比起一般人，他们会麻木一些。

我望了望外面阳光明媚的天气，心里暖洋洋的，脸上差一点扬起笑意。毕竟，何主任一直对我极其严苛，非常吝啬赞美之词，陈怡却与之相反，我怎能不对她有好感呢。碍于有病人在场，我只简单地道了谢，便要引病人去诊室。可陈怡仍有些担心，还叮嘱我有困难马上联系她，或者找季副高，这周他们都会在医院里。我不敢耽搁病人看诊，点了点头后和陈怡道别，然后急急忙忙就去看诊了。

这时，宋强与一群住院医还在住院部和詹仁辉查房。等老头子的家属办好挂号手续，我就想询问病情，可老头子不乐意地坐下来后，便对旁边的中年男女破口大骂："你们都是畜生！我是气象部门的老干部！还去内蒙古插过队，和狼群搏斗过！我身体硬朗着呢！我没病，你们是想老子早点死，好吞了老子的财产是吧？"

这咆哮声如野兽一般，想必病人身体确实硬朗，表面上看不出什么大病大痛。我打量片刻后就安抚："大爷，别着急，他们也是为您好，您有没有哪里不舒服？"

老头子额头冒起青筋，更是气不打一处来："我要是气死了，今天你们在场的都要负责任！是你们害死我的！"

治疗精神病人切忌与他们抬杠。我就顺着老头子的意，和声细气地问："那您说说看，我来评评理，我会维护老干部的权益的。"

老头子一听说有人尊重他老干部的地位，怒色顿减一半："这可是你说的。"

"你别听他的。"中年男人唯恐我变成老干部一伙的。

"听你的就对了？天天吃清淡的就长寿了？爱吃辣椒就死得快？还不是想贪老子的钱？"老人家怒不可遏。

"我是为你好，吃辣就是死得快！我妈不就是这么死的？还有，谁要你的臭钱？带给阎王爷用好了！"中年男人气得站起来，不甘示弱。

我只是为了看诊罢了，便劝中年男人冷静："吃辣、吃清淡都没错。先坐下，我一个个听。"

老头子却神色紧张，忽然反悔："不行，不行，我不能说了，说了我就死了。"

"怎么会呢？"我忍不住好奇，但尽量用平和的语气问。

"你没听过彭祖的故事吗？他就是开口说了自己长寿的秘密就死了。"老头子煞有介事地回答。

彭祖是中国古代的人物，是尧舜时代一个活了八百岁的老人，相传是南极仙翁的转世化身。至于彭祖为什么能活那么久，说法颇多，其中一个说法是彭祖让人在生死簿上做了手脚，他的名字被藏在纸捻中，巧妙地躲过了阎王爷的笔。但他后来和第五十任妻子说了这个秘密，他妻子死后到地府招供，这才让彭祖终结了八百年的阳寿。

我瞧了瞧老头子，最多也就七十来岁，能有什么秘密呢，而且病人最喜欢妄想，他们说的通常都不是真的。谁知道，这一次我失算了，老头子不仅说的是真话，送他来的家属居然也证实他所言非虚，甚至有证据。

是的，接下来的数分钟，我彻底傻眼了。

02 拉撒路综合征

这家人告诉我，老头子叫彭南翁，是一家气象单位的老干部，以前确实去内蒙古插过队，过着非常辛苦的日子，后来回了广西，人就一直在青秀山附近的一个气象站工作，许多人都叫他彭老爷以示尊重。那对中年男女是他的孩子，女的是大姐，叫彭招娣，一看就是父母为了要儿子取的；男的叫彭松林，这是上一代很普遍的名字，不过彭松林并不如松柏一样高大，身高不到一米六，比我还矮一截。

彭招娣和彭松林都没有公职，一个在一家民营建材公司当会计，另一个当自由摄影师，等于没固定收入，难怪彭老爷恨铁不成钢，瞧不起两个子女。中国上一辈的老人都有这种观念，似乎没有铁饭碗，人的社会地位就不高，对象也难找。不知道是不是赌气，这对子女都没结婚，仍是单身，难怪一家子互相不对付。

不过中国人爱面子，即使彼此不对付，逢年过节，一家三口还是会聚一聚，省得邻里说闲话。坏就坏在去年过春节时，彭招娣做了一条红烧鱼，他们全家吃鱼吃到一半时，死了一个人——彭老爷。

我听着玄乎，老人家明明坐在我面前，怎么会死了呢？彭招娣却告诉我，他们一家来自桂林的恭城瑶族自治县。那里有一群人自称"船上人"，世代以打鱼为生，以前还住在船上，是真正的居无定所。船上人有一个习俗，那就是吃鱼绝对不能翻鱼，否则，这家人就要倒霉，因为那象征着翻船。

我听到这一段时，心里便喊，那糟糕了，我们家逢年过节吃鱼，每次吃完上面的鱼肉，全家人都会齐心协力翻鱼，翻得完整的话，还会全家一起欢呼呢，敢情我们全家都要倒大霉吗……

不过，彭家姐弟不信祖宗的这些习俗，去年过春节时，他们和彭老爷吃饭时出于斗气便不听劝翻了鱼。彭老爷很重视祖宗留下的规矩，气得喝光了杯子里的茶，然后筷子一丢，想要去阳台抽烟，可一站起来就两眼一翻，没了呼吸。等彭老爷醒来后，发现自己被"丢"到了医院走廊里，头也被盖住了，他就大骂子女谋财害命，自己没死居然就想着分家产了。末了，他还不解气地补了一句："两个穷鬼，活该没铁饭碗！"

由于没看到医师的救治经过和病历，我不确定老人家有没有夸大其词，他也拿不出死亡证明，以当时的情况，也来不及开。这家人倒是有所准备，给我拿了一些没头没尾的材料过来，有些来自医院，当中一份心电图显示彭老爷确实心脏停搏了33秒，可这时间非常短，不能算死亡的依据。单凭那些材料，我同样瞧不出彭老爷为什么昏迷，可能救治的医生没来得及做任何检查，只顾着做心脏复苏之类的抢救了。

我听彭老爷一直说自己死了又复活，越说越离谱，几近妄想，脑海里就想到吴老教授说过的一段话：医学上对死亡的定义不简单，以前有心脏停搏、呼吸停止的标准，后来又出现了更严谨的脑死亡标准，但死亡是有过程的，在法医学上大致可分为濒死期、临床死亡期和生物学死亡期，其中的临床死亡期就是一般人对死亡的概念。

我觉得彭老爷当时属于假死，并没有死透，医生也许太忙了就出现了疏漏。但假死不属于上述死亡过程的任何一个阶段，这要评理的话，得去找法医那帮人，我们临床医生判断病人是否死亡的标准是不太一样的，而且我也不管医疗纠纷，找我可没用。

我正纳闷儿着，彭招娣就插了一句嘴："他可能真的死了。"

"真的，陈医生，相信我们，这个人不是我们的爸爸。"彭松林帮腔。

彭老爷就坐在那里呢，他们也不避讳。我心里忍不住犯嘀咕：这老人家不是活得好好的，就在我面前吗？该不会全家人都有精神疾病吧？他们如果忽然发狂起来，诊室里只有我一个人，这可怎么办？宋强这一群住院医跟着詹仁辉查房，还在住院楼那边，以一敌三，我可打不过他们。

见我一头雾水，彭招娣就走到办公桌前，双手撑在桌子上，摆出大姐大的压迫气势对我解释："这老头子今天一定要住院，不然出了人命，你负责。"

我眉头一皱，不乐意了，现在的人动不动把责任转移给我们，病情还未弄清楚，怎么就赖我身上来了？为了安抚这一家人，我就转移话题，暂时扯到了别处。比如说，死而复生最著名的案例就是耶稣了，后世怀疑耶稣是假死，苏醒后就被传为了神话。在医学上，还真有一种不成文的症状叫拉撒路综合征，名字源自《圣经》中的人物拉撒路，他是耶稣的门徒与好友，他死后四天，被耶稣复活。

目前，这种假死现象在医学上存在着种种推测，还没有统一的说法。这种罕见的案例大多发生在国外。但彭老爷不是中国的第一例，早在2013年11月20日，安徽一家医院就闹出了一起轰动全国的新闻：一男婴被诊断死亡，还开了证明，但被送到殡仪馆火化前，却"活"了过来……

我还没讲完，彭松林就着急问："可以办住院手续了吗？我们是他的子女，我们同意医院把他关起来。"

"住院不是这么来的……"

我想解释住院规定，彭老爷却站起来，用戴着黑毛线手套的手指着儿子说："你们就是想要我的房子，我明天就卖掉，钱都给……给你好了！"彭老爷冷不防地指着我，"钱都给你。要不，房子直接过户给你，只要不让我住院，不让这两个小畜生得逞！"

我知道彭老爷说的是气话，可不等我反应过来，他就气冲冲地走出了诊室。由于这听着是家务事，彭老爷也没给其他人造成危险，肯定是不能随随便便强行让人住院的。彭老爷的子女没有追出去，反而都靠近我说，还有更恐怖的事没说呢，等他们说了，我自然会让人住院的。

"是吗？"我半信半疑。

"我们家老头子心里有鬼。"彭招娣煞有介事道。

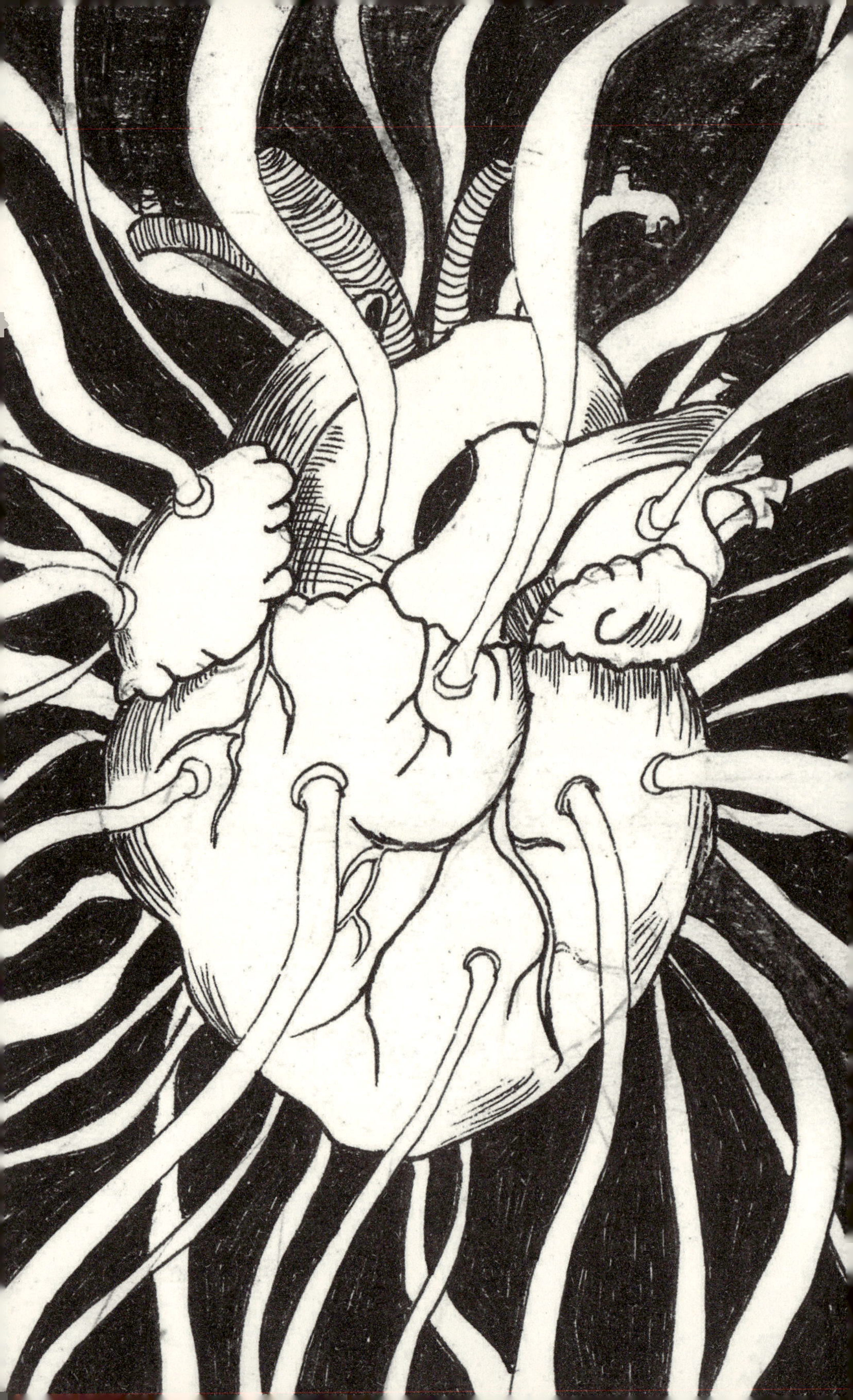

"听我们的，我们不会害你的。"彭松林凑过来一起说。

我瞧了瞧墙上的钟，差不多十点了，宋强照理说应该查完房了，他今天还是跟着我的，也快要来门诊这边了。我就耐着性子，听彭家姐弟将事情从头到尾一次讲清楚。

原来，彭家人在意的不是死亡的误判，而是彭老爷一开始说死后灵魂去了青秀山的万寿观音禅寺，又去了青秀山附近的一座气象站。那里是他工作过二十年的地方，虽然已经废弃了，但他对那里充满了感情。事情到了这里，仍勉强算正常，有些人濒死时是会有一种"灵魂出窍"的感觉，这在医学上还没有令众人信服的答案。

可彭招娣忽然话锋一转，告诉我，彭老爷苏醒后，并不是真正的彭老爷，真正的他已经死了，"回魂"的是另一个陌生人。彭招娣料定我不会轻易相信，接着就列举证据：彭老爷以前爱干净，现在却有了囤积癖，不只留下使用过的旧塑料袋、纸箱、饮料瓶，还从外面捡回一些可回收使用的垃圾，如烧水壶、桌椅等，家里很快就塞满了。这还不算，最让姐弟俩觉得奇怪的是，彭老爷居然去给别人带小孩。因为这对姐弟都没结婚，彭老爷觉得在邻里之间抬不起头，便长期对外称自己讨厌小孩，孩子不结婚正合他意，反正老伴早死了，也没人帮忙带孩子，他乐得清闲。

随着人生际遇的改变，尤其是经历了大难不死，人会改变不足为奇。瞧我还冷静地端坐着，彭松林就接替姐姐，补充了后面的内容。我这才发觉事情不简单，而且倘若属实，那不只要住院，还得报警找廖副过来了。

且说，彭老爷毕竟七十岁了，谁敢找他当保姆呢。因此，他一开始就去逗小孩，还专门去有小孩子的邻居家里做客。过了几个礼拜，彭老爷居然不和别人打招呼，就悄悄将小孩子带回自己家里，吓得小孩子的家属都报了警。事情到了这里，还可以勉强解释为彭老爷想和孩子玩，只是一时间忘记告诉孩子的监护人。可这样的事情发生几次后，一些瘆人的流言就传开了……

有小孩说，彭老爷带着他们去家里后，居然舔了他们的脸蛋、手和脖子等。这种举动已经超越普通长辈对晚辈的逗趣行为了，于是，有人就怀疑，彭老爷的举动属于恋童癖。彭老爷是恋童癖吗？我心里惊呼，这可不能随便扣帽子，万一不是，那就麻烦了。

我暗叹，第一天回来上班就碰到个烫手山芋，我得认真看诊，不能光听彭家姐弟的一面之词。正好宋强回到门诊部，见我复工了，他倒是很开心，因为我会给他安排相对轻松的活儿，不像詹仁辉，对住院医的工作安排抓得比较紧。自从小乔死了，宋强就郁郁寡欢，还一度觉得是我的错，因为我早知道小乔脚踩两只船，却没告诉他。

"陈医生，那个……欢迎你回来。"宋强显然不再计较以前的事，还关心地问，"听说你在别的地方遇到了些事？"

我使了个眼色，暗示还有其他病人家属在场，不适合聊天。他这才问："需要我干什么吗？"

"你有看到一个七十岁的老人家吗？"我站起来问。

"是不是一个老先生？就在外面呢，走廊的椅子上。"宋强走到门外，对着里面小声说。

"我去把人找回来，你们留在这里。"我不想彭家姐弟影响病人心情，便借口一个人走出去，想和宋强一起把人请回来再单独问诊。谁知道，我一出去，看到走廊上的一幕，立刻愣住了。

宋强注意到我脸色不对，却瞧不出所以然来，还问我怎么了。我深吸一口气，正想要不要报警，走廊上就响起了一阵哭声。

03 大脑过滤网

只见彭老爷坐在走廊外的椅子上，亲昵地抱着詹仁辉两岁的儿子小天。孩子本来还开开心心地玩，没有意识到危险，突然，彭老爷张开嘴咬了他的脸。听小孩子的哭劲，他肯定被咬疼了，我急忙冲上前抢过孩子，只见他脸上已经出现了发红的牙印。

"呜呜呜……"

"小天，你没事吧？"

小孩子的哭声在走廊里传了个遍，没多久，詹仁辉闻声赶来，当知道发生了什么事后，他对我说了声谢谢就抱着孩子走出了大厅。一时间，我不知道要怎么办，需要报警吗？不过还未诊断前，不宜妄下结论，我总觉得彭老爷藏了什么秘密。听他子女的说法，他在假死前并没有这种行径，也许有什么蹊跷？

彭老爷被逮了个正着，尴尬得想挖个地洞钻进去。瞧我和宋强都盯着他看，他就面有难色地辩解，自己只是喜欢小孩，没别的意思。可能知道自己理亏，这一次彭老爷没有抵抗，我只说去诊室里再说吧，他就搓了搓戴着黑色毛线手套的手，低着头先进去了。

可惜，这一进去，话题全围绕在咬小孩的事上，彭家三口不是互骂就是自说自话，怎么问诊都无法触及病情本身。尽管彭老爷不断辩称不是故意伤害詹仁辉的儿子的，但他的子女还是大骂他是恋童癖，必须赶紧关起来，否则以后出了什么大事，要我这个医生负责。

那时，青山医院已经引进了CT扫描仪等设备，我就想既然病人的家属都同意了，那不如留老人家住一晚，做做检查，顺便观察看看。我担心彭老爷会拒绝，便晓之以理动之以情，说詹仁辉医生带儿子来上班，无端受了惊吓，这事若没个结果，我不好交代。没想到，我准备了一肚子话，才开口说了一句，彭老爷就忽然变了个人，一口答应下来，而且神情变得欢愉，被子女骂也不在意了。

奇怪的是，等宋强帮忙办住院手续时，彭老爷愿意穿病号服，却坚持不摘下黑色的毛线手套。见我一脸疑惑，彭老爷就笑了笑，找了个借口：天气虽然暖和了，但老人家身体虚，还是怕冷的。我心想，手套不至于像西装的领带，可以勒死人或者拿来上吊，那就通融通融，让他戴着好了，不然他一反悔不让我们做检查了，那才叫因小失大。

我本以为，让步妥协会换来天下太平，哪知道在做住院之前的 CT 等检查时，彭老爷就开始抱怨肚子疼，闹着要上厕所，一上就是好多趟。我和宋强都有别的安排，不能一直等着彭老爷，最后只好让一个新来的第一年住院医陪着他上厕所，再去做 CT 检查。

由于我好一段时间没来上班，积压了许多工作，尽管那天早上没人预约看门诊，但仍有文书工作要做。我还翻阅了一些之前的预约记录，有些病人知道我不在门诊，居然愿意等着我回来。不知何时，我已经渐渐有了知名度，挂我号的人愈来愈多。

这一天，我忙得不可开交。等忙到下午了，刚好季副高也在门诊这边坐诊，我很久没看到他了，就去他的办公室打了个招呼，顺便想和他探讨一下彭老爷的病情。那时，门诊部的人潮都退去了，显得特别安静，蟋蟀的鸣叫声渐渐此起彼伏，仿佛到了夏天。瘦高的季副高穿着白衬衫，坐在办公桌后喝了一口茶，右手推了推鼻梁上的眼镜后，问我："小陈，最近还好吗？"

我发现季副高右手食指还包着创可贴，立刻诧异地问："是病人又伤到你了吗？这创可贴好像在我和杨柯去罗城前就有了，还没好吗？还是……"

"还没好，有点发炎了。"季副高有些意外，可能自己也没注意到手指的伤已经很多天了。

"要不要我帮你重新包扎一次？万一感染严重了，那就不好了。"

我不确定地问，因为怕自己多事。

季副高没当一回事，反倒问我今天回来，有什么感觉。我知道季副高是自己人，便单刀直入，没有再客套寒暄，先说了彭老爷的事。

从目前的情况来看，彭老爷不认为自己有恋童癖，从没有承认过，如果让他那么做检查，只会适得其反，引发他的强烈反对和不配合。再者，彭老爷暂时没犯什么事，也没被扭送到公安局，要他配合做检查是比较困难的。因此，我就和季副高说，先做做全身检查好了，或许是他的大脑有什么器质性病变，又或许这些异常和他上次的"起死回生"有关系。

季副高向来赞赏我，听我分析完，夸我没有先入为主，听风就是雨。因为恋童癖大部分是天生的，如果彭老爷有恋童癖，应该早就有端倪，不然不会晚节不保，平添事端。当然，死过一次这种重大的人生变故是会改变一个人的思维和行为模式的，但转变得那么大，是不太可能的。

季副高到底是过来人，一样觉得那次假死事件可能是关键，也许在抢救时，彭老爷的大脑受了损伤。这样的事不是没有发生过。有些人仅仅是被撞到脑袋，性格都可能会大变，因为伤到了前额皮质，尤其是眶额皮质，而这些皮质在管理人的行为、调节情绪和让人做出适当反应方面发挥着作用，所以有些人可能会从好好先生变成罪犯。

医学上最著名的案例就是美国铁路工人盖奇，在1848年9月13日，他因施工时头部受伤而性情大变，医学界这才注意到大脑损伤是可能会造成一个人反复冲动，甚至出现反社会行为的。

医学向来是往前发展的，到如今又出现了一个东西，就是大脑过滤网，即reticular activating system，翻译过来就是"网状激活系统"。这个系统是脑干腹侧中心部分神经细胞和神经纤维相混杂的结构，由于形状如网，解剖学上就称其为"网状结构"；而之所以叫"激活系统"，是因为神经核发出的纤维会投射到前脑、脑干和脊髓等部分，一直刺激人，让人保持清醒或拥有正常的意识。

"我也觉得这个可能性很大，没准是脑损伤之类的缘故。"季副高若有所思。

"不过他们只是吃了一条鱼，吵了一架，怎么会脑损伤呢？没了心跳和呼吸，大脑是会受损，但不会让前额皮质或过滤网出现这样的损伤。"我啧啧称奇，"说来说去，起因都是那条鱼。"

季副高不置可否，看我还想说些什么，但又忽然问我："你和杨柯最近是什么情况？"

"我们什么情况都没有啊。"

"我是想问，你们前不久去了一趟山里头？我听院长说找到了……杨森的下落？"季副高罕见地打听与他无关的事，看来青山医院都传遍了。

"现在还不能百分百确定，但我觉得就是杨柯他爸，只是不知道为什么他会……"我不知如何将话说完，只好转移话题，"最近医院很太平吧？廖副有没有再来调查？他们有没有透露为什么忽然让杨柯停职？现在也没个说法。"

"可能警方排除了嫌疑吧，毕竟杨柯和小张当时住在一起，查他也正常。"季副高没有想太多。

我却认为廖副他们肯定找到了一些证据，最终还了杨柯清白，奈何还在侦查阶段，不方便公开说明而已。我本来还想多问些什么，也许季副高知道内情，这时却感觉到裤子口袋内的手机一直在振动。

我没在看诊，可以看手机，于是就掏出来一瞧，来电显示的名字是杨柯。我正想接电话，宋强忽然就跑过来，敲了敲半掩的门，大喊一声："陈医生，出事了！"

"怎么了？"我站起来后，季副高也跟着起了身。

接着，宋强就语无伦次、气喘吁吁地说："去保安室看监控器，真的出大事了！"

04 长生果

出大事？我皱着眉头，心想怎么了，是不是精神病人出逃了？就在宋强说话时，我忽然有一种心惊肉跳的感觉，仿佛真的发生了什么不好的事。这感觉瞬间变得非常强烈，因为杨柯也在打我电话，我没接，等电话一挂，他又催命一样打了过来。

无奈，宋强的语气很着急，我权衡了一会儿，决定先去处理眼前的事。果不其然，宋强上气不接下气地告诉我，彭老爷借口去上厕所，久久不肯出来，第一年的住院医是个新手，没太留意，等他觉得事情不对劲时，彭老爷早就溜之大吉了。这还不算，彭老爷逃走的时候，居然顺手将詹仁辉的儿子小天给抱走了。那时，詹仁辉在检查一位病人，一时间分了神，若非他后来去查监控器找儿子，住院医都没发现病人跑了。

我刚回来上班，丢了病人，这可不是好兆头。此事非同小可，我立刻报警，生怕小孩子有危险。报警后，我就跑去找陈怡商量对策，她毕竟是领导，人虽然年轻，但沉稳老练，找她准没错。

幸好陈怡还在医院，听到小孩子丢了，便冷静地说警察既然已经在帮忙找人了，那就算有进展了，如果有必要，她可以陪我去我和杨柯住的小区一起找找看，因为彭老爷很有可能会逃回自己熟悉的环境。我担心小天受到伤害，不管下没下班，当即交代宋强留下来处理门诊部剩下的杂活儿，然后和陈怡急急忙忙去拿车。

我习惯性地想去开杨柯的车，陈怡却说自己也开了车，开她的就好，她比我更熟悉路段。我瞧陈怡一副镇定自若的样子，心情跟着平复了些，可心里仍担心小天的安危。上车后，陈怡没多说什么，只叫我再讲一次彭老爷的情况，好跟我一起分析分析。

说话间，陈怡已经行驶在暖暖的落日阳光中了。南宁四季温暖，沿路都是绿树鲜花，春意盎然都不像冬季。我无心欣赏风景，说完彭老爷的病情就惶恐地问，万一小天真的出了事，这要怎么办？我拿什么脸去面对詹仁辉？

陈怡遇到了一个红灯，不紧不慢地停下来后就安抚我。恋童癖之所以不会成为一种可以逃脱刑责的精神障碍，是因为有恋童癖的人知道他的行为是有违道德以及触犯法律的。彭老爷应该还没有疯到失去判断力的地步，或许彭老爷咬小天是出于别的原因。

"那抱走孩子，终归不好。"我还是悬着一颗心。

陈怡等绿灯亮了，继续开车时就说："他溜走也需要时间藏匿，别杞人忧天了，我们还有二十分钟就能到。"

我又感到了一阵暖意，心中有一种感激或者是一种比感激更奇妙的感觉，因为鲜少有人对我那么好。我本想表示感谢，说点好听的，张口却又责怪自己："都是我不好，应该自己去盯着彭老爷，让他去做CT检查的。"

陈怡意味深长地瞧了我一眼，继续开着车，淡淡地一笑："你好歹也是一位知名小说家，为什么要自我贬低？记住，和我说话，你不需要自轻自贱，也永远不要在任何交谈中自我贬低，那是一种很严重的破窗效应。"

车子融入车水马龙中时，我就想到吴老教授上课时也说过破窗效应。这效应源自美国斯坦福大学心理学家菲利普·津巴多的一项实验。1969年，他找了两辆一模一样的汽车，一辆停在富人区，一辆停在治安不好的城区，结果发现，无论停在哪儿，只要车窗一破，车子就会失窃，而车窗不坏就没事。

以这项实验为基础，一位犯罪学家提出了"破窗效应"的理论，大致就是说，一座屋子的窗户破了后，很容易就会遭到更多的破坏，会有更多的窗户被打破，甚至出现违法的破坏行为。更糟糕的是，邻居会觉得屋子附近不再安全，会一户户地搬走。

换句话说，如果一个人总是自我贬低，比如总说自己长得不漂亮，自嘲脑袋不灵光，这样最不可取，因为你怎么看待自己，别人就会怎么看待你。如同一辆破车，窗户越是破损，越会遭到别人的摧毁与打击。

正所谓医者不自医，我自然知道这些道理，可最近这些年，我的人生际遇一片黑暗，所有的自信都被摧毁了，直到最近才有些起色。正因如此，忽然得到新主任的青睐，我顿感受宠若惊，生怕这份赞赏与肯定有朝一日会消失，难免有些患得患失。

陈怡一眼瞧出我的心思，却没有点破，给我留足了面子："我当初同意相亲，就是因为了解你的为人才答应的，我一向落棋无悔。"

"真的吗？那要不要咱们再……"我厚脸皮问。

陈怡听出我没信心，声音愈来愈小，马上就鼓励我："好啊，只是不能约在吃辣的餐馆，我吃不了辣。"

"彭老爷爱吃。"我不知道为什么蹦出这句话来。

接着，我忽然想到，以前学医时，还有一条不太成文的说法，就是有精神障碍，尤其是有精神分裂症的人是不宜吃辣的。因为辣椒有辣椒素，也就是辣椒碱——这与前文提到的辣椒红素不是一种东西——过量食用会使人心跳加速，循环血量剧增，诱发心跳过速。这显然是不利于精神病患者康复的，他们也不适合吃刺激性的食物。彭老爷一直喜欢吃辣，会不会在某种程度上加重了他的病情呢？前提是他真的有心理疾病或精神障碍。

　　我还在怀疑着什么，陈怡已经将车子开进了嘉州华都小区，绕了一段路后将车子停在了彭老爷家所在的大楼附近。此时，天渐渐暗了下来，那里已经停了两辆警车，爱看热闹的人都站在路灯下，七嘴八舌地问是不是又死人了，别又有哪家的三姐妹被分尸了，房价要继续下跌。

　　陈怡的死穴似乎是吵闹，听到这些人毫不遮掩的议论，她显得有些头疼。看我一副习惯了的样子就直言，她知道我住杨柯家是为了省房租，这在医院已经不是秘密了，如果我有经济上的需要，想另外找个清静的住处，尽管找她帮忙。我从没想过要搬走，听陈怡冷不防地抛出橄榄枝，顿时不知道要怎么回答。

　　正好，我们上了楼，到了彭老爷家，话就暂时打住了。只见，门是开着的，外面已经站了一群警察，但不是廖副那帮人。陈怡来之前就说明了来意，也让彭招娣和彭松林两姐弟先过来查看了，所以大家都知道我们会来。可惜，屋子是空的，彭老爷和小天都不在。不过严格来说，屋子并不算空，里面塞满了旧物与垃圾，有些旧椅子显然是从外面捡回来的，有的还断了一条腿。由于东西塞得太满，站都没有地方站，那些警察才站到了门外。

　　彭招娣姐弟看我们来了，立刻就"你你你你"地指着我，走出来发难："你怎么看人的？怎么让我爸跑了？都说了他有病。这下好了。"

　　陈怡个头没有杨柯高，比起彭家姐弟却绰绰有余。她挡在中间，居高临下地对两姐弟说："说话客气一点。你们要是有孝心，平时就该经常来看看老人家，现在倒是热心起来了，还不是怕被连累？"

　　原来，陈怡也瞧出来了，彭招娣和彭松林两人不和父亲住一起，要不这屋子也不会堆满了东西。都说人靠衣装，彭松林是摄影师，见过一点世面，当瞧出陈怡穿着讲究，气质雍容华贵，不是好惹的茬儿，就缓和气氛说，他和姐姐也是着急嘛，怕小孩受到伤害。不过，这姐弟俩可能憋坏了，看我们来了，马上就扯着我，指着屋里说他们在门诊部没夸张吧，这原本宽敞的家里堆满了彭老爷从外面捡回来的垃圾，不仅臭气熏天，还挡住了外面的光线。

这时，警察打断了我们的交谈，问彭家姐弟，他们的老父亲还可能会去哪里呢？彭招娣以问答问，质疑为什么不能查道路监控，现在不是有天眼吗？怎么找人这么不利索？我趁他们磨嘴皮子时，向陈怡使了个眼色，趁机进屋子里瞧了瞧。这里不是案发现场，警察不管我们，看我们进去，也没拦着。

我们是医生，不是公安，进来不是找犯罪证据，只是想瞧瞧病人的生活起居是怎样的。说来奇怪，沙发上丢了许多皱巴巴的衣物，还有黑色的毛线手套，起码有五六双。但南宁这么温热的亚热带气候，鲜少有人戴手套。我忍不住想，这会不会有什么隐情呢？下次见到彭老爷，得试着劝他摘下手套，看是不是有什么名堂。

我还在琢磨时，陈怡就去厨房里转了一圈，这里翻翻，那里瞅瞅，边看边在厨房里声音响亮地说，里面摆了许多罐子，装的都是辣椒粉、朝天椒、海南黄灯笼辣椒，还有腌制的辣椒等食材，看得出来老人确实喜欢吃辣椒。我不想进厨房碍事，站在沙发边低头一瞧，发现茶几和垃圾桶里有许多黄红色混杂的果皮，有点像荔枝，又有点像龙眼，说不出是什么品种。

彭招娣站在外面，瞧我低头看果皮，就在外面大声抱怨："那叫长生果，酸酸甜甜的，我们小时候也吃过，南宁的佛子岭以前就有几棵长生果树，后来给砍掉了。我老爸说，那些是从青秀山那个气象站附近摘回来的，说是吃辣后可以解辣。真正不怕辣的人，解什么辣呀？整天吃这些野果子，好像我们不孝顺他，没给他买水果似的，还天天捡破烂，我们的脸都没地方搁了……"

彭老爷的大女儿还在滔滔不绝、故意把"孝顺"的话讲给警察听时，我就想弯下身子仔细瞧瞧是什么水果。可裤子口袋里的手机又振动起来，我拿出来一瞅，又是杨柯打来的。一般有急事，打电话没人接时，我们都会发信息，不知道为什么他这次不发信息，一直打我电话。

趁陈怡还在厨房，我便接通了电话："喂……"

我本以为杨柯会劈头盖脸地骂我为什么不接电话，要教训我一通，谁知道他只用沉重的语气说了一个人的名字。我脸色大变："真的吗？"

05 雷诺病

在电话另一头，杨柯没责怪我，只是说了两个字，便震慑住了我——阳可。杨柯比谁都了解我对阳可的恐惧，当初她不只大闹我在沈阳的单位，甚至到我现在的医院利用假怀孕的事情来抹黑我，那段时间犹如噩梦一般，我可不想再经历一遍。

我才想起问好端端的，怎么提起阳可了呢？杨柯只说阳可不知道从哪儿打听到了他的私人手机号码，打过来说要我今晚联系她，否则她会直接杀到南宁来。我好不容易才松了口气，听到阳可的名字就头疼，想说干吗绕这么大一个圈子，她又有什么事吗？

杨柯也猜不透，为免我太担心，就在电话里交代我，晚上回家时等他在场再打，这样好歹有个人打打气，出出主意。不知从何时起，杨柯对我不再冷冰冰的了。我正想说些什么，外面的警察就走进来，拍了拍门，提醒我们人已经被另一队警察找到了。

"我爸在哪儿？小孩子还好吗？"彭招娣急忙问。

警察不置可否，只告诉我们，人之前跑去了青秀山的废弃气象站，现在人和小孩子都被带到公安局去了。不过，另一队警察认为老人家精神状况不好，加之之前是从青山医院逃出来的，就主张精神科医生过去收治病人，反正老人家的子女也同意他入院，应该不难处理。

"小孩子还好吧？"彭招娣还是抓着不放，继续问。

"没事，没事，听说只是被咬了几口。"

负责带队的警察语气很轻松，似乎真的问题不大。最后，作为彭老爷的直系家属或者精神科医师，我们都需要去公安局一趟，正好大家都在场，就一前一后、马不停蹄地趁着夜色出发了。

在离去时，陈怡开车跟在警车后面，红光闪耀在她脸上，有一种朦胧又高贵的美，让人不敢接近。陈怡发现我在看她，也没介意，整个人大大方方的。也许是怕我紧张，不敢说话，陈怡就主动调和气氛，问我刚才在彭老爷家里，有没有发现什么问题。我将思绪拉回来，回想了彭家垃圾满屋的情形，顿时有七个字冒出来：第欧根尼综合征。

简而言之，第欧根尼综合征就是脏乱差的代名词，因此又名肮脏混乱综合征。这个病首次提出于1975年，源自生活于公元前4世纪的古希腊哲学家第欧根尼。传说，第欧根尼缺乏羞耻感，瞧不起社会组织，觉得除了自然需求，其他都是多余的，于是长期过着苦行僧般的生活，周围环境都脏乱差。多年后，有人就将这种行为归类为一种心理疾病。

现在医学界有人争论，这不算一种严重的病，而是一种现象。但根据医学期刊《柳叶刀》的介绍，患第欧根尼综合征的人大多营养不良，体内缺乏铁、叶酸、维生素B_{12}等，死亡率高达46%。别看这种病不是很稀奇，治疗起来可不简单，因为要改变病人的生活习惯，有时还需要强制治疗。

值得一提的是，第欧根尼综合征现在确实还不属于临床诊断的范畴，与之相近的是一种病，叫囤积障碍，即 hoarding disorder，其主要特征是持续地难以丢弃物品，或难以与所有物分离，无论东西值不值钱。如果有人强制患者丢掉那些东西,哪怕是一件破烂,他都会十分痛苦。

这些患者为什么会有那样的怪异行为,目前还没有一个定论。但国外有调查显示,有些患者非常富裕,智商很高,且事业成功,是行业中的佼佼者,不过到了老年后,他们会变得固执、多疑、冲动、喜怒无常。这些人要么是遇到了挫折,忽然过得不容易,要么就可能与脑萎缩有关。

至于彭老爷是不是有这个毛病,以我的判断,那肯定是有的,因为彭家姐弟也说了,彭老爷以前是不爱捡垃圾的,以退休干部的退休金来说,他也不需要那么做。现在忽然囤积了一堆不需要的垃圾在家里,这不是第欧根尼综合征,就是囤积障碍了。

以彭老爷的情况来分析,他确实有入院强制治疗的需要,否则这种居住环境会导致他营养不良、体弱多病,甚至脑萎缩。问题是,不管是第欧根尼综合征还是囤积障碍,都不会引发猥亵幼童的行为,显然彭老爷的病情很复杂。但如果要问我,是什么精神疾病让彭老爷变成恋童癖的,这就难倒我了。就算是挖空脑袋,我也想不出哪种怪病会有那样的结果。

"我也想不出来。"陈怡继续开着车,跟在警车后面。

这时,暖暖的夜风依依不舍地追着车子,大街上的杧果树在路灯的光影中摇摇晃晃,像是在为这没有寒意的暖冬跳舞助兴。我歪着脑袋,瞧了瞧外面的杧果树,树上的果实早就掉光了,这些画面让我忽然想到了彭招娣说的"长生果"。现在广西本地的水果,除了柑橘、橙子、柚子,还有什么呢? 我不是农业专家,想到我爸妈可能了解一些,便发了条语音信息给他们,询问他们什么是长生果,并尽量详细地描述那些果皮的模样。

也许是正值晚饭时间,我妈在做饭,我爸在看电视,信息发过去就石沉大海了，半宿没有回复。陈怡瞧我的机灵劲，又淡淡一笑。这让我很局促，想问她是笑我傻，求助外行，还是找错了方向。陈怡却鼓励我，肯定了我的方法，毕竟病从口入，或许真的是吃出来的毛病呢。可若真是如此，问题又绕回来了，什么果子能吃出恋童癖的毛病？

"算了，别想了，前面就是公安局，等会儿见到人了再看看。"陈怡比较果决，不想浪费时间瞎猜疑。

"好吧。"我现在也无计可施。

"对了，你可以给我签名吗？我们医院不是人手一本你的书吗？你是不是给大家都送了书？我好像没收到呢，一科主任办公室里看不到，其他科都有呢，我听六科和三科的人都说有。不过在认识你之前，我就看过太平川的书，自然是买过书的。你之前是不出名，不过很多艺术家生前都不出名，所以也不要丧气。凡·高生前也才卖掉了一幅画，还是他哥哥托人买了鼓励他的，他当时可穷困潦倒了。"陈怡字字温柔又激励人心。

我却不知好歹地回答："我可不想那样，死了才功成名就，也太悲惨了。我还是希望大家能喜欢我写的书，在我活着时就能看到这一幕。"

"你还真诚实，换其他小说家，必定是假清高，尽说一些圆滑、带着官腔的话。"陈怡边说边笑，那笑容有一种空谷幽兰的韵味，似乎她本人就是兰花幻化的仙子。

不过，我忽然觉得陈怡的话哪里不太对劲，正想琢磨一番，车子就跟着开进了公安局。不巧，公安局还来了一辆急救车，大院里闪烁着五颜六色的光，有一种舞厅的气氛。我们却都开心不起来，因为彭老爷被抬了出来，说是人呕吐不止，还短暂地昏迷过，必须马上送去市一院抢救。

"快走，快走。"其中一个老警察催着急救车快开走。

市一院的人很熟悉我了，见我也在，便问我要上车吗。等救醒了病人，我也要收治的，不是吗，不如一起好了。陈怡一听就会意地叫我上车跟着彭老爷，剩下的事交给她就好了，比如把小天送到詹仁辉那里去。当时情况紧急，陈怡交代了几句，我就迅速上了急救车，马不停蹄地去了下一个目的地。我没吃晚饭，肚子饿得慌，急救车开得特别快，颠得饥肠辘辘的我想吐。

我坐在后面，近距离地靠着躺着的彭老爷，他戴着黑毛线手套的右手垂了下来，跟着车子一起晃。猛然间，我忍不住脱下了那只黑手套，想一探究竟。旁边的女医生不理解我在干什么，但没有阻止我，只顾着照顾病人。可脱下了手套，我就更纳闷儿了，原来彭老爷戴手套确实有原因——他的手一半是暗红色，一半是灰白色。

在医学上，这种现象叫雷诺病，也叫雷诺综合征，因1862年法国医生雷诺首先提出而得名。雷诺病是指由于血管痉挛而引起的一系列血管血流减少的情形，患处最常见于人的手指，起初会出现苍白的症状，等血流恢复后，患处会变得潮红并有灼热感。这种病一般是天气冷造成的，但也可由情绪压力过大诱发。这样的症状也许看着不严重，可在临床上，雷诺病分原发性和继发性，后者与许多疾病有关联，如红斑狼疮、多发性肌炎、神经厌食症、硬皮病、坏疽等，严重时是可以致命的。

不过话说回来，雷诺病只是看着有些稀奇，不至于藏着掖着，彭老爷为什么要一直戴着手套呢？我正狐疑着，手机就振动起来，我本以为是杨柯打的，可掏出手机一瞧，心底就生出了一股寒意。只见，手机屏幕上显示的是阳可的名字。这么久了，我们都没有联络过，我以为她消停了，没想到又迫不及待地折腾我。

我深知是福不是祸，是祸躲不过，只好深吸一口气，接通了电话。却听阳可冷笑一句："这么怕死？我等你打我电话，等那么久，你还真会摆架子，就不能主动哄哄我？我都拉下脸，叫那个男的转告你了！"

"不要再借故去打搅我认识的人了,你如果继续这样,我都无法正常生活了。"我窝囊地求饶。我没有用苦肉计,字字句句都是我的切身体会。

阳可收住冷笑,长叹一声:"你真以为我那么狠心吗？我恨你,我恨死你了,可我还是爱你的,你怎么就不明白,我是愿意帮你的,我也不希望你死。"

"死?"我正想她干吗不盼我一点好,阳可却在那头说了一个人的名字,一个我怎么也想不到她会提起的名字。

"去找这个人,你很快就会知道这一切的谜团都是怎么回事了!"

06 温迪哥精神病

阳可的来电莫名其妙,让我始料未及,她沉寂了许久,不知道这次葫芦里卖的是什么药。我还在担心着,阳可就说了一个人的名字,像是迷雾中射出的一道光:何玫。

这名字很久没在我脑海中出现过了,我记得何玫是一科的病人,入院时的诊断是躁郁症,在我来青山医院之前,她就已经出院了,我从未见过她。据说她曾经长期住院,病情反反复复,算是"钉子户",但迎新晚会的第二天她就出院了,之后再也没有回来过,而当时她的主管医生就是主任何富有。

当然,这样的病人并不稀奇,可张七七失踪前曾在《精神探》的书里写过几个"密码":402,何,7878。402是何玫在南宁市新竹小区的住址,3栋402;何是何玫的姓氏;7878则是何玫的出生日期,1978年7月8日。虽然我当时想不到何玫与这些奇奇怪怪的事有何关联，但出于谨慎，有一次我借回访病人拨打了她家的座机。当时，我是想找何玫随便聊聊，想知道她的近况，可她的家人很不耐烦地回答："何玫过得很好，你们医院不要再打电话来了，她不想受刺激！谢谢！"

既然病人家属都那么说了，我也不好继续纠缠，从那以后，我就渐渐将何玫这个人淡忘了，直到阳可再度提起。奈何我正在急救车上，声音嘈杂，听不清楚阳可说的话，电话之后就自动挂断了。我以前说过，我再也没有见过阳可，这倒是真的，她打这通电话时，人在沈阳，显然知道许多内情，问题是，她是怎么知道这些事的？

一时冲动之下，我几乎想打电话追问阳可。可之前她给我造成的恐惧太过强烈，一听她的名字我就害怕，哪里敢打电话过去自讨苦吃呢。我正犹豫着，电话又响了，不过这次打来的人不是阳可，也不是杨柯，而是我妈。

这时，急救车已经开到了市一院，他们要将彭老爷运下车，送进去抢救。我不好碍事就先下了车，在一旁急急忙忙接通了电话。我妈听到动静，先问是不是在忙工作，我没时间详细解释，只好简单地说："是的，是的，我人在医院呢。"我妈非常体贴我，一听我在工作就长话短说，说之前我问她的那种野果子很可能是野荔枝，也就是龙荔，因为它的外形很像龙眼，不过在 20 世纪 90 年代，大家都叫它疯人果。我妈回忆说，以前他们从安徽无为县逃饥荒到广西，我外公就饿得吃过这种野果子，还短暂地失心疯过一阵子。

别看这疯人果的名字像是瞎掰的，20 世纪末，国内大批媒体都公开报道过"疯人果冒充桂圆"的新闻，引得人心惶惶。究其原因，是龙荔味道像龙眼，果肉果核却都有毒，如果误食会致幻，也可造成头痛恶心、中毒性神经病，严重时还会危及生命。

不管怎样，龙荔不宜进食，所以当时大家又叫它疯人果，甚至讹传被疯人果砸到的话，人也会发疯。不过，中科院之后出来辟谣，解释龙荔非常珍稀宝贵,不可能量产到能冒充龙眼,经过检验一些样本,当中没有一颗是真的龙荔。现在龙荔分布最多的地方就是广西的深山老林里,尤以南宁青秀山一带、融水苗族自治县和灵川县最为密集。

以前,我倒是看过一些医学案例报道,有些吃了龙荔的人会有视听幻觉,病情严重者还会有兴奋、狂躁、多疑等表现,甚至打人和毁物,行为异常得如同真正的精神病人,但予氯丙嗪治疗,很快就能恢复正常。

我妈一讲是疯人果,我就猜出了一大半谜底。很可能是彭老爷爱吃辣,吃完了辣,又喜欢摘龙荔解辣,长此以往,毒素累积过多,他就渐渐变得多疑,可能还产生了幻觉。而一些兴奋剂药物,如用于治疗注意力缺陷多动障碍的安非他命、哌甲酯和伪麻黄碱也可以造成雷诺病。龙荔的果实可致幻,引起狂躁,或许它也含有类似物质,继而导致彭老爷的手部有雷诺病的症状。

至于为什么彭老爷以前没事,现在却有了种种奇怪的反应,甚至发展出了恋童癖,这仍是个谜,得等他被救醒了再问问看。

没多久,等我询问抢救的细节时,医生就告诉我,他们给彭老爷用了阿托品。这是抢救中毒患者的常用药物,它可阻断乙酰胆碱受体,缓解小血管痉挛,使回心血量增加、血压回升,从而改善微循环,起到抗休克作用。不过大部分人不知道,阿托品只需0.5~1毫克就能对中枢神经系统产生轻度兴奋作用,大量使用会致精神紊乱。这对精神病人的治疗是极为不利的。

还好我在场,医生们抢救时考虑到了这一点,阿托品的剂量用得非常克制,彭老爷当晚就转危为安了。彭家姐弟不像其他病人家属,一抓住机会就找医院麻烦,他们只怕小天有事,之后需要负责任,一得知小孩安全了,就没再闹腾了,甚至当晚都没来看彭老爷。

我当时觉得特别心寒。为什么呢?有的病人反复发病或者精神严重失常,无论是心理还是身体上,再富裕的家庭都会被拖垮。正所谓久病床前无孝子,或许这么说很残酷,但以前在随访出院病人时,无论是打电话还是上门随诊,大部分病人家属都非常抗拒,他们要么巴不得病人一直住院,要么就恨不得隐藏家人的住院史,因为他们觉得丢人现眼——这也是我会将精神科病人写入小说的部分原因,我希望社会能给予这些病人关怀,以及纠正社会上的偏见。

总之,即便情况稳定后,当晚彭老爷也必须住院观察。我继续留下来没多大用处,恋童癖的谜团还是无法一下子解开。琢磨了好一会儿,我便决定回青山医院一趟,先跟詹仁辉赔个不是,再去找杨柯问问阳可的事。此时正是南宁的晚高峰期,我想要省钱坐公交车,可左顾右盼,一辆公交车也没有,只好先打了一辆出租车。

这一年的冬天非常温热,有一种夏天要来临的感觉,冬夜里甚至能听到虫鸣,如果没有车水马龙的话。大家可能开车一直被堵着,心里烦闷,脾气也变得不好,不是一直按喇叭,就是想要强行加塞。出租车司机脾气特别暴躁,被加塞了几次就飙了脏话,还疯狂地说要下车把人给宰了。

过了二十分钟,车子经过新竹小区附近,那里似乎发生了事故,车子堵了十分钟都没挪一步。我忽然想到何玫,她就住在新竹小区,何不干脆去瞧瞧呢?虽然我从没见过何玫,这么贸然拜访也违背医院规定,但阳可的那通电话让我忐忑难安,现在车子又刚好经过新竹小区,就当是天意吧。

"3栋402?是几单元呢?"

下了车,进了小区后,我才想起来,病历上似乎没写到具体几单元,不知道是病人家属故意的,还是医院方面马虎了。好在天气暖和,许多老人家晚餐后下楼散步,我找到三栋以后就问了坐在楼下的几个看着身体硬朗的老奶奶,诡异的是,她们异口同声:"没有何玫这个人呀?

三栋姓什么的都有，就是没有姓何的。"

老奶奶们住在小区里许多年了，有的甚至了解每一栋都住过哪些人，她们斩钉截铁地说没有姓何的，那应该就错不了，她们也没有必要隐瞒。我本来想打电话问问何玫的家属，他们到底住在哪里，可又觉得这样不妥当，最后只好悻悻地离去。

走了一半，一个老奶奶却声如洪钟，在后面叫住了我："小伙子，你不会是要找何巧手吧？"

"何巧手是谁？"我转身走回去。

"何巧手已经死好多年了，你不问，我都忘记了，起码死十几年了吧。是小张的老婆，对吧？"老奶奶对她的老朋友们左顾右盼，想得到回应，见其他人都点头就又说，"小张就是张大悲，名字就不吉利，不知道他爸妈怎么给他取的名字。不过他爸妈也死得早……"

"这样啊，他住几楼？"我忙问。

"就住3栋1单元402。"老奶奶指着一单元说。

3栋402？天下没有那么巧的事，难道何巧手就是何玫？可何巧手十几年前就死了，这与何玫住院的事情对不上号。何玫明明是迎新晚会第二天出院的，青山医院的职工都见过她，她的年纪也不可能有何巧手那么大，十几年前，她肯定还是个小孩子。

记得，武雄假扮女人去青龙岗偷何富有主任留下的奶粉罐子，里面只有一张照片，除了院长张青山，主任何富有，杨柯父母杨森、刘纯美，杨柯姐姐杨妍，剩下的人就是何玫了。那至少证明，何玫是真的存在的。或许改天我把照片拿过来，让老奶奶瞧一瞧，她们可能认识也不一定。

我还在翻阅记忆时，老奶奶又告诉我，张大悲和何巧手有个女儿，叫张小蝶，后来去广东工作了，很多年都没有再回来。因为何巧手一死，张大悲很快就再婚了，还有了一双儿女，张小蝶自然就不想再回这个家了。

"哎呀，我们要走动走动了，久坐不好。"

说罢，老奶奶们就缓缓地站起来，和我道了别，走向一处花香四溢的花丛中去了。我本来犹豫要不要去一单元，可电话又振动起来。我还以为是杨柯，结果是陈怡打来的："陈仆天，你在哪儿？"

"新竹小区。怎么了？"我习惯性地担心，"彭老爷还好吧？詹仁辉那边……"

"你忘了吗？我们应该见面吃饭呀。"陈怡大大方方，没有左等右等，就直接打电话过来了，"今天都忙完了，不如去万象城看一看哪家餐厅适合吃饭？我们八点半见？"

八点半？陈怡显然不想我那么匆忙，给了我一个很宽松的时间，我便一口答应："好呀。"

"那我先过去等你。"

陈怡的主动与自信让我感受到了女性的魅力，从没人这么主动向我示好过。可想到卢苏苏，我又有些伤感和犹豫。正摇摆不定时，市一院的人忽然打了一通电话来，说彭老爷苏醒了，一定要我去见他一面，不然不肯配合治疗。我才离开不到一个小时，距离不算远，只好马上折返，想听听彭老爷有什么要说的，再打车去万象城见陈怡。

"你怎么才来？"好不容易，我回到了市一院，在灯火通明的病房见到了躺着的彭老爷，他张口就责怪我，"你再不来，它一会儿又来了。"

"他？谁啊？你儿子还是你女儿？"我糊涂地问。

"是它，动物的它，不是人。"彭老爷神秘兮兮道。

精神病人经常语无伦次，谈话不着边际，我习惯了，只好顺着问："那它是谁啊？是你养的小动物还是什么？"

彭老爷似乎清醒了许多，听我这么问，就抓住我的手腕，哀求起来："我早听说大家以为我喜欢小孩子，是什么恋童癖。我不是的，今天的事情都不能怪我,是它干的。"

"它到底是谁啊?"我的手腕被抓得很疼,但仍忍着不适,继续循循善诱。

"我以前插队,去过内蒙古,有一次和一个叫路连城的等一伙儿人去过腾格里沙漠,那里有许多狼,真的会吃人,吃过好几个小孩子……"

彭老爷越扯越远,什么路连城,听都没听到过,还有什么腾格里沙漠,这和南宁的事有什么关系呢?我本想打断,可精神病人的话看似没有逻辑,实际上你用他们的思维去分析,又有些道理。果然,彭老爷接下来就告诉我,他当年插队时,真的亲眼看到狼群吃掉放羊的小孩,他还打死过一头狼。

那天吃鱼时,彭老爷气急攻心昏死过去,等假死回转后,他隐约记得"死后"看到了那头狼。从那以后,彭老爷就断断续续有一种冲动,想要吃掉小孩,好几次他掳走孩子,只是想咬掉他们的脸蛋。这事过于荒诞,彭老爷也不敢对外人提起,可每次发病时,他的感觉都很真实强烈,不像是幻觉。

渐渐地,彭老爷相信自己被狼附身了。因为他的双手出现了雷诺病的症状,他以为自己是个半人类或者活死人了,为了不被人发现或说闲话,他才一直戴着手套想要遮掩。

"原来如此。"我心里惊呼一声。

彭老爷的情况是一种类似可卡因精神病和温迪哥精神病的双重症状。可卡因精神病,是指吸食了违禁药品或吃了可以致幻的蘑菇或野果子而产生的幻觉。彭老爷长期吃龙荔,也就是疯人果,即便他产生了耐药性,但因为毒素累积,他还是会断断续续地发病。尽管龙荔没有可卡因的成分,可依旧会致幻,或让人狂躁、精神失常。

至于温迪哥精神病,医学上也叫临床狼人综合征,即 clinical lycanthropy。温迪哥是一种巨魔,来自美国北部和加拿大的阿尔冈昆部的神话传说，它们什么都吃，最爱吃人肉。从17世纪开始，美加北部地区记录在案的就有70个温迪哥精神病案例，其中有44人真的吃了人肉。美国最有名的一起案件就是，一个叫奥斯汀·哈鲁夫的青少年生吃掉了一对夫妇，法庭认为他患有临床狼人综合征，随后他被无罪释放……

不过，对于温迪哥精神病为什么会产生，目前还没有统一的说法。有人认为，这种异常现象是被捏造出来的，也有人认为是一种文化结合综合征，有些食人魔的心理活动与之类似，他们都相信过去的一些经历或传说与他们是有联系的。比如彭老爷插队时曾亲眼见过狼吃小孩的事。那样的画面太过震撼，许多人都不可能忘记，它们被深埋在脑海中，如果不能正确地予以处理和消化，这些人终有一日会被这种记忆反噬。

也就是说，彭老爷大概有三种疾病：第欧根尼综合征、可卡因精神病的变体、温迪哥精神病。要治疗的话，第二种，他只要戒掉龙荔或者少吃辣就可以了；第三种与龙荔产生的幻觉有极大的联系，也与彭老爷插队时的经历有关，所以需要时间来治疗；而第一种疾病，鉴于彭老爷家里的垃圾已经堆积如山了，再不强制治疗，病情势必会更严重，这同样需要长期治疗。

这些治疗全部需要大量的时间，我当时在心里有一个大概的治疗方案，也就是走动力心理学的路子。动力心理学起源于20世纪20年代，通常指罗伯特·伍德沃斯的心理学，他于1918年出版了《动力心理学》一书。动力心理学需要长期的对话治疗，多的可达一周三次疗程，主要是帮助病人找到发病的根源，而这多与他们过去的经历有关。由于疗程长，动力心理学治疗会有移情和反移情的现象发生，比如病人爱上医生，医生爱上病人，所以需要非常严格地遵守治疗时的种种技术规定。

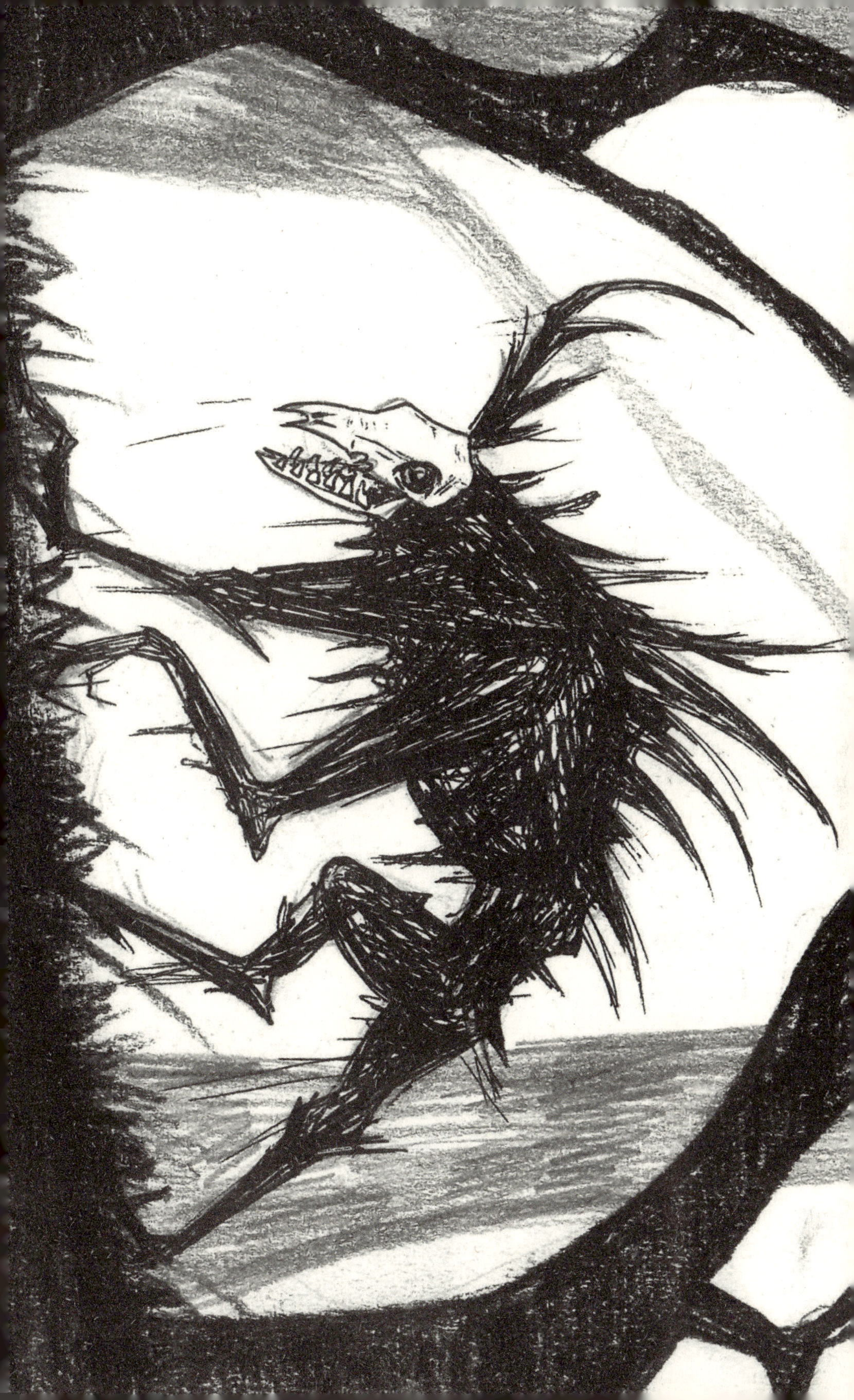

当然，那时彭老爷的病情还没真正确诊，不过也八九不离十了。为了让彭老爷宽心，我马上跟他讲解了大致的病情。和其他精神病人一样，彭老爷见我不买账，不相信他的那套说法，有些抗拒。可一听说詹仁辉没有计较，他的态度又缓和了不少，甚至同意不再吃龙荔，以及随后去青山医院接受治疗。

"哎呀，快八点了，我得去见个人。大爷，您可好好待着，我明天安排治疗的事，千万别跑啊。"我叮嘱了一声。

彭老爷点点头，没吱声，一个人安静地躺在病床上，可能在记恨子女没有守在身旁。我担心陈怡等太久，交代市一院的人好好看着彭老爷后，就奔出医院，打车赶去了万象城。但还是迟到了半个小时，我到的时候已经九点了。陈怡却没有生气，还是很高兴地在等着我。

我急忙解释了缘由，她却毫不在意："你人来了就好。你要吃什么？"

"你不吃辣，那我们吃点广州菜好了。"我提议。

万象城的选择很多，等我们进了餐厅，坐下来后，陈怡就开门见山："其实我要走了，我时间不多了。"

"时间不早了，我知道，但你要去哪儿？"我被绕晕了。

"你先听我说。"

果然，陈怡先是落落大方地表达了爱慕之情，接着就告诉我，爱尔兰的圣詹姆斯医院向她抛了橄榄枝，这事谈得差不多了，她应该会在半年内离开国内去国外生活。可陈怡不愿意放弃我，为了和我在一起，她也向医院推荐了我。也许是为了双重保险，陈怡还物色了一些大学，说如果我愿意的话，还可以在爱尔兰一边工作一边深造，总比在青山医院受人白眼要强得多。

"这……"我一时语塞，毕竟信息量太大。

"你不用现在就给我答复，好好想一想。我知道你父母就你一个儿子，但现在飞机很方便，你一年回来两次看他们是没问题的。钱的事情你也不用担心，我完全可以帮助你，不论是搬家还是赔偿医院，就算是赔偿十次，我也不会心疼和皱一下眉的。"陈怡眼里带着光。

"我……"我依旧语塞。

"你就算拒绝我，我也接受，我只是不想绕弯子，浪费时间。"陈怡面带微笑，想给我减轻压力。

"你这样是何苦呢？我有什么好？对其他人而言，我在医院里就是一个笑话。"我自谦起来。

"破窗效应，别自我贬低，记得吗？"陈怡提醒我。

"那万一我们最后分手了，你这样劳心劳力，帮我去国外发展，你以后会后悔，甚至恨我的，我不希望你恨我。"我担心起来。

陈怡却一副看破红尘的样子："爱的最高境界是，即使不能一起走到最后，但还是由衷地希望对方安好。我不是那种得不到就毁掉对方的人，我知道我要的是什么。我也知道，你喜欢写作，以后去国外依然可以写作，还可以写英文小说，让更多的人看到你的故事，这样不是很好吗？"

这样的人我是第一次遇到，我不知道是感动，还是真的产生了情愫，当下就想握住陈怡的手。可服务生忽然走了过来，打断了我们的谈话。陈怡看出我在紧张和思考，为了不让饭局气氛凝重，她就一直说自己过去的一些糗事。逐渐地，我放松下来，很享受和陈怡相处的每分每秒，直到她开车送我回到杨柯家楼下时，我才惊觉已经很晚了。

"好好休息。"陈怡等我下车后，微笑着挥挥手，便慢慢地将车子开走了。

恰好，杨柯从外面开车回来，他停好车下来后却摆了一副臭脸，问我陈怡为什么会送我回来。我老老实实回答后，杨柯就一声不吭，不知道在不高兴什么。我觉得气氛很沉重，只好故意找话题，提了彭老爷的病情，又提了门口被丢了杨妍衣服的事，可却像和空气说话一样。

"对了，看看监控器嘛。你不是说家里的监控器有一个小时的空白吗？就在我们回来前的一个晚上。"我继续缠着杨柯，想让他出声。

当我们回到屋外，打开门后，杨柯这才回应我："你管那么多干什么？是不是要和别人住了？"

我不由得赶紧转移话题："也许录像是因为网络故障，没看到呢。再看看吧。"

"云储存和监控器里的储存卡我都检查过了，那段时间就是空白的。"杨柯不想继续纠结，便放心地把手机交给我，让我自己去看。

我拿着手机坐到沙发上，没再客气，真的打算自己看一遍。杨柯脱了西装外套，松了松领带后就坐到我旁边。我本想说坐过去一点，这时却操作失误，看到了几分钟前的监控画面。杨柯和我同时愣住了，因为在我们回来之前，在黑暗中有个人打开门进来了。闯入者想再溜出去时，我们忽然回来，这人就急急忙忙地藏到了杨柯的卧室里。

"天啊！"

这人怎么做到没撬门就进房间的？我意识到不对劲后，寒意袭遍全身，我立刻站了起来，看向紧闭的房门。杨柯也看出了问题，他从沙发上起来，挡在了我面前。我想绕过茶几瞧瞧是怎么回事，这时，杨柯卧室的门就吱呀一声，缓缓地打开了。

第5章
虚构症

  陶渊明在《桃花源记》中描述了一个秘境，隐居的人自称祖先是为了躲避秦时战乱才迁徙来的，但当发现秘境的渔人想再探访时，哪怕是按图索骥，也无法寻到那处村落了。后世，有一种比较偏门的解读逐渐流行起来，即渔人发现的桃花源并不是人间境地，居住在那里的人也非活人，《桃花源记》硬生生地被分析成了一个鬼故事。

01 平行宇宙

在精神科医学中，有一个与《桃花源记》所描述的故事对应的怪病，患病的人可能普遍存在，也许就在你身边。至少，我就遇到过那样的病人，这要从我和陈怡约会的那晚说起。

那晚，杨柯闷闷不乐，我想哄杨柯开心，顺便转移他的注意力。我当时没抱任何希望，只是说借他的手机看看监控，也许从罗城回来那晚丢失的一小时录像还在云盘或储存卡里。谁知道，我和杨柯看监控录像时，意外地发现有个人先我们一步进了屋，没来得及溜出去。当我们意识到不对劲时，杨柯卧室的房门被慢慢地打开了，一个穿着黑色兜帽外套的人走了出来。

那人的兜帽压着脸，遮住了眼睛，只露出了没有血色的双唇与惨白的双颊。那人知道藏不住了，索性脱下黑色的兜帽，露出了庐山真面目。是个女人。她轻轻地吐了一口气，一阵轻薄的白雾从她口中散了出来。

看清楚人后，我只觉得难以置信："张七七？"

杨柯呆在原地，一声不吭。我担心自己眼花了，便用手肘戳戳他的手臂，小声地问："你也看到了吧？"

"七七?"杨柯良久才开口。

张七七木讷地站在原地,什么话也不肯说。我有无数问题想问张七七,比如迎新晚会那天发生了什么事?杨柯明明都换了锁,她怎么会有钥匙?还有最重要的一点,法医已经确认住院楼负二层的尸体是张七七的,她怎么可能还活着?如果她没死,那死的人是谁?

杨柯也不敢相信眼前的一切,反复确认之后,忙过去搂住人,生怕张七七再消失。我也想说点什么,可现在不是说话的好时机,我只好在茶几旁干站着。杨柯安抚了张七七后,把人带到沙发前,跟她一起坐了下来。杨柯什么都没问,显然是想等张七七先发话。

过了快一分钟后,张七七却反过来问:"杨柯,告诉我怎么回事?"

"什么意思?"杨柯也迷糊了。

"算了,和你说,你也不会相信的。"张七七看了看杨柯,又抬头看了看我,对着我问,"他是谁?"

"你不认识我?"我纳闷儿地问,因为张七七明明和我打过照面。

张七七忽然站起来,坚持要去青山医院,说有个病人在等她,她必须去一趟。乍一看,张七七很正常,可我们知道,她"死"了,或者说失踪很久了,就算当时她是哪个病人的主治医师,现在也早就另做安排了。一瞬间,我觉得张七七有点像精神病人,杨柯明显也瞧出了端倪。张七七这个样子,我们只好暂时顺着她来,如果强迫性地刨根究底,她可能会精神失常得更严重。

为了缓和情势,杨柯答应连夜带张七七去青山医院。那边都是专业人士,算是主战场,如果真的有什么问题,也容易找到帮手。我本来有些睡意了,见张七七要去医院,也跟着下了楼,毕竟不只杨柯一肚子问号,我也有很多疑问想问张七七。所有的谜底可能就在张七七身上了。

无奈,张七七上车后一言不发,无论我们如何询问也都不搭理,精神恍惚，像是吃了什么药物一样。杨柯担心张七七跳车或者做出反常的举动，就跟她一起坐在了后座，车子由我来开。

我一边开车一边想，张七七这些年去了哪里？为什么忽然出现在杨柯家中？如果她只是一个精神病人，怎么可能躲过亲人和警方的搜寻呢？莫非张七七有精神分裂症，抑或是她的前额皮质受损了[1]？又或者，张七七并没有问题，只是在演戏？

我在默默分析时，杨柯就尝试引导张七七，问她去医院要看什么病人，都这么晚了，看诊时间也过了。张七七没有理睬杨柯，一直盯着车窗外的夜景看，仿佛从没有见过一样。当经过1号线的一座地铁站时，张七七忍不住惊叹起来。

"不对……什么都不对……这怎么可能？"张七七不停地呢喃。

"别担心，你是安全的。"杨柯反复提醒。

我不方便插话，脑子里冒出了许多声音，比如我们需要报警吗？报警干吗？抓坏人，还是告诉廖副，张七七没死，别再揪着杨柯不放了？可这样一来，死的人究竟是谁？可尸体的DNA和牙科记录与张七七的是双重匹配的，是怎么糊弄过经验老到的法医的呢？不过既然人找到了，肯定是要知会警方的，管它是失踪案还是谋杀案。

这时，张七七在后座忽然激动起来："你真的是杨柯吗？你是我的杨柯吗？"

"我是啊。"杨柯冷静地回答。

"你不是，你是假的。"张七七提高了音量。

"为什么你会觉得我是假的？"杨柯依然用不紧不慢的语气问。

"你就是假的！"

幸好，就在张七七要更激动时，我们来到了医院停车场，后座的

---

[1] 在人的大脑中，额叶约占大脑皮质的40%，前额皮质与许多脑区都有联系，若受损，有可能引起大脑功能障碍，造成人格改变和人的行为异常。

争吵声戛然而止。很奇怪，张七七下车后没有搭理我们，径直走向住院楼，并且往地下二层去了。张七七像是飘着一样，跑得特别快，很快就与我和杨柯拉开了一段距离。我们急忙追过去，生怕她一转眼就没影了。

地下二层曾被院方封上，后来因为小乔死了，医院调查期间又被施工队打开了。谁知道，在里面发现了张七七的尸骸，没多久，卢苏苏也死在了下面，我被捅伤入院。之后又有流言蜚语传出来，地下二层就更少有人踏足了。

那一晚，张七七奔下去时，我和杨柯都一头雾水。到了地方后，张七七只是怔怔地站在那里，反反复复地嘀咕着"不可能""这不是真的"。看着这一幕，杨柯心情复杂，也不知道该怎么安抚张七七。

地下二层的灯亮着，可总给人一种另一个世界的感觉，加上我目睹卢苏苏的死，那里所有的一切让我很抗拒，我就问我们能不能上去讨论，或者去看看别的病人。我还差点脱口而出："张七七，你不是死了吗？"若不是杨柯在场，我真的会那么问，不会再多等一秒钟。

不料，张七七反过来对杨柯说："你已经死了，我亲眼看到你死了。"

"你在哪里看到的？"我不由得插了一句话。

张七七也不管我是谁，听到问话就煞有介事地回答："就在这里，没有错的，我没有撒谎。"

"好，好，你没有错。"我没有再刺激她。

张七七听出我不是那么相信她，有些不高兴，就指着原来被拆掉的墙壁的位置说："这里原来不是有堵墙吗？怎么不见了？"我看杨柯还傻乎乎地不说话，便帮忙解释了缘由，不承想，张七七听完眼睛一瞪，愣在了原地。

我还没弄明白呢，张七七忽然眼神变得犀利起来，像换了一个人似的，然后盯着我问："你是不是去找过何玫？他们说没有何玫这个人？"

"你怎么知道？你跟踪我？"我感到诧异，这事我都还没来得及告诉杨柯呢。

张七七没有回答，而是话锋一转，说出了一个疯狂的想法：这是平行宇宙，这里的杨柯并不是她的杨柯，在她的世界里，杨柯早已经出事，死掉了。这已经像是精神病人才会说的话了，我和杨柯都不会当真。可张七七活生生地站在我们面前，也许她说的就是真相呢。不然何玫的事情很难解释。

"上去吧，七七。"杨柯的眼神里充满了怜惜，他终于舍不得地劝道。

我以为张七七会拒绝，会发起疯，但她很爽快地就答应了，末了还嫌弃地说："这个地方不干净，我才来一会儿就遇到了奇奇怪怪的事，迎新晚会也忽然就没了。"

这话一出来，我就更百思不解了，迎新晚会不是都过去好几年了吗？张七七随后给了我们很惊人的答案，并且她没有说谎。

02 裂开的月球

那晚，医院静悄悄的，连最吵闹的病人都安静了下来。等我们带张七七来到地上时，楼梯间回荡着我们三个人不同频的脚步声，像是很不和谐的恐怖片配乐。下班时间，门诊部那边更冷清，连主治医师的休息室里也没有人，里面漆黑一片。

正好没外人在场，我打定主意要先好好听张七七将话说完，因为之后势必要报警，等廖副他们一来，我就无法好好盘问张七七了。考虑到最多只能拖延一个晚上，明天大家都来上班了，我就朝杨柯使眼色，想让他狠下心，逼问张七七。哪知道我高估了彼此间的默契，看到我使眼色，杨柯却说："你干眼症啊。"

平复了情绪后，张七七就坐在下铺，对着杨柯说了"失踪"的经过。原来在张七七的认知里，时间只过去了一个晚上，她说迎新晚会是前一天，等她从住院楼的地下二层出来后，一切都变了，比如地下二层的墙壁被打通了，医院购置了检查设备、多了CT室之类的设备。

这答案我倒是没想到，比流水账还简单。我还以为张七七会告诉我们谁"杀害"了她、死掉的人是谁，抽丝剥茧地说一个悬疑故事呢。我本想追问，这怎么可能？如果迎新晚会是前一天，她怎么会有杨柯家的新钥匙呢？再说了，张七七刚说死的是杨柯，这不才过一晚上，她怎么知道杨柯死了？谁告诉她的？莫非她亲眼所见？没想到，张七七又提到了一件很夸张的事。

"今晚是不是没月亮？"

张七七自说自话，没有等我们接茬，又说迎新晚会那晚，月球裂成了两半，这可能与她穿越到另一个宇宙有关系。张七七直言，自己不是科学家，搞不懂其中的关系，但她发誓自己说的都是事实，哪怕听着漏洞百出。我们三个都是精神科医师，执业生涯中听过无数稀奇古怪的故事，越离奇就越表示说故事的人精神越可能有问题。张七七自然明白这个道理，看我们面面相觑都不回应，就主动提议，除了七科，医院不是还有一个司法鉴定科，专门做精神司法鉴定嘛，其中有一项就是测谎，这虽然不能用作法庭证据，但在侦查破案中还是有参考价值的。

不过大半夜的，司法鉴定科没人值班，现在去做测谎只会扑一场空，可若是等到明天早上，哪还轮得到我们来问真相呢？我正琢磨该怎么办时，忽然意识到，我怎么被张七七带偏了呢？她明明说的都是胡话，如果是一般的病人，我早就怀疑她是妄想症了。

坏就坏在一切都不合常理。就拿在住院楼地下二层发现的尸骸来说，不太像是法医搞错了，更何况他出具了尸检报告，判定尸体的DNA和牙科记录与张七七的双重匹配。我实在想不到究竟什么能误导一个经验丰富的法医。因此，我当时有一点侥幸心理，认为张七七说的可能是实话，也许她来自另一个宇宙，在她的宇宙里，她目睹杨柯死了，月球裂开了。

我百思不解，想要多问几句。但杨柯搂住张七七，要哄她休息了。我心想，这么拖延下去，明天天一亮就没机会弄清楚事情的真相了。当着张七七的面，我不好直接明说，本想再旁敲侧击地问问，杨柯却抱着张七七，让她枕着他的膝盖睡觉。

我急得恨不得摇醒昏昏欲睡的张七七，问她到底在闹什么，是在装神弄鬼，还是真的精神病发作？谁知道，一科的一个住院医忽然来找我，说一科有个"钉子户"女病人的精神分裂症又发作了，且狂躁不安，问我怎么办。这个住院医是新来的，并不认识张七七，看到我们三个人在休息室里，他一点也不觉得惊讶。

病人的事自然最要紧，耽误不得。我只好不甘心地离开，免得住院楼那边闹起来，到时候病人一个个地跟着发病，那大家就都不得安宁了。况且，杨柯和张七七那么久没见，一定有许多话要说，若是我在场，他们可能也不方便交谈。于是，我就跟着住院医去了住院楼。

那晚的云层忽然变厚了，像谁在天空打翻了一大瓶墨，月亮被完完全全遮住了，一点光都透不下来。我抬头一看，忍不住想，不会月球真的裂开了吧？才想这一秒的工夫，住院楼就传来了一阵阵骚动声，刚休息的病人都被吵醒了。

在来的路上，新来的住院医告诉我，发病的是一个叫关音的女生，三十岁不到，今晚不知道为什么，精神分裂症就忽然发作了。我一听

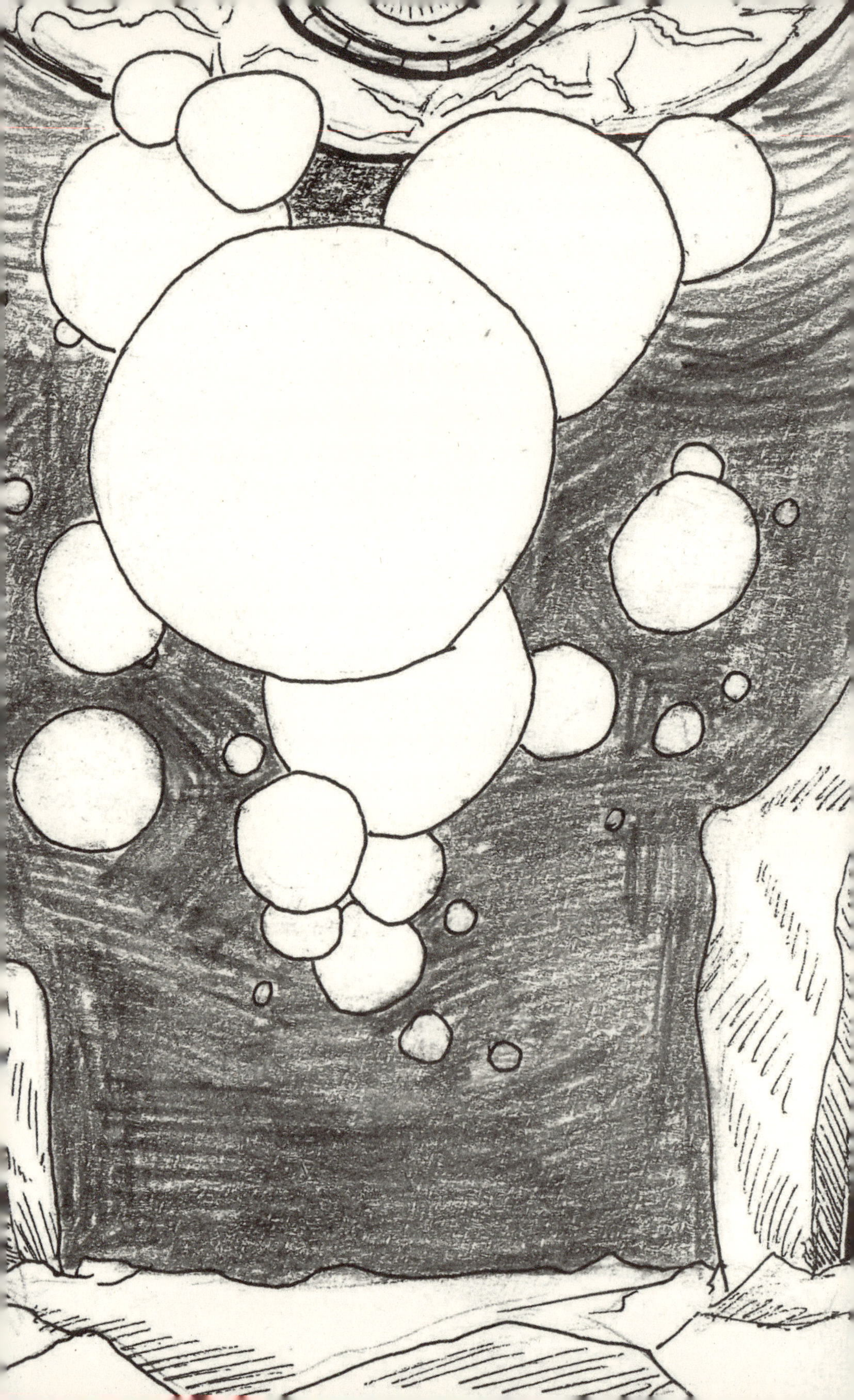

就头疼，因为关音来青山医院快六年了，季副高提过她，说她是因为很严重的精神分裂症入院，她父亲付了一万元住院费就再没来看过她了，医院的人再联系他时，电话是空号，家庭住址也变了，连一个亲戚都联系不上。

有人听了也许会觉得我说的太夸张了，怎么会有父母不管自己的孩子呢？实际上，这种情况在精神病院很常见，毕竟精神疾病是会复发，精神分裂症的治愈率还特别低，只有14%左右。像关音的情况就是所谓的"旋转门效应"[1]，她的病会反复发作且愈发愈凶，无法有效地治疗，还要终生服药，再殷实的家庭最终也会被拖垮。因此，不少病人到最后都是有家不能回的。

当然了，有些病人可以自愿出院，但像关音这样的病人一旦出院，谁来监护他们、谁来督促他们准时服药、谁给他们定期复查呢？再次进入社会后存在的风险谁来承担？所以一般情况下，医院只能让这些有家不能回的病人继续住院。

我没有任何怨气，只觉得有点奇怪，因为前不久医院才给关音打了长效针剂善妥达。这是PP3M类药物，三个月打一次，效果理应很好才对。我嘀咕着，正想说今晚可真邪门，"死人"复活、药物失效，是要唱哪一出戏呢，楼上突然传出关音凄厉的尖叫，她先是瞎喊了一声，然后反复地大喊一句话，让正大步迈向住院楼的我差点呆住了。

"月球裂开了，变两半了，要完了，要完了。"这就是关音喊出的话。她喊得老吓人了，不知道的还以为是什么怪物在嘶吼呢。

假若在平常，我并不会在意，精神病人说的话都是天马行空的，对我来说早已不足为奇了，可张七七方才也说月球裂开了，她从另一个宇宙穿越而来。怎么会如此巧合，关音也正好提到了同样的事情呢？

---

[1] 指精神疾病患者反复出入院的情况。

但我没时间多想，连忙跟住院医上楼，一起将关音绑在床上，以免她伤害自己。本来我不提倡一发病就给患者打镇静药物，打多了是会有反效果的。可关音的疯喊吓坏了其他病人，我只好吩咐护士给她打针，好让她安睡。

费了九牛二虎之力，关音终于睡下了，其他病人却又发出各种怪叫，此起彼伏的。有的比关音反应还强烈，甚至会去撞墙。我的这一晚时间就这样被耗在了住院楼，由于病人太多，医生、护士基本上没怎么休息。

"累死我了。"

等意识到天亮时，我捶了捶自己酸痛的腰，这才想到张七七和杨柯还在门诊部那边，于是找了个空，悄悄地回到了门诊部。外面阳光明媚，大厅里亮堂堂的，可休息室里一个人也没有。有那么一刹那，我甚至以为自己穿越了，这个宇宙没有杨柯和张七七，或者张七七又从人间蒸发了。不过，我很快就发现杨柯陪着张七七在外面的走廊里坐着。见我回来了，杨柯拍拍张七七的肩膀，示意她坐着别乱跑，然后就忧心忡忡地朝我这边走过来。

"你怎么脸色不太对？发生什么事了？"我担心地问。

杨柯可能也是一晚上没睡，有些憔悴，胡楂都长了出来。他倒没管我打量他，也没有像往常那样骂我，而是告诉我，他已经联系了司法鉴定科的人，给张七七做了测谎。

"这么快就做好了？"我很惊讶，"不是才上班吗？"

"我托他们早点过来的，七七也想证明自己没撒谎。"杨柯回头看了一眼坐在长椅上的张七七，又转过头对我说，"七七通过了测谎，她说的都是真话。"

"什么真话？除了月球裂开、穿越，还有啥？真的通过了测谎？"我难以置信地追问。

杨柯欲言又止,没有正面回答。我心说有什么好扭扭捏捏的,他平时也不这样啊。谁知道,杨柯将我推到墙边,用很低沉的声音跟我说:"有一件事我一直没告诉你,我以为……我以为……"

"以为什么?"我顿觉心惊肉跳,"别告诉我,你杀了张七七,现在她活过来了,你才被吓成这个样子的。"

若是从前,杨柯准会敲我脑袋,骂我整天冤枉他,不盼他一点好,可那天他却是一副见了鬼的表情。我愣了一会儿才意识到,事情确实没有那么简单。

03 大脑印刷机

原来,杨柯之所以打算向张七七求婚,是因为他无意中在家中浴室的垃圾桶里发现了一根验孕棒,并且结果是阳性。当时和他住一起的人只有张七七,那怀孕的人肯定就是张七七了。他心里也清楚自己做了什么。

至于张七七怀孕多久了,杨柯当时也不清楚,不过看张七七肚子很小,他估计怀孕的时间应该不长。可自打张七七失踪,杨柯就只顾着找人,没对外说她怀孕的事。在他眼中,那是女生的隐私,不应该由他来说。再说他也不傻,一说出去,警方可能会更加认定他跟张七七失踪案脱不了干系。

问题是事情过去起码有两三年之久了,孩子生下来了吗?若是孩子生下来了,人现在在哪里呢?诡异的是,杨柯告诉我,张七七说她怀孕了,孩子仍在肚子里,并且她通过了测谎。

一个人怎么可能怀孕两三年呢?怀的又不是哪吒。我觉得张七七说的任何事都不可信，可杨柯说张七七通过了测谎。那虽然不能作为法庭证据，但要通过测谎不是心理素质强大就可以办到的。

测谎发展到如今已经是尖端科技，只要操作正确，基本上不会出错。青山医院司法鉴定科给的初步结果十有八九就是定论了。

我还在脑海里浮想联翩时，大厅里渐渐热闹起来，外面的阳光也透了进来，六科的周品、三科的岳听诗、三科主任李姨都陆续来上班了。我担心他们看到张七七，接下来自己就没法和她交谈了。正想让她藏起来，可再看向长椅时，我发现不知道什么时候人已经消失不见了。

若不是我和杨柯一起看到了张七七，我都以为自己又精神出了问题或者眼花了。我还想问怎么回事，和武雄一样爱说闲话的周品这时走了过来，酸溜溜地说："大清早的就黏在一起啊？"

杨柯没理会他的话，只是冷静地问："你有没有看到……"

这时，老实巴交的宋强从住院楼那边匆匆走过来，朝着我和杨柯说："杨医生，有个人挂了你的号，今天中午会来，季主任说要陈医生跟你一起去会诊。"

"一起？"我狐疑，"什么病人啊？怎么之前没听说？这么突然？"

周品一听是季副高的病人，就识趣地溜走了。我们不想惹人注意，就没有追问谁看到了张七七，反正她已经出现了，决计不会跑太远，一定会再出现的。

没多久，季副高就和一对中年夫妻模样的人有说有笑地从大厅外面走进来。那两个人的气色似乎都很正常，没有精神病人那种神情怪异的特质，反倒是温文尔雅的季副高面色有点不好，没有往日精神，像是生病了。我正担心着，却看见季副高右手食指仍然包着创可贴，创可贴上似乎渗着血，显得脏兮兮的。

我还没来得及问话，他却让我看他的手机屏幕，顿时，我目瞪口呆。我以为季副高被 X 骚扰，不承想，原来是有人通过社交平台私信，发了他一张太平川的私密照片，并且说了一些很肮脏的话，比如说什么私生活混乱，要让太平川身败名裂。

"院长才对你赞赏有加，你要好好珍惜啊，这样的事已经不止一次了。"季副高没有点破。

自从我被捅伤入院、卢苏苏当场死亡，我忽然就有了名气，书也畅销起来，可也因此出现了一些不好的言论。亏得季副高不相信，只是提醒我要注意保护自己，不要随便拍奇奇怪怪的东西。我想解释什么，当着大家的面，却又说不出口。季副高没为难我，只让我们都去一科的诊室，他要介绍一下今天来的病人和病人的家人。病人似乎来头不小，我和杨柯就都没有提张七七出现了。

去诊室时，病人走在我们前面，直接找到了一科的诊室，不知道是因为以前来过，还是远远地看到了一科的招牌。为了给人隐私，季副高让宋强先出去，顺便把门带上。

"这位是苏文，以前是我们一科的人。"季副高给我们介绍起来，"他在青山医院只工作过半年，后来就……就去了广州。"

苏文和季副高长得很像，都是斯斯文文、瘦瘦高高的，戴着眼镜，不像有攻击性的样子。苏文的妻子看起来很知性，也戴着眼镜，跟这样的人交流，你肯定会好声好气的，不会提高半个音调。

照理说，我们这种有利害关系或者算相识的人，本不宜有医患关系，但季副高说这不打紧，因为苏文的问题和青山医院有关系，他们夫妻才兜兜转转回到这里的。我很困惑，心想苏文应该在杨柯来之前就走了，这么说，他算是老前辈，可他看着仍很年轻。

却听苏文自己说，他明明记得自己昨天还在这里上班，杨森、何富有也都在，怎么一转眼人都不在了呢？他的语调有些奇怪，让我想到了张七七，以及神经医学史上一个很有名的病人——亨利·莫莱森。

亨利·莫莱森是美国人，小时候因遭遇自行车事故头部受伤，而落下了一种顽固性癫痫,并且随着年岁的增长,病情愈发严重,甚至影响了他的工作和生活。27岁时,他在医生的建议下接受了颞叶切除术,手术切掉了亨利的双侧内侧颞叶、杏仁核以及大量海马组织。这些组织就像是大脑的印刷机,可以将我们经历的事情"印刷"出来,保存为长期记忆。手术后,亨利失去了长期记忆的能力,他的记忆就停在27岁那一年。

我正想提出自己的想法,苏文扶了扶眼镜框,接了一句话。那句话看似平淡无奇,却在一瞬间吸引了我和杨柯的注意力。

我不由得问出声来:"这怎么可能?"

04 毗湿奴之梦

苏文说的那句话很简单:"那晚我记得月球裂开了,所有的病人都大叫,特别可怕。"

杨柯并不知道关音昨晚发病时说了什么,可他听到苏文说月球裂开时,便与我面面相觑。我不敢相信自己的耳朵,这么短时间内居然有三个人都说月球裂开了。我特别想将张七七和关音叫来,让他们三个人好好说说,怎么会有如此雷同的说法呢?他们应该毫无交集,可如果说是巧合,又不太可能。

季副高并未察觉我和杨柯的心里所想,跟我们说,苏文见过杨森等人,只不过他以前不是医生,而是一名儿童心理学研究人员,并不怎么负责看病。可在杨森失踪后没多久,苏文就慢慢露出了"马脚",有人发现他的记忆停留在了杨森失踪前后,他永远记不住他在这之后做过的研究。

苏文不是那种有攻击性的病人，除了记忆有问题，其他什么毛病都没有，身体也还算健康，只是有些嗜睡和情绪起伏。不过，苏文也不是和正常人无异，因为他总会和别人说，下班前的一天晚上，他看到月球裂开了，还有一只大鳄鱼在住院楼的负一层和负二层到处爬，还产了好几枚卵，他还和杨森说了，必须抓住那条大鳄鱼，不然会很危险。

鳄鱼？张七七倒没提过这事。我心里嘀咕着，忽然，杨柯在我身后问苏文："那么多年前的事，你都记得这么清楚，那你记得我爸……就是杨森提过去山里头的事吗？"

"说过啊，要去找他儿子。"苏文脱口而出。

一听到"儿子"二字，我和杨柯、季副高都很失望，因为传言说，杨森盗用了医院的资金、偷走了古墓里的古董，然后跑路了，实际上我们都知道他是去山里找女儿，那时杨妍已经溺亡或者说"失踪"一段时间了。杨森就杨柯一个儿子，怎么会去山里找儿子呢？苏文说的果然都是疯话，信不得。

我理解杨柯，难得有一个人的记忆停在杨森活跃的那个年代，杨柯肯定想多问问有关他父亲的事。我们到现在都不知道杨森是怎么死的、谁把他的干尸藏在了天花板上。杨柯还想问些什么，季副高却咳嗽一声，使了个眼色，暗示不要问与看诊无关的问题。

苏文却好像认出了杨柯，忽然说："你看着很像杨森，是他亲戚吗？我记得，我还给他家人拍过照，那个张院长、老何、老杨、老杨老婆、杨妍，还有那个小姑娘叫什么来着，何……何玫。"

原来那张照片是苏文拍的！我心里一惊，我们老想从照片上的人身上去找线索，却忽略了拍照片的人。我早有过一个疑问，那就是精神科医师及其家属为什么要跟一个病人合影呢？何玫和医院的人毫无关系啊。

难得当事人之一就在面前，我非常想撬开苏文的嘴巴，可看到季副高提醒杨柯要保持专业度，我就没有声张。想来，杨柯那么聪明，肯定也想到了这一点。为了显得我用了心，当苏文停顿时，我问季副高有没有苏文去其他医院检查的记录。

果然，苏文的妻子早就准备好了，季副高也看过了，暂时看不出什么异常，也没有遭受过脑损伤。苏文的病就这样持续了多年也没有起色，季副高说这可能真的与器质性病变没关系，也许是苏文当年在医院目睹了什么事，受到了刺激，所以患上了顺行性遗忘症。

在心理学上，研究人员将短时记忆丧失症称作顺行性遗忘症，这些患者只能记住发病前的记忆，无法创造新的记忆。这种失忆症很罕见，医学上还没有一个很明确且具体的治疗方案。

我情不自禁地琢磨："这医院到处都是危险和谜团，苏文当年到底因为看到了什么而受到刺激，忘记了一切，甚至无法再记得之后发生了什么事？也许我应该接受陈怡的邀约，离开这里，去爱尔兰重新开始……"

看我满脸担忧，苏文的妻子以为我嫌病例麻烦，便急忙解释解铃还须系铃人，她相信一切都源于青山医院，这才找上了季副高。为了让人能好起来，苏文的妻子还用哀求的语气说："请你们帮帮忙，或者就让他在医院里自己走走，他没有攻击性，不会伤害人。也许什么地方能让他记得一些事，情况能好转吧。我也不指望真的能治好，我知道这种事需要时间，不可能来一两天就好了。我希望苏文能记得以后我们相处的点点滴滴，而不是只记得我们才结婚一两年。"

"行，那你陪他逛逛吧，我们先看一下你们带来的检查报告，研究研究。"季副高善解人意，立刻答应。

我打了个哈欠，在苏文和他妻子出去之前，想起了一件事，忙叫住人问："大姐，苏文什么时候发病的？"

"具体什么时候我也不记得了，反正也是一两个礼拜后我才发现，苏文记不得之后的事情，而且会编一些奇奇怪怪的故事，什么月球裂开，医院有鳄鱼，还有去了什么山里头，看见了木乃伊……"

"走啦，我要去上班了。"苏文很着急，还以为自己仍在青山医院工作。

"等等，什么木乃伊？什么山里头？苏文什么时候去过？"杨柯迅速抓住重点问题。

"我也不太记得了，反正他发病前去过好几个地方，可他唠叨的一直是医院，我觉得问题在医院吧。"苏文的妻子并不知道杨森的尸体已经被发现了，并且是干尸状态。

"走啦。"

苏文看着正常，可我们在他面前交谈，他似乎都听不到。难怪季副高会不避讳地在他面前大聊病情，因为苏文似乎仍是会过滤信息的，会选择性地听与说。瞧见苏文迫不及待地要出去，季副高微微摇了摇头，提醒杨柯不要拦着人家，不能让病人出现抵抗的情绪，否则会不利于后期的治疗。

等人一走，我就在心里琢磨，三个人都提到了月球裂开，如果张七七还在这里的话，没准也会提到什么鳄鱼和鳄鱼产卵。这种巧合过于离奇，我都怀疑自己是不是在做梦，或者是身处别人的梦境中了。说到梦境，我又想到了毗湿奴。据印度教神话，宇宙就是毗湿奴的梦境，他的一醒一睡即宇宙的毁灭与诞生，也许这次毗湿奴做的梦出现了所谓的漏洞，有了不合理的地方，即病人说的胡话都雷同了。否则我还真想不出能有什么力量让三个没有交集的病人都说出相似的话。

"小陈，你真的要走吗？"季副高打断了我的思绪。

"走？去哪儿？"杨柯着急问我。

"我……主任告诉你了？我还没答应她呢。"我料想陈怡可能和季副高通气了，可我还没做决定呢，她怎么就先斩后奏了呢？

"你真的要离开我们医院，去国外吗？和陈怡一起？"季副高很不舍地问，"不过有好机会的话，去外面闯闯也不错。"

这话明明很温暖，杨柯却怒火冲天，要不是季副高在场，他似乎都要揍我了。我不明白杨柯干吗发那么大火，他不是老嫌我烦吗？我搬出去了，正好给他清净嘛。再说，我谈场恋爱怎么了，关他什么事？我当时一晚上没睡觉，身体很累，情绪也不是很好，脑子一热就故意跟季副高说："对啊，我很快就要走了。"

杨柯瞪了我一眼，眼神很复杂，有愤怒也有不舍。他没再说什么，离开诊室时还撞到了我的肩膀。我明明是故意气杨柯的，却有些不知所措。季副高以为杨柯急着去带住院医查房，还夸杨柯办事认真，从不拖拖拉拉。

"对了，季副高，你认识何玫吗？"我想起方才的对话，便趁热打铁问，"我上次有事去了一趟何玫家所在的新竹小区。邻居都说没有何玫这个人，只有一个叫张小蝶的女孩子。可我打电话给何玫的家人，他们都说何玫过得很好，有这号人物啊。"

"你怎么忽然问何玫的事？"季副高有些意外，"她出院后就没再回来过了，不回来才好，谁愿意当青山医院的'钉子户'呢。"

"可你不觉得很奇怪吗？何玫明明存在的，为什么邻居都不记得有她这个人？"我继续追问。

"反正你要走了，那我就和你说实话吧，省得你牵肠挂肚，也好让你走得安心。何玫的事情确实有些复杂，我本来不应该多嘴的，张院长明确交代不能透露这种隐私，我们都保证过。当年张七七也管过何玫的事，可惜啊……"季副高摸了摸鼻子，又搓了搓下巴。

沉默片刻，季副高就摘下眼镜，用西装外套的衣角抹了抹镜片，然后说了何玫的一段过往。我登时大吃一惊，难怪小区的人都不记得有何玫这个人，原来当中有这种隐情！

05 前交通动脉综合征

何玫的事并不复杂，与我想象中的"我也来到了平行宇宙，所以才会有事实偏差"完全不同。季副高告诉我，何玫本名叫张小蝶，后来才改成了她外婆给她取的乳名，也就是她现在的名字"何玫"。

从小，何玫就与普通孩子不太一样，会经常突然安静下来，或者忽然狂躁不安，还曾因此将同龄人殴打成重伤。她父母经常要为她的事而向他人赔礼道歉，不由得心力交瘁。到了青春期，何玫的病情愈发严重，在试了许多方法都无效后，他们才将女儿送到了远亲任职的青山医院——那位远亲就是院长张青山。

起初，何玫的病情确实有所改善，可很快又复发，且一次比一次糟糕，邻居对他们还指指点点。直到这时，何玫还没有被家人放弃。没想到在十多年前，何玫的妈妈何巧手突发脑溢血，没抢救回来，当天就撒手人寰。何玫的爸爸张大悲认为女儿是累赘，又嫌女儿的名声不好，于是就将女儿的名字从张小蝶改为何玫，跟亡妻姓，想要彻底抹掉女儿的痕迹，自己好重新开始。

从头到尾，没人知道何玫住过精神病院，因为张大悲觉得面子挂不住，每次送女儿去医院都说女儿回老家住一段时间。后来，何玫常年住在青山医院，张大悲就一直有意无意地提到女儿去外地念大学了，然后去广东打工了……自始至终，没人知道张小蝶改了名，叫何玫，张大悲也从没告诉过任何外人。他们家的亲戚躲他们都来不及，更没人关心张小蝶是生是死，或者去了哪里。

"原来如此，难怪没人听说过何玫的名字，难怪我打电话去她家，接电话的人很不耐烦，说何玫好了，一副让我别去烦他们的样子。"我若有所思。

"你自己知道就好，别到处声张。这是病人的隐私，如果不是你要走了，我也不会告诉你，省得你老惦记。"季副高一边说一边扶了扶眼镜框，又搓了搓鼻子。

"可是何玫出院两三年了吧，她真的好了吗？为什么后来没有再回来？难道没有做随访？"我怀疑地问，"她的情况应该是终生的，不像忽然会好起来的样子。"

"谁知道呢，也许去了其他家医院吧。"季副高不置可否。

这时，宋强敲响诊室的门，说有人挂了季副高的专家号，要来看病了。我和季副高的谈话就此中断。

我很少和他谈论青山医院的种种怪事，因为他总给我一种置身事外，只关心学术研究和怎么治疗病人的感觉，没想到他知道的事情还挺多。如果我去问他张七七的事，他说不定也能解释大部分谜团呢。我和杨柯不应该只靠自己。

眼下，宋强在场，病人又在外面候着了，尽管我想全盘托出，但也只能先忍着。在出去前，我看季副高右手食指还没好，便叮嘱他去拿点消炎药，这么久还没痊愈很容易感染的，别掉以轻心。季副高朝我笑了笑，轻描淡写地说没事的，便招呼宋强引病人进来。

这天早上，我在门诊部和住院楼两边跑，无暇去找张七七，连杨柯都没再碰到过。其间，青山医院也没人提到张七七，仿佛只有我和杨柯见过她。我本想绕过杨柯，自作主张地将张七七的事情告诉季副高，可他一直在门诊那边，实在不方便打扰。

不过话说回来，季副高对于何玫的解释给了我一个灵感，也许一些稀奇古怪的事并不复杂，是我们想得太复杂了。张七七的事必然有一个合理的解释，我应该科学地去分析，比如她可能得了某种罕见的精神疾病，以至于能让她骗过测谎仪。

到了下午，陈怡姗姗来迟，不知道是来办什么手续，还是要看病人。我见到她和院长在主任办公室外面聊了几分钟，可能在说离职的事。院长对陈怡非常客气，也许是她家世背景强大，又或许是她自身能力过硬，犯不着像我那样卑躬屈膝。虽然都说钱是万恶之源，但有钱人说话确实底气足，我就没办法说走就走。上次离开沈阳，我赔钱赔到鬼见愁，谁都不爱理我。

陈怡远远地注意到了我，不避嫌地朝我挥了挥手，又指向主任办公室，暗示等一会儿要和我说话。我刚好忙完了，手上没事情，正想找陈怡问，为什么要先斩后奏说我出国的事？她怎么这么自信，我一定会离开呢？

不想，我刚走到主任办公室，门一开，季副高从里面走了出来，一起出来的还有苏文的老婆。显然他们在谈苏文的病情，但苏文并不在里面。值得一提的是，一科主任和副主任的办公室最初是分开的，后来就合用了，因为有段时间医院计划增添设备，需要给一些技术人员和技术设备腾出空间来，所以主任和副主任就合用一间办公室了。

季副高看我要进去，非但没阻拦，还为我留了门。陈怡很快就过来了，季副高知道我和陈怡可能要离开，给足了我们隐私，善解人意到了极致。我却有点高兴不起来，毕竟去国外等于重新开始，人生地不熟的，哪能说走就走，我也放不下我爸妈啊。

我拿亲情推托，陈怡坐下来就说："你不是去上海念书，又跑去沈阳行医，难道那段时间就不想父母吗？我都说了，现在飞机方便着呢，想回来一趟还不容易？这机会千载难逢，别错过了。"

我看亲情的借口不管用，差点脱口而出，我舍不得杨柯，陈怡却一早看穿："我知道你和杨柯感情好，你不用担心，没有你，他一样会过得很好。"

我心想，也对，杨柯人见人爱，哪里轮得到我操心？我不知道怎么拿主意，在心中分析利弊时就想问陈怡，为什么这么器重我，我有哪一点比得上她认识的公子哥儿们呢？我写书的事虽然看似光鲜亮丽，实际上之前一直被人嫌弃看轻,她肯定不会是看中了我这一点。

我正困惑着,忽然发现,办公室的书架上没有《精神探》或者我写的其他小说。于是我就打趣地问:"你还说喜欢我呢,怎么书架上一本我的书都没有呢？医院的大部分同事我都送了书,几位主任也都送了。"

"你的书我自己花钱买了,才不需要你送呢,当然你送我更好。"陈怡毫不介意我使小家子气,"你也不用怀疑我为什么喜欢你。这世界上名气大的人千千万万,有眼光的又有几个呢？都是看别人终于功成名就才来奉承。我知道你是最出色的人,我知道我想和你永远在一起,这就够了。"

我有那么好吗？我听得脸都红了,一紧张就把话题转到了苏文的病情上。陈怡才来医院不久,马上又要离开了,我以为她会意兴阑珊,不是很想听,可听我那么一提,她就饶有兴趣地让我继续说下去。在听到地下室有鳄鱼时,陈怡想要说什么,最终却没有打断我,任我一直把话说完。

陈怡并没有看到苏文的检查结果或者当面问诊,只是说:"你的分析都有道理,不用我说,你应该也知道他可能是什么问题了。"

我确实有一个初步的想法,只是还不能确定,于是就问陈怡:"你有没有看过电影《大鱼》？"

"你提到苏文的时候,我就想到了这部电影。我们以前开过一个研讨会,讨论过电影的主人公可能患了一种怪病。"陈怡和我心有灵犀。

《大鱼》的男主人公爱德华经常和儿子威尔说自己早年的神奇见闻,比如一条河里小偷冤魂变成的大鱼,类似陶渊明的世外桃源的幽灵镇,还有能看到未来的玻璃眼女巫、巨人、连体孪生姐妹等,后来威尔发现父亲讲的这些东西都不存在。可在爱德华讲述时,一切都显得很逼真,仿佛那些都是他的亲身经历。

这部电影后来在精神科医学中被当作一个案例来讲：虚构症。顾名思义，虚构症就是患者将从未发生的事情或体验讲得绘声绘色，十分逼真，仿佛确有其事。

虚构症的病因千变万化，如酒精中毒、脑外伤、脑炎、阿尔茨海默病等。在临床上，此类病人最常见的病因则是脑器质性病变、脑外伤损伤，影响到了海马体、额叶前部等。相比之下，大脑内侧颞叶受损的患者虚构的内容比较简单，比如病人会说今天迟到是因为堵车，事实上并没有堵车；而额叶前部受损的患者虚构的内容比较荒诞，比如苏文说的那些怪事，月球裂开，鳄鱼出没。

这种病例在国内也不少，《中国临床心理学杂志》2011年第4期就记载过一个病例：一病人CT检查没有明显可见的脑部损伤，一切表现正常，可他出现了顺行性遗忘和虚构症。后来经过详细的检查，医院发现病人患了前交通动脉综合征。

前交通动脉位于脑底动脉环，具有沟通双侧大脑前动脉的作用。有研究认为这部分如果有损伤，哪怕仅仅是基底前脑损伤，均可引起人格改变、智力减退、记忆虚构，甚至是偏瘫，这种症状就是所谓的"前交通动脉综合征"。在上述病例中，病人被诊断为前交通动脉瘤破裂，而这就是导致自发性虚构症的常见病因之一。

我们还没有给苏文做全面检查，他得的是不是前交通动脉综合征，还有待商榷。可陈怡和我都觉得苏文得的是虚构症，只是病因究竟是哪一种，还需要进一步检查和会诊，因为最初的CT、磁共振等一系列检查未查出基底前脑病变或损伤。

至于为什么这么久都查不出来，一是苏文的记忆似乎定格在了杨森失踪前不久的某一天，大家可能以为是科尔萨科夫综合征，一直往这方面查；二是CT检查偶尔也会有遗漏，苏文的病不属于极端暴力的类型，也许大家就是能拖则拖的心态吧。

"所以你觉得苏文可能是得了前交通动脉综合征？那他为什么会提到裂开的月球？我们的病人关音昨晚也反复说起，其中是不是有什么联系？"我试探地问陈怡。

陈怡却没有再继续病人的话题，只是认真地看着我问："我知道这么说很突然，但今晚广西精神科医师分会有个活动在南宁一家酒店举办，是有关青少年精神健康的学术活动，张院长他们也会去，你和我一起参加吧。"

"你确定吗？"我知道陈怡的意思，但我实在不明白陈怡为什么那么确定我就是对的人。

"我说过落棋无悔，我知道我要的是什么。"陈怡眼神坚定，毫不动摇。

我不傻，心里明白如果和陈怡一起离开，未来也许可以少奋斗十年，但我并不想因为这个和她谈感情。可我也明白，现在的社会很残酷，当你没有利用价值的时候，你是遇不到贵人的。陈怡能毫无保留地欣赏我、接纳我，甚至愿意助我飞黄腾达，那是她真心喜欢我。

我心乱如麻，拿不准主意是去是留，却张口回答："好啊，我们晚上一起去。"

陈怡满意地笑起来，利落地整理了东西，用一个纸箱收走了大部分东西。那一刻，我本应该注意到办公室有一个很不对劲的细节，然后抽丝剥茧解开所有谜团，但一切都来不及了，因为很快医院又会有两个人相继死去，所有事情发生得让人猝不及防。

06 暗示疗法

且说，那天晚上下班后，我去主治医师的休息室找杨柯，想和他说晚上要么先回家休息，要么我陪他在医院找一找张七七，接着去参加广西精神科医师分会的活动。杨柯前一晚没怎么休息，困得慌，刚下班就躺在下铺闭目养神，身上的黑色西装外套和脚上的皮鞋都没脱。

当时，门诊部那边已经安静了下来，天色也黑了，青山医院仿佛进入了另一个死寂的世界。我没有叫醒杨柯，只是站在休息室，琢磨着要怎么告诉他，我可能不只要搬出去，而且还要出国。

等了很久，我始终开不了口。眼看时间一点一点过去时，我的手机忽然振动了一下，杨柯跟着就醒了，想必他西装口袋里的手机也收到了短信，振动了起来。杨柯坐起来，发现我也在，就瞄了我一眼，然后瞧了瞧手机短信。我眼睛一瞪，居然是X用小乔的手机发的，这个神秘人消停了一段时间，又闹起来了。

只见，短信上写着：

> 张七七晚上会去广西精神科医师分会的活动现场，到那里去找她。——X

我眉头一皱，X会这么好心？干吗给我们指路呢？但话说回来，我和杨柯能找到杨森的下落，完全是X给的线索。或许这一次，X看我们找不到神出鬼没的张七七，又"大发慈悲"，透露了她的行踪。X似乎有上帝视角，什么都在掌握之中。

我还没和杨柯商量，我俩的手机又振动了一下，X又发了一条短信过来：

过了今晚，张七七就会彻底消失，今晚是唯一的机会，过时不候。——X

这条短信还附了一张照片，除了张七七，还有一个年轻女生，她们在面对面交谈，可背景是雪白色的墙壁，没有任何能透露地点的线索。

我认不出那个女生，杨柯却站了起来，似乎那女生的身份不得了。他看了眼手表说："时间不早了，马上出发吧。"

"怎么了？照片上的人是谁？"我忙问，"不会是你姐姐杨妍吧？你姐姐不是早就……"

杨柯整理了下西装和领带，然后解释说另一个女生是何玫，也就是迎新晚会后出院的那个病人。杨柯从未见过这张照片，不确定照片是不是两年前拍的，但既然X能说中杨森的下落，那么他决定冒险去一趟广西精神科医师分会的活动，反正现场那么多人，料想X也不敢乱来。灯火通明的地方，还能闹鬼不成？

我本来是要跟陈怡一同驱车前往的，但X的短信打乱了原来的计划。我还没来得及解释，杨柯就招呼我一起上了车。车子在夜幕中疾驰，我只好偷偷给陈怡发短信道歉，说会场见。陈怡没有生气，反而提醒我别道歉，和她相处时不需要拘束，她希望我自由自在、无忧无虑，那样的我在她眼中最有魅力。

在等红灯时，我偷偷读完了陈怡的短信，接着就胡闹地问了一句："你觉得我有魅力吗？"

杨柯听到这句话，居然没骂我，反而扭头望着我说："有啊。"

"真的假的？你没发烧吧？"我诧异地说道。

"你真的要走？"杨柯冷不防地问。

我正憋着话，很难开口，被他这么一问，只好说："你不是天天嫌我吵，要赶我走嘛，我走了，你就清静了。"

"你是真的傻，还是……还是……"杨柯没好气地说道，"你还是去吧，找你的相好，我一个人乐得清净。"

车子里的气氛忽然凝固了，任凭车窗外的霓虹灯如何闪烁，车子里似乎只有黑白两种颜色。我并非铁石心肠、没有感恩之心的人，眼看杨柯不高兴了，就想说点好听的话。不想，手机振动起来，我从口袋掏出来一看，是一个媒体营销的合作方打来的，以前与我合办过签售会。

"喂？"

我还没问有何贵干，对方立刻兴师问罪，问我怎么可以有这种丑闻呢。现在很多人都收到了所谓的线报，说我私生活混乱，还发了一些私密照片出来，照片上虽然没有我的脸，但对方显然是相信了那些线报。想来，不仅季副高的社交媒体收到了私信，其他人也收到了。实际上，那些传闻都是无中生有，纯粹是想要我难堪。我被对方那么责骂，一半心生退意，一半赌气地想，既然不信我，那我何苦留在这里呢？

合作方没有给我解释的余地，发泄怒气后，很快就挂了电话。因为合作方的声音很大，杨柯都听到了，等我挂了电话，他又反过来安慰我了一句话："有名气不是好事。其实我也收到了，但我相信你。"

"为什么？"我不明白地问。

杨柯没有接话，只是沉默地开着车，一直到酒店才张口想说些什么。可惜，那时陈怡已经在酒店大堂等我跟她一起登记签到了，她是受邀人，可以带一个人一起来。当发现杨柯也来了，陈怡大大方方地邀杨柯一起入场，也许她确实有一些家世背景，登记的人并没有为难她。杨柯不傻，也不想当电灯泡，看到陈怡挽着我的手臂一起向前走，就意味深长地和我说："陈仆天，今晚我有话和你说，我等你回来。"

"算房租还是干啥？"我问道。

"钱的事你不用担心。"陈怡小声耳语。

杨柯以前老用钱的事情压我，现在有陈怡给我镇场，他似乎无计可施，只是淡淡道："你记得早点回来就是了。"可惜，那晚的对话没有发生，因为后来出了许多事，杨柯始终没有告诉我，他想跟我说什么。

总之，那晚会场有许多人，我和杨柯并没有太多时间交谈，何况我们还在暗中寻找张七七，于是我们就各自在会场兜兜转转。陈怡瞧我东张西望，以为我在找杨柯，还帮忙搜寻，然后指着远处的一个角落说："你要找的人在那儿吧？"我正想解释，身后有个人大喊了我的名字，还拍了拍我的肩膀。

"你怎么来了？"

我一转身，喜出望外，没想到拍我的人是吴老教授。吴老教授这次回南宁，一是探望他亲哥哥一家，二是以权威的身份受邀到会场发言。吴老教授很久没和我见面，打完招呼就感谢我上次给他哥哥的孙子吴刚毅治病。

"刚毅前几天还说，让叔公好好谢谢那位陈医生呢。"吴老教授乐呵呵地说，能听出来他这个晚辈的治疗结果是好的。

我难得遇到学校的恩师，便趁着陈怡在场，将青山医院老员工苏文的病情一股脑儿讲了。出于职业道德关系，我倒是没有指名道姓地透露隐私，只是说遇到了一个疑难杂症，我们医院也尚未收治病人。由于没有任何检查报告在手，亦没有任何数据可研究，吴老教授只是理性地分析，虚构症是有可能的，目前对于这种病症最好能将人收治，并采取暗示疗法。

所谓暗示疗法，就是要消除能够强化病人虚构症的暗示，同时要进行日记训练，督促病人记录自己每天做了什么，细微到吃了什么、上了几次厕所、与谁交谈过，以强化记忆量，增加信息的刺激量，让病人不断回忆往事，以激活病人的早期记忆。这种暗示疗法需要长期的努力，不配合住院治疗的话，只会适得其反。

谨慎的吴老教授还坦言，现在不是在会诊，暗示疗法也只是一个建议。我们都是内行，我心领神会地表示，这个病人还未正式收治，我最多也只是给个参考建议罢了。不过，我很想问，虚构症会群体发作或者传染吗？因为张七七、关音、苏文都提到了破裂的月球，谁知道他们还会不会提到鳄鱼呢？可没多久，吴老教授就要准备上台发言了，在离开前，他叫我别走开，他还有很多话要跟我说。

我和陈怡坐在最后一排，我想纵观全场，搜寻张七七。倒是杨柯，一直走来走去，到处找人。借着中途上厕所的间隙，我离开了陈怡一会儿，跑去问杨柯有没有什么发现。杨柯没给我好脸色，他一直忽冷忽热的，我忍不住就说难怪他的明尼苏达测试很特别，他的人格果真有问题。

"什么？"杨柯糊涂起来。

我们躲在会场的角落，我就小声回答："就是主任生前叫大家做的明尼苏达测试啊，我那时不是住院吗？我统计的分数啊。"

"我没做啊？那天主任发了那些测试，找理由让大家都做了一次，可我没有做。所以，当时看到你在医院拿着那些测试，我还惊讶呢。"杨柯反过来说，"我看你是有虚构症吧。"

"等等，你真的没做吗？"我大吃一惊。

杨柯没必要撒谎，他一点头，我就心想原来那次测试有人替他回答了，那人会是谁呢？肯定是医院的某一个人了。恐怕主任做梦也没想到，那次测试居然还有这么一出戏。可惜医院的职工不少，表格可能就丢在休息室里，然后住院医随便收了就交给了主任，其间谁想要鱼目混珠并不困难。

我正纳闷儿着，吴老教授就发完言，从台上走下来，大步流星地朝我们走来。我以为吴老教授要和我说话，怎料他见到杨柯就握住了他的手，直言上次光忙着给吴刚毅看病了，没来得及和杨柯叙旧。

"叙旧？"我忽然想起来，吴老教授上次来南宁时，确实提到了认识杨柯。

"我们认识？"杨柯很诧异。

我心想，怎么回事，难不成还真是张七七说的那样，我们误入了平行宇宙，大家的记忆都混乱了？却听吴教授说："你忘了？不是你打电话给我、自我介绍后就说，可以推荐陈仆天来你们医院的吗？我才联系了他，说你们医院有一个职位，他可以去试试看。"

"是吗？原来是你推荐的我？你怎么不早说？"我很诧异，杨柯居然瞒着我。

谁知道，杨柯却直接否认道："我从没打过电话给你。"

吴老教授拿出手机，想要翻通话记录，可那已经是很久以前的事了，手机里是看不到的，而且他也不太可能记得杨柯的声音，哪怕是别人冒充了杨柯。直到这时，我才真正意识到，这可能是一场阴谋，我离开沈阳回到南宁就是某个人刻意安排的。问题是，谁会这么挖空心思，演这么一出戏呢？因为在来青山医院之前，我根本不认识青山医院的任何一个人，可以说跟这里的人无冤无仇。

吴老教授以为杨柯不想邀功，还夸杨柯为人不错，他还想聊下去，结果其他医院的人过来打招呼，把他拥到另一头去了。这一下信息太多，我和杨柯一时间无法消化，但我们知道轻重缓急，最后还是决定先分头去找张七七，过一会儿再碰头。

会场虽然不大，但人潮汹涌，大家进进出出，如果谁要躲藏，找起来确实不容易。我和杨柯刚一分开，青山医院的其他熟脸也来了，比如张院长、李姨、岳听诗，还有武雄生前的好朋友周品。周品是六科的医师，我们平时很少打交道，几乎没有接触，可他认定武雄是被我害死的，处处硌硬我。

这不，才碰头，周品就故意拿出一本书，对着我晃了晃。那本书是《精神探》，当时院长要求我给医院的职工每人送一本，我就自掏腰包买了送人，还签了名。有一天，我发现医院的垃圾桶丢了一本《精神探》，周品看到了就嘲笑我，说我是十八线作家，别自恋地以为我很有名。

　　我以为书是周品丢的，想要羞辱我，没想到他的书还在。我还没回过神来，周品就将书丢到了旁边的垃圾桶，还吐了一口唾沫。他这明显就是要演给我看的，或许之前的事给了他灵感，觉得这么侮辱我比较解气吧。

　　"呸！"随后，周品满意地和其他同事入座了。

　　我心里有些难过，本来还想黯然神伤，顺便幻想离开广西去爱尔兰会不会更好一些，一瞬间，所有凌乱的线索却在我的脑海里汇聚到了一起，闪出了光芒。

　　"天啊！我知道这一切是谁干的了！X就是这个人！"

　　果然，我搜遍了会场，更确定了自己的猜想，那个人并不在会场，一切都是声东击西，调虎离山。这时，杨柯不在会场，车也被他开走了，我只好去找陈怡借车，说要赶回青山医院。陈怡听得出事态紧急，甚至知道我不希望她跟去，她就嘱咐我万事小心，快去快回。

　　"我真的不敢相信！对我那么好的人竟然就是X。"

　　一路开车回去时，我浑身都在发抖，因为一个细节终于浮现在了我的脑海里，除了这个人，没有第二个嫌疑人了。接着，一个个细节慢慢在我脑海中点亮，我才想起来那些事情都充满了暗示。就连查"张七七遇害案"的廖副也透露了一条很明显的线索，X或者说真凶早就站在阳光下了。

　　不过，死的人不是张七七，会是谁呢？

　　我驱车回到青山医院后，看到杨柯的车也在停车场，甚至刚好瞧见他的身影往住院楼那边奔去。我下了车急急忙忙赶去，杨柯的速度非常快，如同一头狼。我远远地看着杨柯跑下了住院楼的地下室，便头也不回地追上去，根本顾不上有什么危险。

毕竟，一座精神病院能有什么大不了的危险呢？

那晚，地下室的灯依旧接触不良，不停地闪烁着，像是出现了不断的电涌现象。我蹑手蹑脚地摸索着来到了地下一层，那里的太平间没人，我又靠着墙壁悄悄地下到了地下二层。地下二层曾被密封过，因为风水先生说这里阴气太重，后来又因为发现了张七七的尸骸才被重新打开了。

"杨柯？"

我正纳闷着杨柯为什么要回到这里，就发现地上有东西滚过来。那是三枚很大的蛋，比鸭蛋大一些。我正想着为什么会有蛋时，走廊尽头出现了一团黑影。我定睛一瞧，居然是一条鳄鱼，而且正凶神恶煞地朝我这边爬过来。

"啊啊啊啊！"

我脚一软，想要逃跑，苏文却大喝一声，从鳄鱼后面冲出来，努力拖住了它。这一幕完全出乎我的意料，我以为苏文得了虚构症，没想到青山医院真的有鳄鱼。我愣在原地，身后却有人撞了我，我回头一看，张七七浑身是血，跟跟跄跄地倒在了我怀里。

这一幕很突然，我接住了人，却没顶住这股力量，就人仰马翻地倒在了地上。我爬起来，想要查看张七七的伤势，一双又黑又亮的皮鞋出现在我眼前，我抬头一望，只见杨柯手里拿着一把刀，他身上的西装沾满了血，白色的衬衫也被染红了。

我坐在地上，捂住张七七腹部汩汩冒血的伤口。我拼命地想救人，可张七七出了那么多血，比卢苏苏遇害时还要多，铁定是回天乏术了。一刹那，我终于记起卢苏苏死前说的最后一句话。那句话让我难以置信，原来张七七的谜团与卢苏苏的事情有着千丝万缕的联系，可最让我震惊的仍然是 X 的真实身份。

所有真相就这么猝不及防地浮出了水面。

第6章
嫌疑人 X 现身

在医学上,"灵魂出窍"被解读为人类的濒死体验,不少科学家认为那是大脑产生的幻觉,由濒死大脑内的电活动激增导致。于是,科学家通过人为的方式让麻醉后的老鼠的心脏停止跳动,并记录了电神经脉冲,结果在心脏停搏后的30秒内,它们都出现了短暂而剧烈的大脑活动激增现象。

01 清醒梦

可"灵魂出窍"这种现象不一定是濒死体验造成的，至少陈仆天的母亲"灵魂出窍"是因为一个很意想不到的原因，她也确实看到了令人不可思议的画面。对了，我不是陈仆天，我也是一个"灵魂出窍"的人，因为我马上就要死了。至于我是谁，你们看到最后就会知道。

值得一提的是，"灵魂出窍"很奇妙，像是能同时看到过去、现在、未来的一些片段，与人类目前的认知有一些出入。比如，我看到的第一个画面是陈仆天带杨柯回了一趟家，他在南宁吴圩镇的家。

吴圩镇之所以叫吴圩，是因为那里曾经是吴姓人家的村落，不过吴圩镇离南宁市区太远，除了吴圩机场，小镇的发展一直不上不下，更像是城乡接合部。陈仆天的家在明阳水厂一带，附近有许多甘蔗田，能随时听到虫鸣，那种四季炎热的大自然气息让人有一种不撒点硫黄在家门口，蛇都会偷偷溜进屋的感觉。

那天下午，陈仆天是被家里人叫回去的，因为他母亲老说胡话，他们劝她去医院看病，她坚称自己没病，实在拗不过了，家里人就把当精神科医师的陈仆天给叫了回来。虽然这不是真正意义上的出门诊看病，但鉴于"病患"毕竟是自己的母亲，他担心自己可能没办法客观看诊，无奈之下，就只好带杨柯一起过来。

陈仆天的家是一幢在甘蔗田旁边的二层自建楼房，外面是水泥墙，没有任何装饰。楼下有一群老奶奶在喝茶、喝清补凉，连喝咖啡的都有，还有打麻将的。听到陈仆天要回来，不知道谁起了哄，说陈仆天要带一个老婆回来给他母亲冲喜，一个个都特意在那里等着看好戏。当看到带回来的是杨柯，大家都愣住了，有一个耿直的人还小声道："这哪里是冲喜，这是要气死陈妈吧，不肖子。"

"可能是他老婆的兄弟吧，没准儿老婆怀孕了，肚子太大，不方便来。"另一个老奶奶帮忙打圆场。

"小陈效率挺高嘛。"

正当大家七嘴八舌议论时，陈仆天父亲从楼上走下来，因为陈仆天很少带人回家，他就一直忙着做饭，想着要宴客，轻重缓急都没拿捏好。不过，陈仆天松了口气，既然父亲能腾出时间来展现厨艺，看来母亲的情况并没有到生死关头，也许她只是神经兮兮惯了，又说了一些封建迷信的话吧。

陈老伯也没啰唆，带着人就上了二楼。天气很热，楼里没开空调，在二楼的一个房间里，遮光窗帘紧闭着，除了一盏红莲形状的夜灯，没有别的光源了。屋子里热气腾腾，除了一些香烛的味道，还有一丝丝咖啡的焦香。陈阿姨在一个蒲团上打坐，一声不吭。陈仆天没有开灯，也没有立刻进去，只是站在房间外和他母亲打招呼。

"她不会应你的，她说自己在灵魂出窍，一出就是大半天，你妈不会是被鬼上身了吧？要么就是脑袋坏掉了？"陈老伯很担心地问，"你妈的脾气你也知道，我又不敢说她，只好请你回来了。"

陈仆天了解母亲的性格，知道越劝越糟糕，干脆不出招，只是静观其变。可长期打坐，一句话不说，对老年人的身体并不好，何况屋子里又闷又热，这在四季如夏的南宁，人是很容易中暑的。陈仆天本想说，省什么电费呢，赶紧开空调，凉快一点，对身心都有好处。

却听杨柯拦住了他，并提醒道："你妈好像在说话。"

"杨妍，杨小弟，你到底把东西藏在哪儿了？我一定要找到。"

"杨妍？"陈仆天和杨柯面面相觑——这不是杨柯失踪的姐姐的名字吗？

他们从未跟她提起过杨妍，更奇怪的是，杨妍是个女儿身，为什么她会说杨小弟呢？两人一头雾水，心想，看来这不是简单的病例，莫非真有灵魂出窍一说？起初，陈仆天还在想，灵魂出窍太玄乎，尽管医学上有解释，随即又想，母亲是不是在做一种很特别的梦——清醒梦？

清醒梦也叫清明梦，指的是一个人在梦中能保持意识清醒，知道自己在做梦。20世纪80年代初，美国心理生理学家斯蒂芬·拉伯奇通过脑电图信号监测快速动眼期眼部肌肉动向的技术证明了清醒梦的存在。

却听陈阿姨又在迷糊地呢喃："杨妍，你到底把东西藏在哪儿了，让我看看。"

这一幕太诡异，陈仆天和杨柯默不作声地站在门外，思绪不由得都回到了几天前的晚上，迷雾散开的那一晚，X身份浮出水面、惊心动魄的那一晚。

且说，那晚在广西精神科医师分会活动现场，周品故意给陈仆天下马威，当着他的面把他的书《精神探》丢进了垃圾桶。不承想，他的这一举动反倒给了陈仆天灵感，让他终于抽丝剥茧，想到了一个最不可能且唯一的真相。

陈仆天根本来不及多想，便心急火燎地赶回青山医院，因为他意识到X的短信是一个幌子，X之所以用短信的形式透露杨森的下落，就是为了取得陈仆天、杨柯的信任，好继续实施自己的骗局。当时会

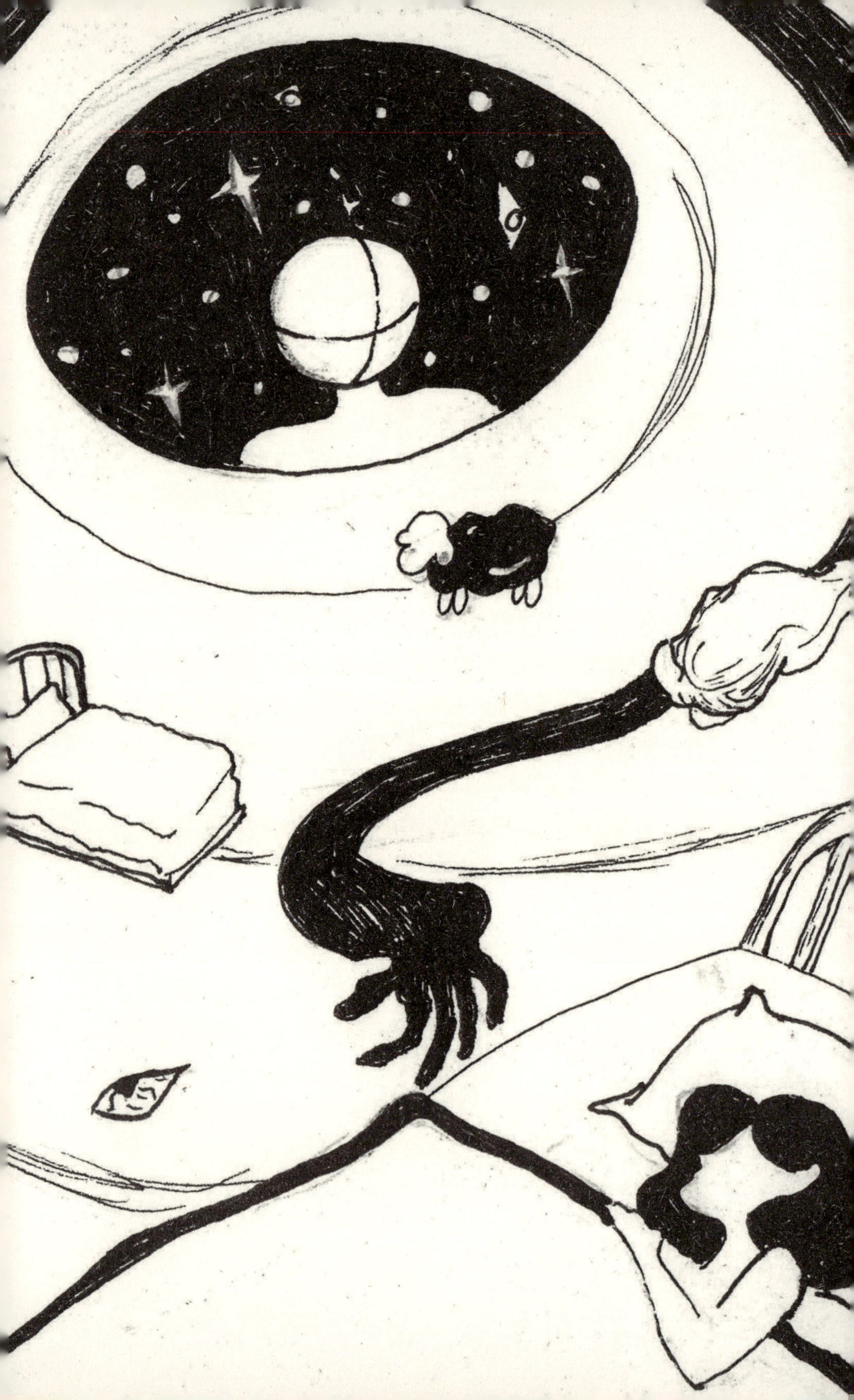

场上太混乱，杨柯没有和陈仆天商量，就先开车走了，陈仆天只好借了陈怡的车跟着追去。

陈仆天并不知道杨柯为什么要回医院或者为什么要去住院楼的地下二层，等他追下去后，却撞见了三枚鳄鱼卵，以及一条正要扑过来的大鳄鱼。那时，青山医院的前员工苏文一直说多年前自己曾看到一条大鳄鱼，大家都以为他精神有问题，说的是疯话，谁知道真的有一条鳄鱼在医院出没，差点没吓死陈仆天。幸好，这家伙福大命大，鳄鱼刚要靠近，神经兮兮的苏文就从走廊的那一头蹿出来，大喝一声从后面拖住了鳄鱼。

我也愣住了，苏文很多年前就离开了青山医院，回来后一直神神道道地说住院楼最下面有鳄鱼，没想到他说的是真的，并非胡话。莫非，月球裂开的事也是真的吗？至少，当时的我是那么怀疑的。只是谁都没有想到，X 能那么聪明，甚至拥有"更改现实"的能力。

这一幕太过骇人，陈仆天不由得呆在了原地，直到浑身是血的张七七从后面撞了他，他转身一看才醒过神来。这一撞的力量很大，陈仆天接住了人，可他们都倒了下去。等他要爬起来时，一身西装的杨柯走到了他面前，白衬衫早就被血染红了，手里还拿着一把刀。

"是你！"

陈仆天抬起头，看到杨柯后并没有觉得惊讶，仿佛一早就知道是谁捅伤了张七七、谁是幕后黑手。

02 厄里倪厄斯

在研究一名癫痫患者的大脑时，瑞士神经医学博士奥拉夫·布兰科意外地解开了"灵魂出窍"的一些谜团——请原谅我的跳跃,"灵魂出窍"后,人看到的画面不是连贯的,也不是按照时间流逝的顺序进行的——他发现只要刺激病人脑部一个位于颞部顶骨连接部位的叫"角回"的区域,"灵魂出窍"的现象就会产生。颞部顶骨连接部位是大脑中控制身体感知以及位置感觉的区域,当它与角回区域发生信息交错时,人就会立刻感到意识从身体抽离,"灵魂出窍"的感觉就是这么来的。

如我之前所说,人在濒死时,大脑内的电活动会激增,角回区域被刺激时,"灵魂出窍"的感觉就会反复出现。但这种刺激如脉冲一般,并不稳定连贯,因此,我看到的画面也是断断续续的,甚至在时间上也是跳跃的。

那晚,张七七血溅当场,鳄鱼出没,闹出了很大动静,那是张青山院长一辈子都不想回忆的场景。说来奇怪,那些骇人的场面在我的记忆里并不鲜明,我只依稀记得廖副这些警察也来了。我印象最深刻的是,陈仆天脸上写满了震惊,他终于猜出来这一切都是谁在使坏了。是啊,傻小子总算聪明了一次。

可惜,张七七那一次是真的死透了。至于为什么张七七能死两次、她是怎么复活的,那就说来话长了。我"灵魂出窍"也是时断时续的,画面不停地闪烁,张七七死在陈仆天怀里那一幕过后,下一个画面就发生在两天后的刑侦大队的一间办公室外面。

那天,廖副在二楼的办公室外又抽了许多烟,还不停地咳嗽,明显是在等人。没多久,楼梯口响起脚步声,陈仆天一来就说:"少抽点,小心抽出毛病来。"

廖副丢掉烟,踩了一脚烟头就说:"那个人不肯交代,死活不说,只要求你来了才说。没办法,只好请你来了。"一身烟味的廖副靠近陈仆天,谨慎地问,"你确定一个人进去没事吗?"

陈仆天沉默片刻，没有接话，显然他自己也不确定。廖副又说："唉，打死我也想不到会有这种事，你估计也想不到是他干的吧？"

"想不到。"陈仆天表面上那么说，实际上他之前就隐隐约约察觉到了不对劲，只是不愿意往那方面去想。

"我们也不是什么都没查到，反正杨家的那些事是八九不离十了，凶手就是杨家人。也怪周军死得突然，当初他应该注意到了一些细节，但……"廖副遗憾地说。

周军是技术中队的法医，一个死者的家属不满意检验结果，老来闹他，说他拿了好处，闹得久了，他有一天想不开就寻了短见。当时，陈仆天和杨柯约好了要来见周军一面，因为他们怀疑张七七没死，想要商讨尸检结果。可一个退休的老法医看了周军的报告，说张七七的尸检结果没问题，DNA和牙科记录与张七七的全都匹配，绝对不会有错。

周军做的法医检验确实没有问题，至少从技术层面上来说，结果是百分百正确的。只是其中又大有文章，也许卢苏苏泉下有知都会惊呼，因为她前夫欠债被追讨的事，竟让这些事情变得复杂起来，张七七的两次死亡都与她无心说的一个计划有关系。

"他人被铐着，不会有危险，我们也有监控，都看着呢。"廖副拍拍陈仆天的肩膀，打断了他的思绪，"反正先进去吧，今天能不能有点眉目就看你了。"

"好吧。"陈仆天深吸一口气，推门进了审讯室。

这间审讯室，陈仆天不是第一次来，第一次收治的病人黄飞红也在这里面待过，如同一条衔尾蛇，一切好像做梦一样，他又回到了刚来青山医院不久的那一天。一个男人被铐在一张办公桌后，看到陈仆天来了，他就抬头邪魅地一笑："我就知道你会来。"

面对曾经那么信任的人，陈仆天如鲠在喉，良久说不出一句话，

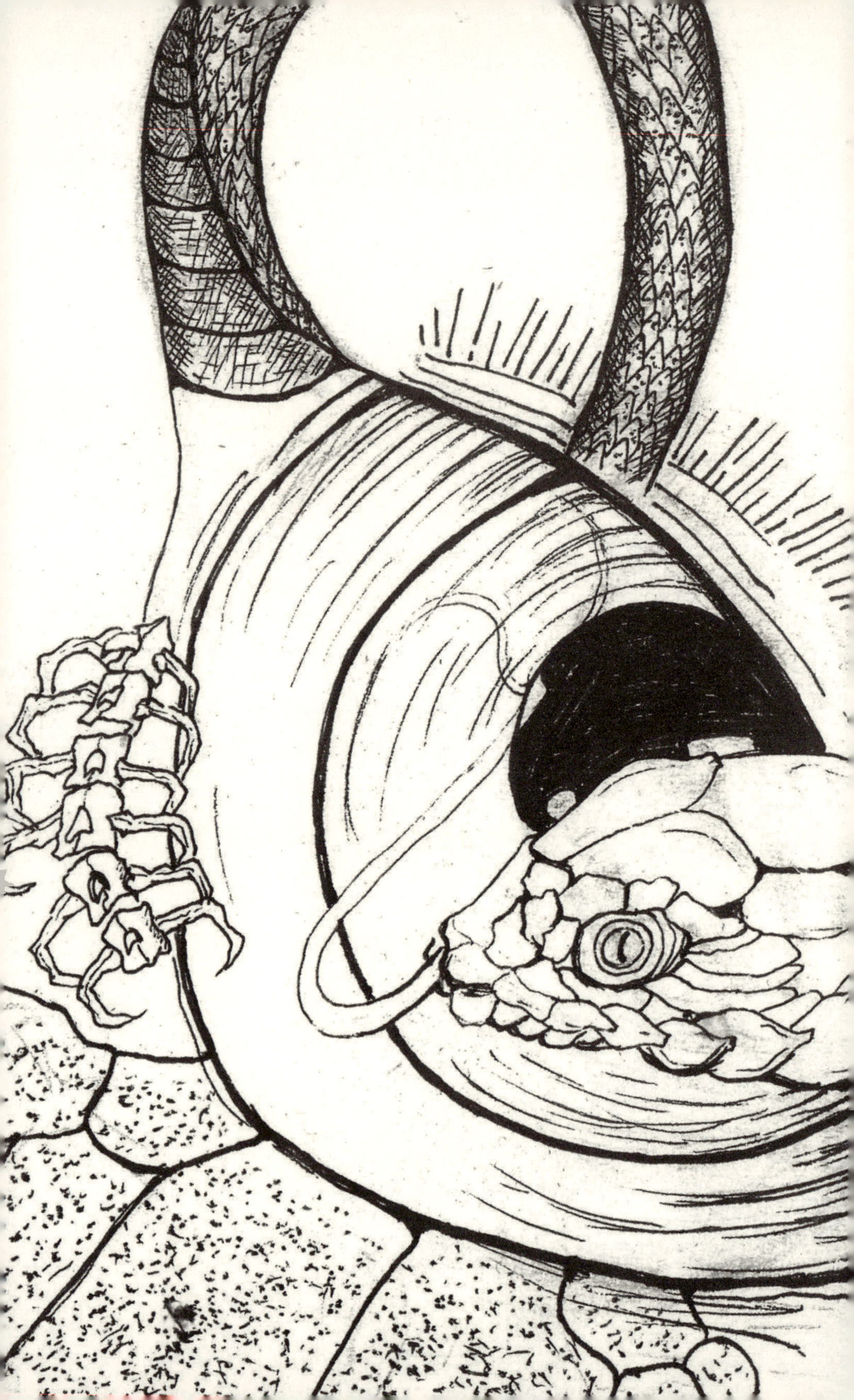

只是坐到了男人面前。男人挑衅地说:"你一定在想我的动机是什么、我为什么要那么做。让我先告诉你一个我们杨家的故事吧,这个故事不是人人都知道的,你算很幸运了。"

陈仆天依旧沉默,在对方说话时,他抬眼瞄了一下审讯室墙上的时钟。巧的是,时钟的时间停留在十点十分,没有走动,就和黄飞红被收治那天一样。而这次陈仆天到访时已是下午五点多,天色已晚,刑侦大队外都是车水马龙的声音,还有人不时地按车喇叭。

外面的动静并没有让陈仆天分心,这是千载难逢的机会,他自然也想知道真相。而接下来的故事确实让他不虚此行,就连我都大吃一惊。比如,为什么排干了水库也找不到杨妍,杨妍为什么似乎死了两次,以及杨森为什么会死在广西的大山里,他带走梵天法宝和一笔钱是要去做什么。

不过,这个杨家人卖了个关子,没有一开始就抖出真相,像是故意折磨陈仆天和廖副等人。他侧头瞧了一眼监控器,知道有其他人也在听着,便缓缓地道:"先让我告诉你厄里倪厄斯[1]的故事吧。"

陈仆天没有打断对方,只是安静地听着,厄里倪厄斯的故事不长,他很快就讲完了。这绝对不会是废话,陈仆天心里清楚,但对方是个男人,怎么能自诩复仇女神呢?很快,陈仆天的疑问就得到了解答,原来一切真的和杨家当年发生的事有着莫大的联系。

对方故意停顿了一会儿,知道陈仆天和监控器背后的刑警们都悬着一颗心,急切地想知道原委,他就摸了摸右手食指,搓了搓缠在上面的已经发黑的创可贴,得意地笑了笑,然后终于开口交代起来:"我叫杨柯,这一切都是我干的!"

---

[1] 古希腊神话中的复仇女神,生活在冥界,只有在需要惩罚人间的罪恶时才会来到地上。通常被描述为头上都是毒蛇、背上有双翼、样貌丑陋的老妪形象。厄里倪厄斯不会轻易放弃惩罚,会一直追杀有罪恶的人,不会停歇,直到得手或者有罪之人能够赎罪。

没错，眼前的人确实叫杨柯，千真万确，他没有疯，也没有精神疾病，更不是臆想……

03 克莱因瓶

根据杨柯的讲述，原来在青山医院成立之前，杨森曾与一个叫柳纯美的人有过一段短暂的婚姻，刘纯美并不是他第一任妻子。这两人的名字很像，因为她们是表姐妹关系，柳纯美是表姐，刘纯美是表妹。柳纯美是和亲人一起从山东海阳来广西插队的知青，后来很多人都离开了，柳家人包括柳纯美留了下来，因为她认识了杨森，陷入热恋的他们很快结了婚，还有了一个孩子。

天公不作美，这段婚姻只维持了不到两年，柳纯美在20世纪80年代广西麻风病大暴发末期不幸被感染，孩子还没长大就撒手人寰。一转眼与挚爱阴阳两隔，杨森陷入了巨大的悲伤，这时表妹刘纯美想要安慰杨森，一来二去，他们就走到了一起。

这让柳家人恨死了刘纯美，他们认定刘纯美不检点，表姐尸骨未寒就勾引表姐夫，柳家和刘家随之闹僵，老死不相往来。之后，杨森带着刘纯美去了外地寻找机会，心比天高的他也从不打算留在大山里。他们一走，刘家人不是迁去了外省，就是老死异乡，几乎没有谁再与刘纯美有过交集——他们当时插队的地方就在广西的罗城仫佬族自治县桥头镇的精神康复中心附近。

不过，柳家人没有让杨森带走柳纯美的孩子。柳家人坚持要孩子，还危言耸听地说，如果孩子被带走，一定会被后妈活活打死。于是，这个孩子最终被留在了广西山区里。之后的故事就如陈仆天了解的那样，杨森和刘纯美辗转到了南宁，有了杨妍和杨柯。

后来，柳纯美的孩子出现了严重的精神障碍，可柳家人不像杨森那样有能力过上好日子，他们越过越惨，穷到揭不开锅，哪有钱去给孩子好好看病呢？所以，他们一面将孩子丢在精神康复中心不管不问，一面托人打听杨家人的消息。联系到杨森之后，柳家人告诉杨森，只要给他们三万块钱，他就可以领回孩子。

这让杨森犯了难，三万巨款要上哪儿找呢？无奈之下，他只好偷偷带走了医院的一笔钱和一些从古墓里面挖出来的古董，什么都没告诉妻子就出发了。杨森本来很谨慎，不知为何，他带了三万人民币加上古墓金甲和绿宝石的事却走漏了风声。他终究是被人盯上了，很快就失踪了。

真相是，杨森是在去罗城精神康复中心找孩子时，被那里的病人用克莱因瓶[1]模型杀死的。

克莱因瓶模型作为一种视觉艺术品和数学概念的象征，还被应用于心理治疗中，精神病（如焦虑症、精神分裂症、妄想症等）患者可以通过观赏和感受克莱因瓶的变化和复杂性，以达到放松情绪、减轻焦虑和压力、改善心理健康状况的效果。

但这种新鲜玩意儿大山里头怎么会有呢？这实际上是华南超常儿童研究中心留下来的东西，当初给一些数学神童玩的，杨森觉得可以帮助孩子治疗精神障碍，就顺手拿来当礼物送给了精神康复中心的孩子。谁知道这个克莱因瓶却被一个发狂的病人夺走，然后这个病人偷袭了

---

[1] 克莱因瓶实际上是指"克莱因平面"（Kleinsche Fläche），被误译为了"克莱因瓶"。它是由德国数学家提出的，是一种无定向性的平面，无内外之分。在三维空间中，克莱因瓶的结构可表述为：一个瓶子底部有一个洞，延长瓶子的颈部，并且扭曲地进入瓶子内部，然后和底部的洞相连接。但克莱因瓶是一种四维空间的产物，瓶颈和瓶子是从四维空间相交的，因此，在三维空间是无法真正制造出来的。现实中看到的克莱因瓶模型，并非真正的克莱因瓶。

杨森。瓶子在打斗中碎裂，杨森被病人用玻璃碎片割了喉，当场死亡。

克莱因瓶是用玻璃做的，怎么会被带入精神康复中心呢？那是很多年前的事了，那时的规定还没有那么严格……

咚咚咚！有人敲了门，我心想，是谁来了？廖副应该不会打断他们的交谈才对，陈仆天虽然并没有说什么，但很懂得用沉默来诱导对方越说越多。陈仆天本来不想起身，可敲门的人不肯放弃，他只好起来去开门。

"干什么，廖……杨柯？"陈仆天以为是廖副，结果开门一看就愣住了。

04 曼德拉效应

"你爸找你，打不通你的电话就打了我们办公室的电话。"杨柯瞄了一眼审讯室，会意地小声说，"我就知道。你关机了？"

"是啊。"陈仆天不想中断这难得的机会，可又担心家里，因为他爸很少会这么急着找他，"我爸找我干什么？"

"他说你妈……有精神问题，想让你回家看看。"杨柯尽量措辞婉转。

"什么问题？"陈仆天担心起来。

"都进来吧，先听我把话说完也不迟。"杨柯被铐着，没办法招手，但还是努努头，示意他们都坐进来。

"听他说完吧。"陈仆天权衡轻重后，决定继续听下去，毕竟他妈整天神经兮兮的，他已经习惯了。

杨柯耸耸肩，看里面的人都答应了，便进去拖了一把椅子，也坐了下来。陈仆天不想对话被打断，关上门后就说："季副高，你继续吧。"

没错，这个杨柯现在叫季守信，也就是一科的副主任。这两个杨柯并不是双胞胎，杨柯的身份也不是季守信的臆想，他确实是最初的杨柯，是原装中的原版。

这又是怎么回事呢？当初，杨森和柳纯美生下了一个儿子，并给他取名杨柯。杨柯和杨妍的名字连在一起谐音"科研"，那么杨柯本就应该是先于杨妍出生的。刘纯美知道杨柯这个人，可后来和表姐一家闹翻了，也就没有继续打听这个孩子的去向，她只是偏执地觉得杨森一直念着第一个孩子，后来不顾杨森的反对给小儿子取名杨科，谐音杨柯。奈何命运弄人，在登记户口时，"杨科"被户籍人员错写成了"杨柯"，这才有了两个杨柯。

真正的杨柯从小失去母亲，又生生地被从父亲身边带走。柳家人只当他是一个充数的干活儿苦力，没有给过他真正的关爱，在他被精神障碍折磨、多次进出桥头精神康复中心时，也从未想过积极为他治疗，还时常当着他的面数落杨森的不是。住院时，杨柯还遭受康复中心的人的讥讽，说他是个没人要的孩子。巧合的是，当时康复中心有病人转去南宁治疗，杨柯无意间听到中心的人说，青山医院有一位非常厉害的医生叫杨森。于是，他想法打听到了青山医院的地址，偷了点钱，一个人辗转来到了南宁。

杨柯找到医院那天，却从医院的人口中得知，杨森一家人跟亲友去了天雹水库聚会。他又接着赶去天雹水库。凭着幼时模糊的印象，他认出了人群中的父亲杨森，也第一次见到了他同父异母的妹妹和弟弟。他压下心中的怒火，一直暗中远远地跟着他们一行人，直到杨妍溺水而亡，他才下水拖出尸体，埋在了附近。

杨妍确实是在天雹水库溺亡的。当时，孩子们去找大人来救她时，她靠着最后一点力气游到了水库边，可惜最终还是因为体力不支，溺死在了浅水滩。那群跟杨妍一起嬉水的孩子并不知道她差点自救成功，更不知道杨柯偷偷地将杨妍的尸体拖上岸，埋在了附近灌木丛中的一棵野荔枝树下。这就是人们放干了水库，依旧找不到杨妍尸体的原因。

那天的事对杨柯触动很深，他深信杨家人就是会抛下亲人不顾。从此，他心中就种下了仇恨的种子。有时他会混淆自己跟那对姐弟，就像他说的厄里倪厄斯，这复仇女神可不是单打独斗，她们是三姐妹，有三个人。

后来，杨柯回到了罗城的精神康复中心，关于他的这段经历，他只字未对旁人提起过。再后来，柳家人勒索杨森，却因为杨森的失踪一分钱没拿到，一气之下更是不过问杨柯的事情了。也许是报应不爽，在杨森失踪没多久的某一天，柳家人乘巴士去赶集时不幸遭遇车祸，全部死去。杨柯成了孤儿，康复中心知道收不到钱了，就在杨柯病情好转之后，想方设法找了一户姓季的人家来收养他。没人愿意让别人知道自己的亲人得过精神病，哪怕是收养的也不例外，为了抹掉过去的痕迹，季家人不仅给杨柯改名为季守信，还报大了年龄，改了出生日期，彻底切断了他与杨家的联系。别看季守信像陈仆天和杨柯的长辈，他们的年龄差并不大。

"你恨我们一家人，可为什么要杀张七七？"杨柯打断了季守信。杨柯手里拿的刀，是他从季守信手里夺过来的。

季守信想推一下鼻梁上的眼镜，可手被铐着，他面色苍白，强撑着要掉下来的眼镜说："要怪就怪她太傻，舍不得你死。"

"别绕弯子了，告诉我们事情的原委吧。你逃不掉的。"杨柯罕见地着急。

"也罢，我就让你们死个明白。"季守信往后一靠，露出邪恶的微笑，"事情是这样的——"

"我对杨家人的恨是一点点累积起来的。当我终于靠自己的努力当

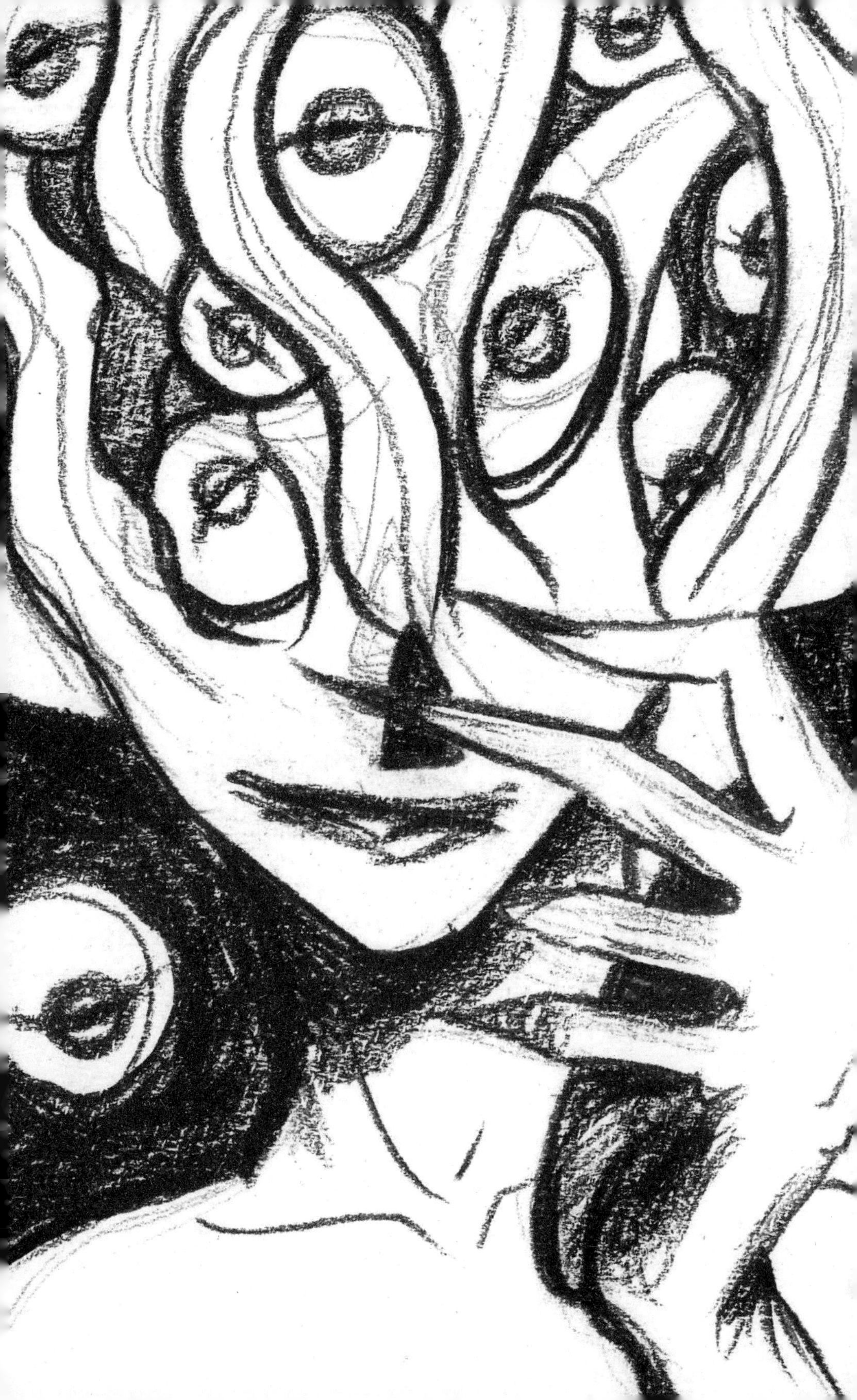

上精神科医师,来到青山医院后,杨柯没多久也来了,靠着一副臭皮囊,居然深受大家喜爱,而我永远是陪衬,甚至是千年老二,一直被何胖子压着。

"我明明认真搞科研,看诊也非常认真,张青山那老家伙就是不给我一点好脸色看,小乔死的时候,还让我来背黑锅,你说气不气?对了,小乔的死确实是个意外,与旁人都没有关系,是她自己找死。

"我可以有更好的发展,可我不想离开青山医院,因为杨柯的一切本应该都是我的,我也想知道杨森以前在医院的点点滴滴,那是一种又爱又恨的矛盾心理。谁知道,这家医院真是不简单,很快我就知道这里面藏着许多秘密。

"第一个秘密就是鳄鱼。相信你们也知道,多年前住院楼的地下二层被封住,有人说是风水先生说那里阴气重才封掉的,那都是对外的说辞,真正的原因则是怕医院的投资人撤资,因为那时医院营业都已箭在弦上,却有人发现楼下的地基出现一个直径一米的大洞,冒着黄泥水,连接着一条民国时期废弃的水管道,里面竟然有一窝鳄鱼。张青山这黑心的老家伙就干脆封掉地下二层,谁知道那些鳄鱼繁衍了多年,还有崽子留下,苏文看到的就是那些鳄鱼。因为伤了脑袋,他得了前交通动脉综合征,这才会老是唠叨鳄鱼,虚构记不起来的细节,比如裂开的月球。至于为什么关音和张七七也都提到了裂开的月球,则是因为她们本身就有精神障碍,我是医师,自然可以更改她们的现实记忆,误导她们。你们也知道曼德拉效应吧,指的就是集体记忆不符合史实,那其实就是记忆错误的一种体现,很容易操控。你问我为什么要那么做? 当然是为了故弄玄虚、声东击西,让你们被蹊跷的东西搞得晕头转向,才不会去注意别的细节。陈仆天,你还记得吗?你在市一院住院时,何富有给你的那些明尼苏达多项人格测试,杨柯并没有做完,也没有交,是我帮他做完的。我就喜欢让你的脑子空转。很多事情都是这样，并没有太深奥的原因，包括我还没解释的，如果有遗漏的话。

"第二个秘密就是张七七。实际上，张七七也患有虚构症或者前交通动脉综合征，我没对她做过CT检查，但也八九不离十了。张七七的病比较特别，时轻时重，可能是在救治病人时，被病人袭击，伤到了脑袋吧。别问我为什么张七七在失踪前有几年是正常的，你们知道，有精神障碍的人不是每天24小时，每周七天都出现症状。拿阿尔茨海默病患者来说，他们白天记得自己的名字，到晚上就忘了自己是谁了。这是因为经过一天的运作，晚上人体内的血糖水平下降，大脑的供能跟不上，影响到了大脑的机能。张七七的毛病我是后来才注意到的。你们还记不记得她留下了一本日记，有几页还被撕掉了，其中记录了一些病例，那些病例却不在青山医院的档案中？这几页日记是被我撕掉的，那是因为张七七后来开始分析自己的病症，写了几种猜测，当中就包括虚构症。张七七之所以能骗过测谎仪，是因为虚构症让她相信自己说的都是真的，虚构的事情填补了她的记忆空白。

"别急，别急，我后面再告诉你俩为什么张七七会死两次。就好像杨妍那样，有人说她在杨柯出生前就死了，杨柯又记得杨妍死在了他面前。利用流言来操控记忆，这种感觉太舒爽了，仿佛我就是神，我就是上帝。医院里许多不合理的事，看似前后不一的事实，都是我在背后操控。我喜欢这种操控感。

"在张七七的病还没有很严重时，她的确是一位好医生，还给牛大贵研究病因，知道了他的狂躁症是狼疮脑病造成的。不过收治的医师就是她本人，不是X。她的日记记得混乱不堪，真假参半，要不然我也不会这么确定她有虚构症。

"第三个秘密就是X……别急，我知道张七七的秘密还没说完呢，但两者有联系，先听我把话说完，毕竟张七七也是第二代X的一员。X

代表的是四支笔，就是一个四人团体，不过第一代 X 只是一个游戏，通过写小说的形式来治疗一些妄想症病人。比如，他们有一些天马行空的想法，张青山、杨森、何富有，还有一个病人，这个病人就是所谓的 X，他是变化的，可以是任何一名病人，男女老少皆可。

"这个游戏在杨森失踪后就没有继续了，直到爱打听的小乔来青山医院实习，她从喝醉酒的何富有那里听说了这个游戏，于是找了张七七、武雄，还有何玫一起来写小说。小乔野心很大，最后小说出版了，也就是大悲手写的《斩龙》。没错，《斩龙》就是他们四个人写的，不过灵感是何玫给的。张七七本想拿这本书去讨好杨柯，给他一个惊喜。她知道杨柯喜欢看太平川写的小说，结果杨柯不知道《斩龙》这本书的作者之一有张七七，给了很难听的评价。这激怒了张七七，她就去挖太平川的老底。

"起初，张七七以为太平川是阳可，还以为遇到了情敌，所以就通过社交媒体勾搭她，当两人成了朋友后，她才得知太平川是陈仆天。张七七吃醋、嫉妒得红了眼，为了占有杨柯使出了浑身解数，还不惜使用手段怀了孕……

"不过，张七七也没那么坏，对病人还是很用心的，救了牛大贵，医好了何玫，只不过虚构症和妒忌心让她逐渐疯狂。牛大贵的事真假参半，但何玫的事就不一样了，在诊治她的时候，张七七确实很用心，这就牵涉第四个秘密了，也就是何玫……其实就是张小蝶。

"陈仆天，你妈整天嚷嚷，你以为我没听到吗？她说医院有个女鬼，姓张，她可没有说错。何玫已经死了，那具在地下二层被发现的尸骸就是她的！"

05 瞒天过海

早在季守信讲完小时候的遭遇时，陈仆天就猜到了，尸体就是张小蝶的，他们两个人的情况差不多。这时候他不得不佩服他妈，她居然蒙对了，真有一个姓张的女人死在了医院，早在张七七死在他怀里之前。

"听我说完。"季守信瞧出陈仆天在分神，咳嗽了几声，"我只说这一次。"

"继续吧。"杨柯催促道。

"还有你们更想不到的呢，总之——"

"何玫喜欢写小说，成了 X 的一员，张七七与何玫渐渐亲近，由于移情作用，两人成了好姐妹。张七七想要何玫出院，因为没有亲情支持的话，狂躁症只会越治越差。张七七尝试过联系何玫的亲人，奈何张大悲已经另娶他人，有了新家庭，何玫只是一个多余的人。张七七不能光明正大地带人出院，于是趁迎新晚会那天悄悄带人离开了青山医院，先去了杨柯家。

"你们肯定很诧异，何玫是一个狂躁症患者啊，张七七怎么能随便带一个精神病人出院呢？张七七千算万算，没有算到何玫会在那个时候发病，在她的卧室里，何玫拿起一把剪刀袭击了她，血都溅到了天花板上。

"你们还记不记得杨柯那晚是要求婚的？张七七早就注意到了，为了引走杨柯，她先用医院的座机打了一通电话，约他到市一院见面，让他白等了三个小时。这三小时足够她做许多事了，包括清理现场，以及将好不容易被制伏的何玫乔装打扮，包裹得严严实实的，带回青山医院的住院楼下。

"张七七那时才意识到，何玫不能随便出院，不然以后有人被无辜伤到了，谁负责呢？可在决定偷偷带人出院之前，张七七找过何富有，想让他允许她带人出院，他当然拒绝了。这也是为什么岳听诗会看到何富有和张七七偷偷下过楼，短暂地离开过迎新晚会的现场。何富有重视名利，明哲保身的他才不会冒险干危及他的事。张七七不敢再找他，后来就找到了我。但说起岳听诗，她倒是有点机灵，她应该也知道杨妍的事，以前张七七和她算要好，肯定和她胡言乱语过，毕竟连误以为杨柯出轨阳可的事都和她提过。张七七被我藏起来后，岳听诗有一次居然偷偷来问我，向我旁敲侧击问知不知道杨妍的事，她还以为这里面有什么复杂的故事，其实简单得很。

"张七七来找我时，已经是晚会结束的时候了，因此没几个人看到我俩。我答应帮张七七把何玫带回病房，谁知道就在张七七上楼去查看人走没走光时，何玫又发病了，还摸出了一把水果刀，也许是从杨柯家偷出来的。

"我一个人在地下二层，没人帮我，情急之下，我和她扭打起来，这也是我的皮屑会跑到她指甲缝的原因。还好，廖副找我去问话时，我忽悠他说，精神病人和医师有肢体摩擦是很正常的。

"我夺过刀后，何玫却自己奔过来，撞到了我手上的刀。等张七七下来时，我慌了，随口就说杨柯来过，是他杀了何玫，他还要杀了张七七，以此故意加重恐慌，扰乱她的心智。要控制一个人，你就要吓唬对方到魂不守舍。至于我身上的血，很好解释，一说我是想救何玫，张七七就被轻易地骗了过去。因为有精神障碍的人最怕紧张的环境，他们很容易受到刺激，然后就不能正常思考了，你形容得越神秘，他们越容易钻进你的套子里。

"为了稳住她，我先劝她在地下二层躲几天，还劝她帮忙把尸体藏在墙壁后，要打破墙壁再封起来，材料嘛，我可以暗中弄来。反正我就告诉她，一是这样做可以帮杨柯藏匿尸体，免得他惹祸上身；二是何玫是她放出来的，如今何玫死了，她要怎么和医院、家属交代呢？

"精神科医师最擅长什么？那就是操纵人的意识，尤其是有精神障碍的人的意识。张七七自以为聪明，在那种环境的刺激下，她的病愈发严重，很快就成了我的傀儡。恰好，卢苏苏的老公欠债，为了躲债，卢苏苏曾经异想天开，对着张七七说了一句话：不如诈死算了，被天天讨债，好痛苦，死了就不会有人来烦我了。

"我早就算出张七七会感情用事放出何玫，何玫改名一事足以证明，她老子不想要她了，她妈何巧手早就死了，更不会有办法管她。最后何玫去了哪儿、出院没出院，根本没人在乎，就算是她的远亲张青山也是不想管的，不然医院不就得一直垫钱吗？开医院又不是做慈善。不用我去操纵，她老子张大悲早就编了借口，说何玫去广东打工了，这种事说多了，邻居街坊的记忆就会变成事实，他们会以为那都是真的，每一个人都可以来当证人，这几乎就是漫画里红女巫更改现实的能力。

"何玫的死无须担忧，很容易掩盖，可张七七失踪，那就麻烦了。为此，我就暗示她，要诈死。是的，她和卢苏苏曾经交谈过，她知道卢苏苏背债的事。我就循循善诱，让她用手机假说自己被骗去了北海传销组织，实际上她一直躲在青山医院。地下一层和二层有的是地方藏身，他们找人时几乎没下来过，要玩躲猫猫易如反掌，什么监控器的也很容易躲开，再说了，那画面分辨率看起来和打了马赛克没什么两样。

"我知道，卢苏苏死前忽然想到了诈死的话，想到张七七可能是假死，死的人另有其人。但天助我也，陈仆天失血过多，忘记了他的老相好说了什么。

"你问我，为什么周军法医的检验又确定死的人是张七七？早在何玫意外死亡前，张七七就被我怂恿去做一个测试，当然不是我直接怂恿的，我先是操控了何玫的意识，借她之口给了张七七一个灵感。

"之前有本名叫《千舌舞》的书，当中有一个女人贩子就是诈死，为了骗过法医，她故意留下了一组真正死者的 DNA 样本，警方勘验后就误以为死的是她本人。

"以这本书为引子，我就借何玫和张七七讨论新书的点子时，暗中怂恿何玫出了一个主意：书中的人可以偷别人带有毛囊的头发放在自己房间、父母家里，甚至是主治医师的值班室，还可以找几把别人的牙刷也放到自己家里，再假借去看牙医，找机会留一个假的牙科记录。南宁街上有很多牙科诊所，很多都只有牙科医生一个人，他们也不会看你的证件，你说你叫王祖贤都行。我以前也去看过这种牙医诊所，大部分都不注重隐私的。

"也就是说，DNA 的样本是何玫的，牙科记录也是何玫的，因为有一次何玫说牙疼，掉了一颗牙，要去看牙医，张七七就借故带人出去过一次。这种小事没多少人会记得，但就是那一次，她们谎称，何玫叫张七七，要不然怎么会那么巧有 DNA 和牙科记录这么完整的生物证据来匹配张七七的身份呢？那都是安排好的——这也就是张七七死两次的原因。

"最大的问题是，张七七精神确实不稳定，躲藏太久后，她陷入了一种半疯癫的状态，渐渐地活在了一本书里，一本她和何玫构思的侦探小说里，更分不清楚虚构与现实世界的差别了。

"有一晚，张七七找到了武雄，武雄本来要去找廖副说人找到了，可他被张七七劝阻了下来。张七七没说是我藏起了她，为了不被牵连，我后来每次去见她都乔装打扮，戴一顶女性的假发，她就以为我是死去的何玫。

"我每次去见张七七都会说，杀死我的是杨柯，但他是被 X 威胁的，现在又有第三代 X 出现了，你必须找到这个人。于是，张七七煞有介事地联系上了武雄，说服武雄配合她调查。而实际上，根本没有第三代 X，为了让武雄买账，我就用 X 的口吻给他发了几条短信。

"第一条是威胁他，如果敢和陈仆天这小子合租，我就捅破他和小乔的事，让他吃不了兜着走。

"陈仆天，你以为自己是运气不好，没人和你合租吗？不是的，你和杨柯住在一起都是我安排的，就连你来青山医院也是我出的力。你以为打电话给吴老教授的人是谁？当然是我冒充杨柯打的，所以吴老教授才一直以为杨柯和他算是认识。

"后面我也威胁武雄干了一些事，比如戴女生假发到处走动，还有一些无伤大雅的小事，为的就是让他相信张七七，这就是操控和更改现实的能力。只有让张七七和武雄忙起来，我才能安全地躲在幕后运筹帷幄。

"你又问我为什么要那么做？张七七容易控制，可也容易冲动，我要把陈仆天弄来，再去刺激张七七，好断掉她重新联系杨柯的念头。再说了，以杨柯的聪明才智，他一定会猜到何玫的死与我有关，我也得让他忙起来，是吧？

"我也不是生来就是恶魔，看到我弟弟形影孤单，又知道了太平川就是陈仆天，我就想不如送他一个伴好了，一是可以阻止张七七回去，二是我也可以不用那么愧疚，毕竟我弟弟的求婚是被我打断的。

"你们以为我是菩萨心肠、有求必应吗？是吧，我也有善良的一面，我也会愧疚，这也是为什么陈仆天你每次来找我，我还是会帮你，并没有一味地害你。我也想过不如放下仇恨，可我为小乔的事背负责任，你却变得大红大紫，日子越过越好，这让我心里很不是滋味儿，凭什么我总是那么辛苦？

"还有何富有，这何胖子根本不配当主任，你知道是谁给他下的毒吗？是我！我要让他死！对付何胖子，那顺利得很，不只有梁凉凉意外撞死了他这件事做掩护，就连他死后，他家人为了争家产，马上将他的尸体火化了，根本没人做毒检。要不然我早就有麻烦了。

"不过我下毒期间，这何胖子也不傻，因为自己日渐肥胖的身体、稀疏的头发，他最后怀疑办公室的水里有毒。我怕被怀疑就唆使他先自己暗中调查，我再用 X 的名义骗你们去偷所谓张七七留下来的信，你们去偷信时的画面，被何胖子录了下来。

"何胖子以为是陈仆天下的毒，实际上他进办公室是为了找那封信。这个伎俩不算天衣无缝，我也怕被抓，只好一直骗他，说是什么 X 在使坏，先暗中调查。后来梁凉凉意外帮了我大忙，我真应该奖励她，她帮我杀了武雄和何胖子，应该借她的手再多杀几个人。"

"咳咳咳！对了，你是怎么知道我有问题的？"终于，面无血色的季守信咳得有气无力，停住了炫耀后，他有点难以置信地问陈仆天，因为他觉得自己应该没有露出马脚才对。

陈仆天指了指季守信的右手食指，说："那就是我怀疑你的开始。"

06 衔尾蛇

手指？我这才注意到，季守信的手指上包的创可贴已经发黑了，那伤口好像一直没好，不记得他包了多久了。记得，他好像说是被病人弄伤的。这借口倒很常见，精神科医师真的很容易会因病人袭击而受伤，你看，杨森连命都丢了。

我还在纳闷儿，只听陈仆天缓缓地说："你还记得我和杨柯被派去芒山镇这件事吗？那边的一个老人送了我们一只龟。"

杨柯侧目瞧了一眼陈仆天，有些好奇他为什么忽然提到那只龟仙人？它不是被连"龟"带缸偷走了吗？虽然他们一直搞不明白，为什么有人会专门到杨柯家偷那只龟。

却听陈仆天继续说："我曾经被它咬伤过手指，虽然用了碘伏消毒，但是我的手指还是反反复复发炎。最终我的手指是好了，但出于谨慎，我后来专门了解了一些关于乌龟饲养的知识，免得再被咬。你知道吗？乌龟是沙门氏菌的天然宿主，大部分人感染了沙门氏菌会腹泻、发烧、恶心，一般一周就会康复，但是……有的人会发展为菌血症、败血症、脑膜炎等。那只乌龟被偷之前，玻璃缸应该早就有沙门氏菌了，并不干净。如果我猜得没错，应该是你和武雄戴了女人的假发，偷偷闯入杨柯家里不知要干些什么，但你一时觉得乌龟好玩，去逗它，结果乌龟咬住你的手指不肯松开，疼痛紧张之下，你顾不得多想，抱着缸子一起逃跑了。别否认，这都被杨柯家的监控拍下来了，尽管画面很黑，看不清来人的五官。"

季守信没有出声。陈仆天清楚自己的推断没错，便又说："那只乌龟是不是被你们砍下脑袋了？它算是来报恩，也是来报仇的。你城府那么深，居然没担心感染沙门氏菌，患上菌血症吗？那创可贴下面的伤口就是被乌龟咬的吧？被乌龟咬出菌血症、败血症这种事情的概率很低，但老天开眼，一直在给我提示。"

陈仆天又乘胜追击："我本来是不愿意相信偷乌龟的人是你，可你一早就丢了我送你的《精神探》。最初，我以为主任办公室外面那个垃圾桶里的书是周品丢的，也就没有计较，后来陈怡带我去参加活动，周品故意硌硬我，亮出了他的那本《精神探》，当着我的面丢掉，那么最初丢书的人应该不是他。我记得，你也跟我要了一本书，可主任办公室的书架上并没有这本书，而陈怡的书还在，那丢书的人很有可能是你。当然，你也可以解释自己把书带回家了，可那本书就丢在你的办公室外面，这未免也太巧了。从意识到书可能是你丢的，我就知道你是双面人，尽管你是最不可能的人选，但排除一切不可能，最终的答案一定就是你了。你肯定是恨我恨到入骨了吧，虽然我不知道为什么。"

"因为凭什么！凭什么你一个毛头小子一来就平步青云！写了几本破书就能嚣张了？陈怡器重你，大家也都阿谀奉承、高高地捧着你！为什么我永远是老二！你知不知道，你有今天都是我的功劳！是我带你认识杨柯的！是我带你来青山医院的，一切都是因为我！"季守信第一次失态，额头青筋突起，暴怒到脸都发红了，还一直捶打桌子，大喊，"我恨你们！我恨你们所有人！你们都应该死！"

"那你为什么杀张七七？"杨柯打断季守信，质问，"她和你无冤无仇。"

季守信继续捶打了桌子一会儿，笑了笑就说："我真想要她的命，她第一天就会死，我算大慈大悲了，又让你们见了面。我本来无意取她性命，可她爱你爱得太深了，居然一直唠叨，不能让你死……好了，好了，成者为王，败者为寇，我就一五一十告诉你们吧。"

"那晚，依然是声东击西，我故意以 X 的名义引诱你们去活动现场找张七七——声东击西用太多了，被陈仆天看穿，也是我的疏忽——但我就是计划骗你们离开，我好找到张七七。是的，这些年来，我一直安排张七七藏身医院，有时在地下一层、地下二层，有时干脆住在一个空置的病房里，有时让她躲在图书馆。可张七七脑子有毛病，时不时会在图书馆用雨伞或笔，在各个地方写 X 的标记。为了让她镇静一点，我有时会给她吃药，让她乖乖地待着，尤其在我去外地的时候。

"为了让张七七安心躲着，我就一会儿骗她说杨柯是好人，一会儿说杨柯是坏人，一会儿是陈仆天胁迫了他，一会儿是他被外星人控制了。说得越离奇，她越相信，精神病人就这特征，很容易被控制。她根本不在乎逻辑通不通、是不是事实，只相信自己愿意相信的东西。

"我恨杨柯，恨陈仆天，所以我豁出去了，我要你们死。怎么死？

我看过一本法医纪实故事《鎏金菩萨像》，里面有一个凶手把一颗有放射性的石头嵌在一座观音像，然后送给了他的仇人，并怂恿崇佛的仇人每天跪拜，结果那个仇人就得癌症死了。

"你们知道吗？那颗绿宝石，也就是梵天法宝有很强的放射性，它原本在我手上，是我后来回桥头镇的精神康复中心找到的。我不止找了这一颗，还去外地专门找了几颗放射性很强的石头藏在了杨柯家里。

"陈仆天，你不是从录像里看到我和武雄去了杨柯家吗？我们去你房间干什么呢？当然是要藏石头了，我要你慢慢得癌症死掉。哈哈。震惊吗？不只你，还有杨柯，你也要死。

"怎么？还不相信？问我怎么进去的？拜托，我们都是一个医院的医师，要找准空当，去偷配你家钥匙并不难。只要我故意刺激科内的病人发病，再让宋强去叫你们过去稳住病人，那我不就有的是时间了。你以为你们后来换了锁就能防住我了？不管换多少次锁，我都有办法去偷配钥匙，甚至用你们的手机接收验证码。

"你们还没发现吗？宋强经常来叫你们去住院楼应付忽然发疯的病人，那都是我的安排。还有，陈仆天，那晚要掐你脖子的人就是我，你前女友看到了，没和你说吧？我要拿你们的东西还不是易如反掌的事。

"别一脸惊讶，还有更震惊的事呢。记不记得有一天晚上，你们那栋楼忽然停电了，陈仆天开门一看，有个长发女人站在外面？你们一直不知道，为什么会有人那么做吧？

"这么说吧。我后来确实很少潜入你们家，因为我知道杨柯装了监控器，可我依靠张七七对他的了解，还是猜中了监控器的密码，所以我也能看到你们家里的画面，不然我怎么知道何富有在你家干了什么，为什么又能跟着去了青龙山墓园呢？当初武雄、张七七和我都去了墓园，打晕你的人是张七七，不是我。

"别急,这就是为什么我之前说,我用你们的手机接收验证码了,我猜中密码后,还是需要杨柯手机的验证码的。等控制了摄像头后,每次偷偷进你们家,过后我会删掉那段时间的视频,所以有些时段监控是缺失的。

"可坏就坏在这东西有时会忽然断网,你们也不去重置,有一段时间它断网很久了,我只好去拉了电闸,想要让你们家的网络重启试试看。

"我也是调皮,心想来都来了,干脆吓唬吓唬你们。我戴上假发扮成一个长发女人,故意让陈仆天看到,而且我一跑开就摘掉了假发,很容易就脱身了。那些假发都是我买给张七七的,方便她乔装打扮在医院行动,稍微改变一下妆容,很多人都认不出她。我有好几顶呢,武雄不是也戴了一顶,死的时候还戴着……好了,扯远了。

"张七七患了虚构症,脑部还受过损伤,她的记忆一直是混乱的,甚至是被引导和篡改了的。所以,她一会儿以为杨柯死了,一会儿又担心杨柯要杀她。我就利用这一点,把什么月球破裂的念头塞入她脑子里,让她更加晕头转向,为的就是好控制她。可坏就坏在她一直记得对杨柯的爱,并没有那么容易被控制。哪怕我反反复复告诉她,杀何玫的人是杨柯,他甚至连她也要杀了。我们一起去放宝石,弄死杨柯和陈仆天,张七七起初是同意的,后来又反悔了,想去把宝石找回来。

"再精明的人也有疏忽,我也不可能一直盯着张七七,她趁我不注意居然跑回了杨柯家,还被你们撞见了。幸亏这女人疯疯癫癫的,没把我抖出来,她也许是做贼心虚,也没说出宝石的事。

"可我不能让张七七这样继续下去了,贸然见到你们,已经很危险了。我知道你们暗中在找张七七,迟早会惊动警方,到时候就麻烦了。没办法,我故技重施,把你们引开,想对她来硬的,反正她在你们的现实世界里早就死了,可没想到你们都赶了回来……是我命苦,运气也不好吧。"

"命运是一个定数和一个变数。命是定数，运是变数，运可以改，可以靠自己修。你的命是很苦，可运没有修好，要怪你自己。"陈仆天语气变得像他妈那样。

"对了，你妈……"杨柯提醒他。

这时，画面一转，我看到陈仆天离开了审讯室，杨柯和他一起出来时，廖副走上前来道歉，说早应该查到是季守信干的，当初都从那具尸体的指甲缝里采集到了他的皮屑，可被他忽悠了过去。还有，杨柯曾被停职，原因就是廖副查了自杀法医留下的一些线索，发现他在一本笔记里提到，皮屑的DNA好像和杨柯的有重合。

"都是命。"

我正想感叹，画面一转，我又回到了陈仆天的老家，他已经给他妈看过病了。我正纳闷儿，这是什么病，画面又一转，他们回到了青山医院，他妈满意地出院了。巧的是，陈阿姨离开医院时透露，在幻觉中一直看到一个叫杨妍的女人在藏有符咒的石头，那些石头可以害人，她一直想看杨妍把石头藏在了杨柯家的什么地方。

听陈仆天解释，他妈妈所谓的"灵魂出窍"，只是因为咖啡喝多了。以前英国达勒姆大学研究发现，过量摄取咖啡因会增加幻听和幻视的风险。人在摄取咖啡因后，身体会释放出较多压力荷尔蒙皮质醇，过多皮质醇可能会导致幻觉。

至于她为什么会说陈仆天有危险，如果让我来解读，我会认为她是爱子心切，总是担心陈仆天才会遭此一病。是啊，爱恨情仇都是执念太深，青山医院里发生的这些事不都是如此吗？很多时候要自己看得开。

我眼前的画面又迅速翻转了一会儿后，陈仆天和陈怡一起离开青山医院的日子就到了，他们就要启程去爱尔兰了。不过，杨柯没有去送陈仆天，那天他们去南宁吴圩的新机场时，除了杨柯，其他亲朋好友都到了。陈仆天本来想打一通电话给杨柯，可迟疑片刻后就作罢了。

可是，陈仆天并不知道，那天，杨柯是要去送他的，只不过他在开着黑色奥迪出小区时被一辆白色汽车撞了，他当场昏迷，而撞他的人就是曹工头。

曹工头的病并没有真正痊愈，他出院时又模仿了小白，也就是那只被他杀掉的狗。他一直觉得自己是小狗，怕陈仆天和杨柯会看出来，所以一直有杀掉他们的念头。

怪不得送曹工头出院时，陈仆天会有一种毛骨悚然的感觉——"那天，送走了曹工头，我在大厅浮想联翩，净是些恐怖的画面"。他的预感没有错，只是最终倒霉的人是杨柯罢了……

"醒醒，醒醒。"

我正想当年的事，罗仙姑忽然就出现在眼前，然后我又梦到了陈仆天、阿丽等人，梦里陈仆天一直在我身边，他以为是他自己在做梦，又好奇为什么不能行动自如，一直被困在我身边，其实那是我的梦，是我梦到他一直在我身边。

"醒醒！小兄弟，别睡了。十年都过去了。"

恍惚间，罗仙姑一直在摇晃我，渐渐地，她在金色的光芒中淡去，眼前出现了一个男人的脸庞——陈仆天。别怪我，我也觉得故事讲得很跳跃，可我没有办法，"灵魂出窍"后就是这种感觉。

在我还没清醒的时候，我又看到了两幅画面。一个是陈仆天的妈妈在对陈仆天说："你知道吗？古时候有人做梦，会梦到前世或者一些稀奇古怪、不能解释的梦，比如南柯一梦。这些在我们紫微斗数里，并不是单纯的梦，是有奥秘的。你是紫微斗数十四星中，天梁星在陷宫守命，这表示……唉，算了，这些真的不能说，说了会对你不利。以后有机会，我再慢慢告诉你为什么。"

接着，另一幅画面浮出水面，像我的意识在水面上漂着那样。我看到陈仆天的妈妈一个人在家里打坐，喃喃自语："在紫微斗数十四星中，天梁星在陷宫守命，表示第六感极其强烈，对于即将要发生的事，感知力异于常人。小天，你梦到了别人的梦，那是杨柯的梦，你一直有强烈的预感是有原因的。我不能告诉你，不然你会贸然去改变这一切，那么死的就会是你，你会去替杨柯挡灾。他会害死你。"

什么？原来如此……

我还在纳闷儿，陈仆天就在我身旁一直唠叨："他的眼皮一直在动，一直在做梦，大脑真的有活动了，可能他现在做梦的速度像翻书一样快呢，什么都在加速……"

陈仆天还说了一些医学术语，什么植物人，什么刺激疗法，那段话很模糊，我后来只清楚地听到他大声地呼唤我："醒醒！杨柯！杨柯！"

对，我就是杨柯。

我四肢麻痹，没有办法动弹，只能勉强睁开双眼，陈仆天却一直激动又开心地喊我。我眼前的一切都是模糊的，陈仆天的五官渐渐清晰了起来。我还没来得及说话，有个人就说："十年了啊，你终于醒了。都2028年11月了，没想到会发生奇迹。"

那一刻，金色的光芒从我身体里绽放，我的四肢慢慢有了知觉。

后记

"我姐姐被卖去非洲当奴隶了。"

"我因为违反宗教信仰,被信奉天主教的家人赶出家门。流浪街头时,我被男人性侵过。"

"我其实不是人,我是一只狗。"

"我被迫吃大便,我爱上了吃大便。"

听着是不是很离奇?但如果一个看似正常的人认真地向你这么倾诉,你或许真的会相信,并且为他感到难过。

这些话是我认识的一个欧洲朋友和我说的。起初,这个朋友讲的是一些小事,比如公司要上市了,他和对象分手了,房子要卖了,后来渐渐升级为亲人被卖去当奴隶、自己是狗、爱上吃大便这样的离谱事情。哪怕是铁定的事实,这个欧洲朋友也会添油加醋地改编,仿佛不那么说就不舒服。

在研究精神疾病的医学内容时,我才发现这个人的行为叫 pathological lying,即幻谎或病理性说谎。1891 年,德国精神病学家安东·德布鲁克首次在医学文献中描述了这种习惯性或强迫性的说谎行为。

实际上,幻谎仍具有争议性,但这不是我现在写这篇后记的重点。我想说的是,患有精神或心理疾病的人非常多,多到超乎你的想象,而且从表面上几乎看不出他们有什么任何异常，和生活中你天天打交道的人没什么两样。

就拿我的小外甥来说，快十年前的一天，他忽然"鬼上身"了，广西老家的老人开始谣传，是一个懂下蛊的老妪干的。因为那天他忽然说闻到了什么臭臭的东西，晚上回家就一直处于魂不守舍的状态，一会儿说看到小人在枕头上跳舞，心脏跳出来了，一会儿说要拿心脏给你看，以及谁变大了、自己缩小了。

那一晚，大家都没睡好，还以为他是被人下蛊才变成这样的。当时，我觉得奇怪。后来小外甥又"鬼上身"过两次，但长大后就没有再发作过了。

那他是不是真的被下蛊了呢？当然不是了。学习精神病医学、了解了"爱丽丝梦游仙境综合征"之后，我发现小外甥的情况跟这种病的症状几乎都对得上，而且，他小时候也有过偏头痛。所以，我后来猜想，他应该是患了"爱丽丝梦游仙境综合征"。这种病症多发于儿童时期，在患儿长大后就自行痊愈了。

如果没有了解过精神病医学，很多老人家就会误信一些封建迷信的说法。诚然，这不能怪他们，因为他们不了解这些医学知识。再者，人的大脑有一个保护机制，一旦某种信念在脑中扎根，大脑就会从数以万计的信息中随机找一些理论强行支撑自己的观点，并且深信不疑。

有人可能会觉得，书里的精神病案例是不是太夸张了？他们怎么可能相信自己说的那些天马行空的话呢？其实精神病人的大脑保护机制很强大，乃至于他们笃信自己的世界就是那样的。他们不接受旁人的纠正，还会为了所谓的信念不惜与他人发生肢体冲突。抬杠无济于事，我已经强调过许多遍了。

说起精神病人，我小时候有一个邻居，他儿子从小就是精神病患者，智商连三岁小孩都比不上，整天在街上游荡，玩一些脏东西或者忽然去袭击别的小朋友。有一次，我听到这个邻居和别人说，这个孩子就是个负担，家里也没钱给他治疗，只能拖一天算一天。这个孩子十多岁就去世了，这家人没有难过，反而觉得解脱了。我理解这家人的态度，但还是担忧社会发展迅速、物质生活充裕的当下，人们对心理健康的重视程度不够、精神病人甚至会被妖魔化的现状。

就像故事中的"何玫"，她的遭遇、她的"不存在"说明了，跟她一样的精神病人得到的关爱是远远不够的。我一直认为，一个社会的文明程度与人们对待弱者的态度是相关的。多一点耐心、理解与关爱，有些悲剧可能就不会发生了。

写这些故事的一个初衷就是希望大家能对精神病人有一个大概的了解。他们不一定全都是疯疯癫癫的样子，而他们有些谜一样的行为背后都存在一个合理的解释，只要找到了，一切难题就会迎刃而解。除了一些必要的药物治疗，精神病人最需要的就是人们的理解，需要人们来换位思考。

另外，写作对我来说也是一种自我疗愈的方法。我也患过一些心理上的疾病，经历过人生最黑暗的时期，而且治疗过程中，他人异样的眼光、不友好的态度也让我倍感沮丧，曾经一度觉得快坚持不去了。但通过讲述这些故事，我也在治愈着自己，终于挺过了那段不堪回首的时期。同时，也感谢编辑们的耐心、鼓励和支持，正因如此，我才没有中途放弃，最终完成了这系列作品。

最后，说回作品本身，像"失衡空间""错乱的灵魂""卡普格拉综合征""前世今生"这些章节里涉及的广西的人和事都是有出处的，大部分取材自我在南宁居住的那段经历或者我的朋友以及我个人的见闻。

我希望读到这系列作品的人都能喜欢这些故事。不管是给你们增添一些茶余饭后的谈资，还是帮助你们接收到那些需要关心的人发出的"求救信号"，只要你们能从中有所收获，对我来说，都是一种安慰。也希望大家看完以后，能对身边的人多一些耐心和理解，或许这个世界就会少一点戾气，多一分平和。

真的。耐心、理解、爱，能帮助一个人重新活过来。

朱明川

写于爱尔兰

2024年8月极光和英仙座流星双重大爆发的夜晚